STEFAN HORNBACH

DEN HUND ÜBERLEBEN

Roman

Carl Hanser Verlag

Das Motto auf Seite 7 stammt aus *Krankheit als Metapher* von
Susan Sontag, © 1978 Carl Hanser Verlag GmbH & Co. KG, München /
Susan Sontag, 1977, 1978, used by permission of
The Wylie Agency (UK) Limited.

Der Vers auf Seite 185 ist dem Gedicht „Das Spiel ist aus"
von Ingeborg Bachmann entnommen, erschienen in:
Anrufung des Großen Bären. Gedichte. Piper Taschenbuch,
München 2001, 10. Auflage.

Die Verse auf Seite 224 entstammen dem Gedicht
„Erklär mir, Liebe", ebenfalls von Ingeborg Bachmann,
erschienen in demselben Band.

1. Auflage 2021

ISBN 978-3-446-27078-7
© 2021 Carl Hanser Verlag GmbH & Co. KG, München
Umschlag: Peter-Andreas Hassiepen, München
Foto: © Stefan Hornbach
Satz: im Verlag
Druck und Bindung: CPI books GmbH, Leck
Printed in Germany

MIX
Papier aus verantwortungs-
vollen Quellen
FSC® C083411
FSC
www.fsc.org

Für meine Schwester

In Erinnerung an Susanne und Ferdinand,
die sich selbst überlebten

»Solange sich so viel militärische Übertreibung an die Beschreibung und Behandlung von Krebs heftet, ist sie eine besonders ungeeignete Metapher für die Friedliebenden.«

SUSAN SONTAG, KRANKHEIT ALS METAPHER

PAPAGEI

In einem Secondhandshop im Marais probierte ich ein Jeanshemd nach dem anderen an, die meisten waren mir zu groß. Su fotografierte mich mit ihrem Handy, vor dem einzigen Spiegel im Laden hatte sich ein Touristenpaar aufgebaut. Ich weiß nicht, ob es die Hemden waren, die mir nicht gefielen, oder meine Posen auf den Fotos.

Lass uns gehen, sagte ich, doch Su kletterte ins Schaufenster und zog einer Puppe das Jeanshemd aus.

Es passte perfekt. Ich betrachtete mich im Spiegel, der endlich frei geworden war.

Na los, sagte Su, nimm es mit.

Dann warf sie mir noch ein in Gelb, Rot und Türkis gebatiktes T-Shirt über die Schulter, das ich hässlich fand, aber trotzdem kaufte. Das Jeanshemd behielt ich gleich an.

Später, als wir in einem Park am Louvre lagen, holte Su das Batik-Shirt aus meinem Jutebeutel und entdeckte unter dem Muster ein Herz-Symbol, auf der Rückseite prangte in roter Schrift: *Jesus loves you*. Sie knüllte es zusammen und benutzte es als Kopfkissen. Ich riss mir ein Stück Baguette ab, schmierte geschmolzenen Camembert darauf und dachte laut darüber nach, ob die Redewendung *leben wie Gott in Frankreich* von jemandem erfunden worden sein könnte, der an einem sonnigen Tag im April in einem Park am Louvre gelegen und Baguette mit Camembert in sich hineingestopft hatte.

Wow, raunte Su, jetzt komm ich mir wieder vor wie eine Touristin.

Bald bist du mich ja wieder los, sagte ich.

Quatsch, sagte sie schnell, bleib bitte einfach für immer, okay?

Sie versicherte mir mehrfach, ich könne ganz im Ernst ... auf jeden Fall ... ohne Probleme ... solange ich wolle ... bei ihr bleiben. Sie müsse mir schließlich auch noch alle Leute vorstellen, die sie in nicht einmal einem Semester so gut kennengelernt hatte, dass sie bereits von Freunden sprach. Von den beiden Jungs, die, wie Su so beiläufig wie möglich erwähnte, in einer offenen Beziehung lebten, zeigte sie mir Fotos auf ihrem Handy, damit ich begriff, dass ich sie wirklich dringend kennenlernen musste. Sie sahen genau gleich aus, gleich schön, und unterschieden sich nur durch den schmalen Oberlippenbart, den einer von beiden trug. Sie sahen glücklich aus.

Glaubst du, mir würde so ein Schnauzer stehen?

Meinst du den Hund oder das im Gesicht?

Beides.

Bastian, ich finde, du kannst einfach alles tragen.

Su warf mir das Batik-Shirt über den Kopf und legte ihren an meine Schulter. Die Sonne schien durch den Stoff vor meinem Gesicht, es leuchtete rot und türkis.

Am späten Nachmittag machten wir Fotos mit dem Eiffelturm im Hintergrund. Su mit dem Handy, ich mit der alten Olympus-Kamera, die ich in meinem Reiserucksack wiedergefunden hatte. Auf dem Display von Sus Blackberry konnte man ihn leicht übersehen, den Turm zwischen unseren Köpfen. Ich ließ mir nicht anmerken, dass ich ihn gerne aus nächster Nähe bestaunt hätte. Auch Notre-Dame sah ich nur aus einiger Entfernung. Am liebsten wäre ich gleich noch ins Disneyland gefahren, für ein Foto mit Goofy vorm Dornröschenschloss.

Auf Leihrädern rasten wir in halsbrecherischem Tempo durch die halbe Stadt, Su immer vorneweg, mitten durch den Feierabendverkehr, in riskanten Manövern wichen wir Autos aus. Su fuhr über eine rote Ampel, ich bremste kurz ab, trat dann aber doch noch in die Pedale, als gäbe es das gelbe Trikot zu gewinnen. Im letzten Augenblick kam ein Taxi zum Stehen, der Fahrer schrie mir durchs offene Fenster nach, hupte, doch ich war schon weitergefahren, mit vom Fahrtwind tränenden Augen und einem Kribbeln im ganzen Körper, als hätte ich genauso gut davonfliegen können. Oder eben draufgehen.

Sonntags wachte ich gegen Mittag in Sus Bett auf, das sich aus einer Neunzigerjahre-Schrankwand klappen ließ. Die Wohnung war winzig und die Wände so dünn, dass es sich anhörte, als blubberte der Kaffee in der Espressokanne nicht auf dem Herd, sondern neben mir auf dem Nachtschränkchen.

Su saß mit Brille am Küchentisch vor ihrem Laptop, mit einem dicken Buch, Medizin, das sie aber sofort zuschlug, als ich in Jogginghose und Batik-Shirt die Küche betrat.

Guten Morgen, *Jesus Freak*!, rief sie.

Ich rieb mir den Schlaf aus den Augen und nahm die Kanne vom Herd. Su fing gleich von den beiden Jungs an, die ihr geschrieben hatten, dass sie am Nachmittag auf einen Hausboot-Rave gehen würden. Das Boot lag nur einen Sonntagsspaziergang zum nördlichen Ufer der Seine entfernt. Sie hatte sogar schon eine Tasche gepackt. Zum vielleicht ersten Mal trank ich meinen Kaffee schwarz, mit viel Zucker, so wie Su, und nahm die Zahnbürste mit unter die Dusche. Als es an der Badezimmertür klopfte und Su von draußen fragte, ob sie kurz reinkommen dürfe, blieb mir fast das Herz stehen.

Klar!, rief ich, trat mit einem Fuß aus der Dusche, entriegelte die Tür, sprang schnell wieder zurück, zog gleichzeitig den Vorhang zu und drehte mich zur Wand.

Sofort stellte ich das Wasser wieder an, es wurde abwechselnd extrem heiß oder so kalt, dass es schmerzte. So schnell ich konnte, brauste ich mich ab. Drehte das Wasser aus, um zu hören, ob Su noch am Waschbecken stand.

Alles klar?, fragte sie in die Stille.

Klar!, rief ich erneut, stellte das Wasser wieder an und ließ es über meine Füße laufen, bis Su ihre Kontaktlinsen eingesetzt und das Badezimmer verlassen hatte.

Noch in der Dusche trocknete ich mich ab und versuchte, das Handtuch so um meine Hüfte zu binden, dass es hielt.

Im Schlafzimmer durchwühlte ich meinen Rucksack nach einer Unterhose, aber da war keine mehr.

Du kannst auch gern meine Sachen anziehen, bot Su an, die hinter mir stand, ich hatte sie nicht kommen hören.

Ich weiß nicht, ob mir deine Unterwäsche passt, sagte ich.

Su zog eine Schublade auf, holte eine karierte Boxershorts hervor, warf sie mir zu und blieb noch einen Augenblick im Türrahmen stehen.

Ach so, sorry, sagte sie und ging nach draußen.

Die Tür ließ sie offen.

Es war der letzte Tag vor meiner Abreise. Auf der Straße blinzelte ich gegen die Helligkeit an. In der Sonne war es schon fast zu warm, doch sobald sich eine Wolke vor sie schob, wurde es auf der Stelle zu kühl. Wir waren schon eine Weile an der Seine entlangspaziert, in einiger Entfernung konnten wir das Hausboot ausmachen. Die Schlange, die sich bereits davor gebildet hatte, bemerkten wir erst, als wir an ihrem Ende angekommen waren. Wir beschlossen, uns gar nicht erst einzureihen, die Musik schallte ohnehin zu uns herüber. Su setzte sich an die Kaimauer und ließ ihre Beine über dem Wasser baumeln. Es ging nur ein paar Meter hinunter, doch im ersten Moment konnte ich mich kaum dazu überwinden, mich zu ihr zu setzen. Sie tippte auf dem Handy herum, während ich vorsichtig in die Hocke ging, mich auf beiden Händen abstützte, nach vorn rutschte und schließlich langsam ein Bein nach dem anderen über die Mauer streckte. Su schrieb den *Boys*, wie sie die beiden nannte, wobei ich zuerst *Beaus* verstanden hatte, was aber auch gut passte. In der Schlange hatte sie die zwei nicht entdeckt, und das Boot war voller junger, schöner, tanzender Boys und Beaus, manche in Tanktops, andere mit freiem Oberkörper, als wäre der Sommer ausgebrochen. Aus ihrer Tasche holte Su einen Plastikeimer voll Couscous-Salat, dann eine Ein-Liter-Flasche, die sie, wie ich beim ersten Schluck bemerkte, mit sehr viel Gin und etwas Tonic gefüllt hatte. Es gab nur eine Gabel, weshalb wir in der folgenden halben Stunde wie einstudiert Eimer und Gabel gegen die Flasche tauschten, bis wir so satt waren, dass nur noch die Flasche zwischen uns kursierte.

Eine gute Stunde später war sie komplett und der Eimer immerhin zur Hälfte geleert. Su beobachtete einen großen, hageren Mann mit tätowierten Armen und blondierten Haaren, der allein gegenüber an der Reling stand und die zweite Zigarette in Folge rauchte.

Schaut er dich an oder mich?, fragte Su.

Hat er geschaut?, fragte ich.

Was meinst du, wollen wir uns auch blondieren?

Oder wir lassen uns tätowieren, schlug ich vor, vielleicht den Eiffelturm?

Oh ja, rief Su, oder ein Baguette!

Es ist Sonntag, fiel mir ein.

Zum Glück, dachte ich, wahrscheinlich hätte ich alles mitgemacht.

Sus Handy vibrierte auf der Steinplatte neben ihr. Die Boys schrieben, dass sie gar nicht erst losgegangen seien, weil sie ganz unerwartet gestritten hätten und sich nun dringend wieder versöhnen müssten.

Wie auch immer, sagte Su und stand auf. Ich muss pinkeln.

Leicht schwankend lief sie in Richtung Gebüsch.

Ich krabbelte einige Meter vom Wasser weg, um mit ausreichend Sicherheitsabstand aufzustehen.

Lass uns an Land bleiben, sagte Su, als sie wiederkam, ich hab eh das Gefühl, ich bin auf einem Boot.

Wir hielten uns aneinander fest, was die Schlangenlinien nur verlängerte, in denen wir halb zum Spaß, halb unfreiwillig weiterzogen. Schon an der nächsten Straßenecke blieben wir stehen. Su kramte in ihrer Tasche, sie war sich sicher, ihr Blackberry verloren zu haben, das sie erst seit ein paar Tagen hatte. Während sie aufgeregt suchte, wurde mir kotzübel. Nach kurzer Zeit fand Su nicht nur das Handy, sondern auch eine Tüte mit halb zerquetschten Macarons, die sie mir vor die Nase hielt. Ich versuchte, mir nichts anmerken zu lassen, als sie mir ungefragt ein türkisgrünes in den Mund schob. Pistazie. Sofort musste ich husten, ein warmer, brennender Saft kam mir hoch, der nach Couscous schmeckte, ich schluckte ihn runter. Von immer stärker werdenden Bauchkrämpfen heimgesucht, versuchte ich, möglichst normal weiterzugehen, und Su fing an, mich beiläufig nach meinen Lovestories auszufragen, als hätte sie sich zuvor nur nicht getraut. Dabei wurde sie immer nachdrücklicher, fast angriffslustig. Von allein würde ich ja nichts erzählen, beschwerte sie sich, und wir würden uns doch auch schon eine Weile kennen, immerhin einige Semester lang. Erwartungsvoll grinste sie mich an.

Ich dachte darüber nach, ob Su mich attraktiv finden könnte. Ob es ein Missverständnis zwischen uns gab, von Anfang an – oder zumindest, seit ich zu Besuch war und wir uns das Bett teilten. Was womöglich zwischen uns passiert wäre, hätte ich ihr in den letzten beiden Nächten nicht den Rücken zugedreht. Ich überlegte, ob ich mir vorstellen könnte, mit ihr zu schlafen.

Na ja, fing ich an, so richtige Liebesgeschichten kann man das eigentlich alles nicht nennen. Eher einzelne, sich manchmal wiederholende Begegnungen.

Du meinst Sexdates, sagte Su.

Nein, sagte ich, oder doch, vielleicht auch. Aber ich hab meine Prinzipien, also – ich gehe jetzt nicht gleich mit jedem ins Bett. Ich muss erst mal Vertrauen aufbauen, ein Stück weit.

Mein Magen oder mein Zwerchfell oder beide verkrampften. Je mehr ich redete, desto kurzatmiger wurde ich, desto heftiger schmerzten die Krämpfe.

Su schien es nicht aufzufallen, sie fragte fröhlich weiter: Hast du eigentlich jemals mit einer Frau geschlafen? Interessiert dich das gar nicht? Und was für ein Verhältnis hast du zu deiner Prostata? Stimuliert dich das, ich meine, bist du schon mal gekommen, weil dich jemand gefickt hat? Könntest du dir rein theoretisch auch vorstellen, von einer Frau penetriert zu werden?

Ich antwortete, so gut ich konnte, bis es mir so dermaßen den Magen umdrehte, dass ich unvermittelt stehen blieb.

Alles gut?, fragte Su.

Mir blieb die Luft weg, mein Mund war wie ausgetrocknet, kurz wurde mir schwarz vor Augen.

Hörst du mich?, fragte Su.

Ich versuchte, mich zu setzen, konnte nicht, sie stützte mich, noch so ein Stoß, wie kurze Blitze, dann ging es wieder.

Su fing an, Erstdiagnosen zu stellen, als wäre ich eine Medizinprüfung, die sie zu bestehen hatte, und schlug schließlich vor, ich solle mir doch einen oder mehrere Finger so tief wie möglich in den Hals stecken.

Ich drehte mich von ihr weg, lehnte mich gegen eine Hauswand, ein langer Spuckefaden hing mir aus dem Mund und wurde immer länger. In meinem Bauch rumorte es heftiger, ich schloss die Augen und sah mich selbst in einem zähflüssigen Brei aus Baguette-Camembert-Kaffee-Couscous-Gin-Pistazien-Macaron versinken, der mich warm umschloss und langsam verschluckte. Alles begann sich zu drehen, ich riss die Augen auf, musste aufstoßen, spuckte ein erbärmliches Häufchen Speichel aus, drehte mich zu Su, die ihre Hand auf meine Schulter gelegt hatte, und erklärte ihr in für mich erstaunlich direktem Ton, dass ich so schnell wie möglich eine Kloschüssel bräuchte.

Für den restlichen Nachhauseweg benötigten wir allerdings eine halbe Ewigkeit, nicht nur, weil ich nur sehr langsam gehen konnte, sondern auch, weil Su mich bis zur Haustür dafür auslachte, dass ich mich seit meiner Ankunft nicht getraut hatte, ihr Klo zu benutzen.

Sus Badezimmer war kaum größer als ein Pappkarton, auch die Wände wirkten nicht dicker. Als sie mich nach einer Weile von draußen fragte, ob alles okay sei, klang es, als stünde sie direkt vor mir, was sie ja gewissermaßen auch tat. Egal, ob sie in die Küche ging oder ins Schlafzimmer, mit einem Fuß stand sie eigentlich immer vor der Badezimmertür.

Kannst du Musik anmachen?, rief ich von drinnen.

Entspannungsmusik?, fragte Su in normaler Lautstärke.

Irgendeine Musik!

Nach gut zwanzig Minuten Air und Björk, laut aufgedreht, entriegelte ich die Tür.

Su lag auf dem Bett, ich legte mich zu ihr, dicht neben sie, rollte mich zusammen, sie kraulte mir den Kopf, machte die Musik leiser.

Kannst du mal meine Stirn fühlen?, fragte ich. Ist die warm?

Su beugte sich über mich, legte ihre Stirn an meine.

Vielleicht ein bisschen, sagte sie.

Ich schloss die Augen, schlief nach wenigen Atemzügen ein und wachte erst wieder auf, als es schon dunkel war.

Verpennt setzte ich mich an den Küchentisch.

Geht's dir besser?, fragte Su und holte eine Flasche Weißwein aus dem Kühlschrank.

Kopfschmerzen hatte ich, noch immer war mir etwas übel.

Mir geht's super, sagte ich.

Su öffnete die Weinflasche und schenkte uns ein, zündete eine Kerze an, dann eine Zigarette, die wir uns teilten, am offenen Küchenfenster, rote Gauloises. Beim ersten Zug ekelte ich mich, dann ging es.

Irgendwann leuchtete Sus Handy auf, die Boys schickten ein

Selfie, auf dem einer von beiden mit dem Kopf am nackten Hintern des anderen lehnte. Es war ein ausgesprochen schöner Hintern. Sie schrieben, dass sie später noch rausgehen würden, zu einer Party in einem Park. Dass wir doch auch kommen sollten, *absolument*, und Su beschloss, dass wir noch hingehen würden, ohne mich gefragt zu haben. Sie leerte ihr Glas, drehte die Musik lauter und sang mit: *I'm in love with your brother*, zog sich bis auf BH und Unterhose aus und ganz in Schwarz wieder an. Vor dem Spiegel im Badezimmer malte sie zuerst sich, dann auch mir einen Lidstrich, gab mir einen Kuss auf die Wange, ich, noch immer im Jeanshemd, sprühte mich mit ihrem Parfum ein.

Eine Viertelstunde später saßen wir in einem Bus, nicht ahnend, dass es der falsche war. Bis Su es bemerkte, waren wir ungefähr am anderen Ende der Stadt angelangt.

Wir stiegen aus, warteten auf den Bus in die Gegenrichtung, der sich aber Zeit ließ, Su fluchte leise, mittlerweile war es kalt geworden. Eine knappe Stunde nachdem wir aufgebrochen waren, standen wir schließlich wieder dort, wo unsere Reise begonnen hatte, gerade mal zwei Straßen von Sus Wohnung entfernt. Am liebsten hätte ich vorgeschlagen, wieder nach Hause zu gehen. Doch Su studierte bereits die Fahrpläne, lief weiter Richtung Kreuzung und ich hinterher. An der Ampel hielt ein Taxi, Su klopfte gegen die Scheibe. Wir stiegen ein und rasten ein weiteres Mal quer durch die Stadt.

Als wir endlich den Park erreichten, der in einer verlassenen Seitenstraße lag, waren wir wieder so gut wie nüchtern. Es fühlte sich an wie mitten in der Nacht. Wir waren nicht einmal sicher, ob es sich um den richtigen Park handelte, weil nichts auf eine Party hindeutete. In unregelmäßigen Abständen ragten alte Laternen empor, die schummriges Licht auf den Kiesweg warfen. Su griff nach meiner Hand. Noch einmal überlegte ich vorzuschlagen, lieber umzukehren. Doch nach wenigen weiteren Metern war Musik zu hören, zuerst leise, dann mit jedem Schritt lauter, bis wir den alten, beleuchteten Pavillon entdeckten, der zur Party-Location umfunktioniert worden war. Noch draußen teilten wir Sus letzte Zigarette, beobachteten durch die beschlagenen Scheiben das Treiben im Innern. Gerade wollten wir reingehen, da blickte Su auf ihr Handy, die Boys hatten geschrieben, diesmal ohne Selfie. Sie seien jetzt doch zu müde und würden es heute nicht mehr schaffen.

Ist doch egal, sagte Su und lächelte mich an.

Drinnen lief *La Isla Bonita*, wir warfen unsere Jacken in eine Ecke, wieder nahm Su mich an die Hand. Der Pavillon bestand nur aus Theke, DJ-Pult und Tanzfläche, wir quetschten uns an feuchten T-Shirt-Rücken vorbei. Su verschwand Richtung Bar, ich sah mich um. Mein Blick blieb an einem Mann hängen, der zu mir schaute, mit dunklen Haaren und Sieben-Tage-Bart. Mitte dreißig, kariertes Hemd, nur ein paar Meter entfernt. Ich drehte mich nach Su um und stand direkt vor einem anderen, jünger, aber größer als ich, mit schulterlangem Haar. Wie ich trug er ein Jeanshemd. Ich versuchte zu lächeln, er erwiderte meinen Blick, da musste ich wegschauen. Mir war klar, dass ich niemanden ansprechen würde, schon gar nicht auf Französisch.

Su kam mit zwei vollen Gläsern zurück, Gin Tonic, ich nahm gleich mehrere große Schlucke. Sie fing an zu tanzen, und ich nickte und bewegte mich immerhin irgendwie zur Musik. Zwischendurch suchte ich den Blick des Jeanshemd-Boys, doch er war nicht mehr hinter mir. Noch einmal drehte ich mich um, suchte die tanzende Menge nach ihm ab, konnte ihn aber nir-gends entdecken. Wieder fing der Mann im Karohemd meinen Blick ein, wieder schaute er mich direkt an. Su bemerkte es sofort, zwinkerte mir zu. Ich versuchte, ihn bestmöglich zu ignorieren und einfach zu tanzen, doch als ich mich ein weiteres Mal nach dem Boy im Jeanshemd umsehen wollte, tanzte der Karohemd-Typ direkt neben mir. Su zog mich an sich, woraufhin er noch näher kam. Ich spürte eine Hand an meiner Schulter, dann Sus Lippen auf meinen, als schlagartig die Musik stoppte und das Licht anging.

Su und ich schauten uns an, und der Mann, der im Hellen ein paar Jahre älter aussah, erklärte, dass heute Sonntag sei, die Party war vorbei. Wir tranken aus. Knapp 15 Minuten nachdem wir den Pavillon betreten hatten, verließen wir ihn wieder.

Draußen stellte der Unbekannte sich als Adrien vor, Su mich als Bastian, ich sagte: *Je m'appelle Sébastien et je ne parle pas français.*

Adrien erklärte wiederum auf Französisch, dass sein Englisch miserabel sei. Ungefragt verteilte er Zigaretten, blaue Gauloises, die mir zu stark waren. Ich rauchte trotzdem eine, während wir zwischen weiteren Partygästen den Weg zurück durch den Park nahmen, der um Mitternacht schloss.

Es begann zu regnen, zuerst nur leicht, dann dicke Tropfen. Adrien streckte seine Hände in die Luft und fing an zu singen, *Umbrella,* was zuvor auf der Party gelaufen war, und erzählte, abwechselnd auf Französisch und in schlechtem Englisch, dass die einzigen deutschen Worte, die er kenne, *Ich liebe dich, Regenschirm* und *Papagei* seien, weil er als Kind ein Lied gelernt hatte, das offenbar von Papageien und Regenschirmen handelte. Weder Su noch ich hatten irgendeine Ahnung, welches Lied er meinen könnte. Ein letztes Mal schaute ich mich nach dem Jeanshemd-Boy um, er blieb aber verschwunden. Am Wegesrand entdeckte Adrien zwei Erpel, lief auf sie zu, die beiden watschelten davon, er hinterher, wie ein Kind, als hätte er noch nie zuvor welche gesehen. Sie flüchteten in einen Tümpel, Adrien klatschte in die Hände und rief immer wieder: *Ich liebe dich! Papagei! Regenschirm!*

Er führte einen kleinen Tanz auf, wieder fing er an zu singen, *under my umbrella, ella, ella, eh eh*, um dann in *Ella, elle l'a* überzugehen.

Einen Moment lang dachte ich darüber nach, ihn loszuwerden, doch Su, die sich gut amüsierte, versuchte zwischen uns zu vermitteln, dolmetschte, nachdem Adrien bewiesen hatte, dass sein Englisch wirklich ziemlich miserabel war.

An der Straße wollten wir uns verabschieden. Doch Adrien machte keine Anstalten, sich von uns abzuwenden und davonzulaufen. Gemeinsam gingen wir weiter, und bei jedem Taxi, das vorbeikam, winkte, rief und hüpfte Adrien so engagiert, dass ich ihn verdächtigte, die restliche Nacht über mit uns durch Paris spazieren zu wollen. Ich war überrascht, als tatsächlich ein Wagen anhielt. Adrien öffnete die hintere Tür und krabbelte ins Innere. Ich schaute zu Su.

Los, sagte sie, steig ein.

Wir nahmen Adrien in unsere Mitte. Während der Fahrt schienen Su und er sich gut zu unterhalten, sie legte ihre Hand auf seinen Oberschenkel und ließ sie dort, Adrien griff danach und hielt sie fest. Sein Bein lehnte an meinem, was mir gefiel. Ich schloss die Augen. Mir wurde schwindelig. Ich stellte mir vor, wie wir zu dritt in Sus Bett landen würden. Wie die beiden übereinander herfielen, ich selbst zum Zuschauer würde, wie das Bett, das Schlafzimmer, die Wohnung zu klein wäre für uns drei. Mir keine andere Wahl bliebe, als mitzumachen. In meiner Vorstellung riss ich die Druckknöpfe meines Jeanshemds mit einem Mal auseinander, und es gäbe ein Geräusch wie zerplatzende Luftpolsterfolie.

Das Taxi hielt vor der schmalen Gasse, die zu Sus Wohnung führte. Su öffnete die Autotür, ich wollte auch aussteigen, da sagte sie: Ruf mich an, wenn du wieder wach bist, okay?

Sie schlug die Tür hinter sich zu.

Adrien lächelte, er wusste Bescheid. Ich lächelte zurück. Plötzliche Aufregung hatte mich aus meiner Müdigkeit gerissen.

Nach einer Weile hielt das Taxi vor einem großen Wohnhaus. Der Regen war stärker geworden, wir rannten die letzten Meter zur Haustür. Adrien führte mich durch ein vielversprechendes Treppenhaus bis ganz nach oben, unters Dach. Seine Wohnung war mehr eine Kammer, gerade mal eine Matratze, eine schmale Küchenzeile und ein Badezimmer in der Größe einer Zugtoilette fanden darin Platz. Es roch nach getragenen T-Shirts und alter Asche. Adrien öffnete ein kleines Fenster, nur einen Spalt breit, Regen prasselte auf die Dachziegel. Die einzige Lichtquelle war eine Schreibtischlampe, sie stand auf dem Boden neben der Matratze. Wegen der Schräge war es kaum möglich, aufrecht zu stehen, über der einzigen Sitzgelegenheit, einem Klappstuhl, hingen Klamotten, also setzte ich mich auf die Matratze. Adrien spülte schnell zwei der Gläser aus, die sich zwischen schmutzigen Tellern und Tassen stapelten. Er griff nach einer Flasche Rotwein, die offen auf dem Kühlschrank stand, und schenkte mir ein, sich selbst nur den letzten Schluck, woraufhin ich ihm wiederum etwas aus meinem Glas einschenken wollte, was er aber ablehnte. Er machte sich einen Spaß daraus, in Zeichensprache mit mir zu kommunizieren, die er im Zweifel durch englische Satzbrocken ergänzte. Ich nickte meistens einfach, fragte nur notfalls nach. Wir stießen an, er sagte *Cheers*, ich erst *Cincin*, dann noch schnell *Santé*, nahm einen Schluck. Adrien stellte sein Glas ab, legte eine Hand auf meinen Arm, kam näher, unsere Lippen trafen sich, er schmeckte nach Zigarette. Gleich darauf lagen wir, er riss an meinem Jeanshemd, die Druckknöpfe knallten, es klang nur entfernt nach zerplatzender Luftpolsterfolie. Er küsste meinen Hals, dann immer weiter abwärts. Sein Bart stachelte, jedes Mal, wenn seine Lippen mich berührten, zuckte ich zusammen. Ich drückte seinen Kopf von mir weg. Adrien zog mir die Hose runter, an meinen Füßen blieb sie hängen, ich setzte mich auf, um sie ganz loszuwerden. Erst da bemerkte ich, dass ich noch Sus karierte Boxershorts trug, schnell warf ich sie mit meinen Socken ins Dunkel. Nackt lag ich vor ihm, Adrien streifte sein Hemd über den Kopf, so gefiel er mir besser, sein dunkles Haar, das dicht von der Brust über den kleinen Bauch führte bis zur eng sitzenden schwarzen Shorts, die ich nach unten zog. Adrien streckte sich über den Rand der Matratze, verlor kurz das Gleichgewicht, fiel fast auf mich drauf. Im nächsten Moment hielt er ein Kondom in der Hand, schaute mich an. Ich weiß nicht, wie ich ihn angeguckt habe, aber er, über mir kniend, riss die Verpackung auf. Aus irgendeinem Impuls heraus drehte ich mich auf den Bauch, hörte, wie Adrien sich in die Handfläche spuckte. Ich schloss die Augen und atmete aus, als er versuchte, in mich einzudringen. Zuerst vorsichtig, dann ruckartig, beim ersten Stoß ein Stechen, es fuhr mir in die Magengrube, tief und dumpf, ich hielt den Atem an, verkrampfte. Streckte eine Hand nach hinten aus und drückte sie gegen Adriens Bauch. Er machte langsamer, ich versuchte, mich zu entspannen, gleichmäßig zu atmen.

Noch am Nachmittag hatte ich behauptet, dass ich nur mit jemandem schlafen würde, dem ich auch vertraute. Vielleicht vertraute ich Adrien auch. Oder es war mir egal. Mir war jedenfalls klar, dass ich ihn nicht wiedersehen würde.

Mitten in der Nacht wachte ich auf, wusste für einen Moment nicht, wo ich war, suchte den Weg zur Toilette. Im Dunkeln versuchte ich, das Dachfenster zu schließen, ohne dabei auf Adrien zu treten. Legte mich wieder zu ihm, sofort nahm er mich in den Arm. Hielt mich fest, drückte sich an mich. Nach einer Weile des Wachliegens versuchte er, ohne irgendein Wort gesagt zu haben, ein weiteres Mal in mich einzudringen. Im ersten Moment wollte ich ihn abwehren, ließ ihn dann aber. Erst als ich ihn in mir spürte, fragte ich mich, ob er ein Kondom benutzte. Er bewegte sich schneller, schnaufte in mein Ohr, legte eine Hand um meinen Hals, kurz dachte ich, er würde zudrücken. Ich bewegte mich nicht, blieb still, gab kein Geräusch von mir. Adrien stöhnte auf, drückte sich fest an mich, dann ließ er mich los. Ich konnte spüren, wie es zwischen meinen Oberschenkeln klebte. Noch einmal stand ich auf, lief zum Klo, auf dem Weg stieß ich eins der Gläser um, tastete nach der Klopapierrolle.

Als ich wieder bei ihm lag, griff Adrien mir zwischen die Beine, ich nahm seine Hand und legte sie an meine Brust.

Einmal wurde ich von seinem Schnarchen wach, befreite mich aus der festen Umarmung. Mein Rücken war schweißnass, die Bettdecke überließ ich Adrien.

Nur wenige Stunden später wachte ich wieder auf, Sonnenlicht fiel durchs Dachfenster und blendete mich. Ich schaute auf mein Handy und erschrak, es war schon kurz vor elf. Sofort stand ich auf, suchte Sus Boxershorts, fand sie auf einem staubigen Zeitschriftenstapel, griff nach dem Jeanshemd, knöpfte es zu, den dritten Tag in Folge, diesmal nachlässig.

Adrien lag da, nackt in die Bettdecke verknotet, blinzelte gegen die Sonne, drehte sich auf den Rücken, strampelte sich frei. Jetzt, im Tageslicht, fielen mir erst seine Sommersprossen auf, die roten und weißen Haare zwischen den dunklen an seinem Kinn, die Fältchen um die Augen, da kam er mir wie Mitte vierzig vor. Er streckte sich aus, gähnte und sagte *Bonjour*. Stand auf, nahm eine der Zeitschriften und schrieb etwas hinein, riss die Seite heraus, faltete sie zu einem kleinen Brief und steckte ihn in die Brusttasche meines Hemds.

Im Türrahmen und immer noch nackt küsste Adrien mich, länger, als ich wollte, da machte ich mich los. Er rief mir hinterher: *Au revoir, Papagei!*

Ich rannte die Stufen nach unten.

Um zwölf fuhr meine Mitfahrgelegenheit, ich rief Su an. Sie klang munter und fragte, wie meine Nacht verlaufen sei. Ich verkündete, dass sie alles, was ich ihr am Vortag über meine Prinzipien erzählt habe, getrost wieder vergessen könne, dass ich in diesem Moment aber nicht einmal wisse, wo ich überhaupt sei und wie ich am schnellsten zu ihr komme. Mit dem Handy am Ohr lief ich in irgendeine Richtung. In einiger Entfernung konnte ich eine Metro-Station erkennen, *Opéra*. Auf dem Weg dorthin kam ich am alten Operngebäude vorbei.

Okay, sagte Su, du nimmst die Neun bis *République*, da steigst du um in die Acht und fährst noch eine Station bis *Oberkampf*. Weißt du den Türcode noch?

Ich stieg die Stufen hinab zur Metro, versuchte, mich auf dem Plan zurechtzufinden, löste mit meinem letzten Kleingeld eine

Fahrkarte, ein weißgekachelter Schlauch führte mich runter zur Bahn, die schon bereitstand. Eine Sekunde bevor die Türen sich schlossen, sprang ich hinein.

Im Kopf ging ich immer wieder die letzte Nacht durch, wie es dazu gekommen war. Nicht einmal Zeit für eine Dusche hatte ich gehabt, ich fühlte mich schmutzig, doch gleichzeitig erleichtert. *République*, las ich, und im letzten Moment stieg ich aus. Sus Blick kam mir in den Sinn, kurz bevor sie die Tür des Taxis zugeschlagen hatte. *Oberkampf*. Um halb zwölf erreichte ich die Passage, die zu Sus Pappkarton-Wohnung führte.

Su empfing mich mit meinem bereits gepackten Rucksack in der Haustür und rief, dass wir direkt weitermüssten, ich ihr auf dem Weg aber alles haarklein erzählen müsse.

War es schön?, fragte sie. Hätte ich dich lieber nicht allein lassen sollen?

Ich erzählte ihr nur die halbe Wahrheit.

Um Punkt zwölf standen Su und ich an der verabredeten Straßenecke, doch es war kein dunkelblauer Ford Fiesta in Sicht.

Die Postkarten!, rief ich und fand sie leicht zerknickt in der Innentasche meines Parkas.

Bereits am ersten Tag in Paris hatte ich sie gekauft, doch weder geschrieben noch abgeschickt.

Das kann ich doch machen, schlug Su vor. Mach ich gerne! Wir warteten noch ein paar Minuten, ich versuchte, den Fahrer zu erreichen, der nicht ranging, also stellte ich mich gedanklich schon darauf ein, erst mal in Paris zu bleiben. Mein Seminar sausen zu lassen und die Vorlesungen, alle Termine zu verpassen, oder gleich das gesamte Semester. Vielleicht könnte ich wirklich erst mal bei Su unterkommen, dachte ich. Die Postkarten selbst schreiben, Französisch lernen, die Boys treffen und mir vielleicht auch so einen Oberlippenbart stehen lassen. Den Boy im Jeanshemd wiedersehen, zufällig. Da bog der Ford Fiesta um die Ecke, Frankfurter Kennzeichen. Ein großer, schlaksiger Mann stieg aus und entschuldigte sich für die Verspätung.

Su drückte mich zum Abschied, ich wollte sie auf die Wange küssen, doch sie küsste mich auf den Mund. Ich sprang ins Auto, sie winkte von draußen.

Wir nehmen die Nationalstraße, dauert also ein bisschen länger, sagte der Fahrer, dessen Namen ich zu diesem Zeitpunkt schon nicht mehr wusste.

Nachdem wir Paris hinter uns gelassen hatten, kamen wir durch halb verlassene Dörfer. Zwischendurch fragte er mich, ob ich ihn vielleicht ablösen könne, ich behauptete, gar keinen Führerschein zu haben. Wir hielten am Rande einer kleinen Ortschaft.

Rauchst du?, fragte der Fahrer und bot mir eine Zigarette an, doch mir war noch flau im Magen.

Ich fragte, ob es okay wäre, wenn ich mich nach hinten setzen würde. Erst von dort aus fiel mir beim Blick in den Rückspiegel auf, dass meine Augen noch leicht geschminkt waren.

Alles gut bei dir?, schrieb Su. *Sag Bescheid, wenn du angekommen bist! Und schick mir die Adressen für die Postkarten!*

Die Karte mit dem Notre-Dame-Motiv war für Oma, den Eiffelturm würden meine Eltern bekommen. Ich überlegte, an wen ich die dritte Karte schicken könnte.

Die dritte Karte ist für dich, schrieb ich Su, *Paris bei Nacht.*

Die restliche Fahrt verbrachte ich damit, dem Fahrer möglichst knapp zu antworten und selbst keine Fragen zu stellen.

War das vorhin deine Freundin?

Ja.

Führt ihr eine Fernbeziehung?

Ja.

Studierst du?

Hm.

Und was?

Medizin.

Das war das Erste, was mir einfiel. Ich hoffte, dass er nicht weiter nachfragen oder sich auskennen würde.

Und in welche Richtung willst du mal gehen?

Mal schauen. Weiß noch nicht.

Draußen färbte die untergehende Sonne die Landschaft erst orange, dann rosa. Abgesehen von einem Medizinstudium konnte ich mir bei dem Anblick so einiges vorstellen: ins Ausland zu gehen, vielleicht auch nach Paris oder nach Barcelona oder wenigstens nach Wien, für ein Semester. Oder mein Studium abzubrechen, bereits zum zweiten Mal, diesmal Germanistik. Gießen zu verlassen, diese hässliche hessische Stadt. Oder zu bleiben, im Buchladen zu fragen, ob sie noch jemanden bräuchten.

Erst mal chillen, das lass ich mir in meinen Grabstein meißeln, hatte Su gesagt, als wir mit Crêpes vorm Centre Pompidou saßen, Nuss-Nougat-Creme auf ihre weißen Jeans getropft war.

In meinem Rucksack fand ich eine Tupperbox mit dem restlichen Couscous-Salat und einer Gabel. Der Couscous schmeckte bereits etwas säuerlich, doch ich war halb verhungert und aß alles auf. Erst später fand ich die Tüte mit den zerquetschten Macarons, die ich nicht anrührte.

An meinem Handgelenk konnte ich noch Spuren von Sus Parfum riechen. Auf den Druckknöpfen meines Jeanshemds stand klein *CK*, was eine Abkürzung war für den Markennamen, der auf dem Waschzettel stand: *City Kids*. Ich trug die größte Kindergröße, war 24 Jahre alt und fühlte mich zu allem bereit, zum ersten Mal.

In mein Nokia-Tastentelefon tippte ich eine Nachricht an Su, für die ich so lange brauchte, dass ich zwischendurch immer wieder aus dem Fenster schauen musste, weil mir schlecht geworden war.

Liebe Su, schrieb ich, *schreib auf die Postkarte an dich: Liebe Su, Paris ist wunderschön, so wie du. Umso blöder, dass ich schon kurz vor Frankfurt bin. Als Kind hab ich mir vorgestellt, dass, während du durch einen Tunnel fährst, draußen alles umgebaut wird und du genau dort rauskommst, wo du reingefahren bist. Ich bin nicht sicher, ob das Sinn ergibt, aber wir sind jetzt durch einige Tunnel gefahren, und mich tröstet der Gedanke, dir dadurch wieder etwas näher gekommen zu sein.*

EINER,
DER EINZOG

Sie haben da eine Geschwulst, sagte der Radiologe, und ich wunderte mich, dass er *eine* sagte, nicht *ein*.

Dass es *die* Geschwulst sein sollte, nicht *das*.

Geschwulst, das sei nur ein anderes Wort für Wucherung, sagte er noch.

Oder: Bittschön!, kurz vorher, als er mich aus dem Wartebereich in sein Sprechzimmer lotste. Immer wieder: Bittschön!, mit weit ausgestrecktem Arm, Bittschön, bittschön!, dirigierte er mich in einen kleinen weißen Raum, wies auf den Stuhl vor einem Schreibtisch, hinter dem er Platz nahm.

Auf dem Tisch ein Monitor, flach, eine mausgraue Tastatur, vorm Fenster Jalousien, an der Wand weiße Flächen zum Einklemmen der Aufnahmen, von mir hing da nichts. Am Arztkittel ein Namensschild, das ich kurz überflog, doch im nächsten Augenblick vergaß ich den Namen wieder, ich glaube, ich las *Geschwulst*, aber das konnte ja nicht sein.

Eine Geschwulst, das sei eigentlich nur ein anderes Wort für Tumor.

Tumor, sprach ich nach, versuchte zu verstehen, blickte wieder auf das Namensschild oder direkt in die Augen des Arztes, die aber noch auf der Schreibtischplatte ruhten, zu lange, um mich nicht bereits weiter verunsichert zu haben, ein Tumor, soufflierte ich, flüsterte ich ihm zu, und er nahm dankbar an.

Ja, ein Tumor, wiederholte er, aber das muss nichts Schlimmes heißen. Schließlich gebe es auch gutartige Tumoren, erklärte er, es könne sich zum Beispiel um einen Blutschwamm handeln.

Ich wunderte mich, dass er Tumo*ren* sagte, nicht Tumo*re*. Er schaute kurz auf die Uhr an seinem Handgelenk.

Ein Tumor, sagte ich erneut, weil ich nichts begriff. Was muss ich jetzt machen?

Das müssen wir herausfinden, sagte er, *wir*, fast so, als hätten wir den Tumor gemeinsam. Wie Sie hier sehen können, da drehte er den Monitor etwas in meine Richtung, ist Ihr Tumor bereits relativ groß.

Alles, was der Arzt sagte, klang ein wenig relativ.

Ich versuchte, mich zu konzentrieren, starrte auf den Bildschirm, auf eine dunkle Masse, die mir nichts beschrieb, da kannte ich mich nicht mehr aus. Das sollte wohl ich sein, doch ich erkannte mich nicht, nichts, wusste nicht, was Tumor war und was Herz, bis der Radiologe mit der Spitze seines Kugelschreibers auf etwas deutete, das wie ein Fleck aussah, der mir nicht weiter aufgefallen wäre.

Das hier ist Ihre linke Nebenniere. Oder das, was noch von ihr übrig ist.

Muss ich jetzt operiert werden?, fragte ich.

Alles Weitere besprechen Sie bitte mit Ihrem Hausarzt, der wird Sie auch ins Krankenhaus überweisen.

Muss ich meine Eltern anrufen?, fragte ich.

Sie stehen gerade unter Schock, befand der Radiologe. Sie gehen jetzt erst mal nach draußen, schnappen kurz frische Luft, dann rufen Sie Ihren Hausarzt an. Ihr Hausarzt ist ein guter Arzt, schließlich auch Internist.

Man kannte sich.

Mein Hausarzt, sagte ich, hielt diesen – Tumor vor einem halben Jahr für eine dritte Niere.

Der Radiologe schaute kurz ungläubig zu mir, dann wieder auf seinen Tisch.

Sie rufen gleich da an oder gehen direkt dorthin, sagte er, die Bilder gebe ich Ihnen mit. Und wenn Sie sich beruhigt haben, rufen Sie Ihre Eltern an.

Ich erschrak, als der Drucker unter dem Schreibtisch zu stottern begann. Der Arzt griff nach dem Bericht, unterschrieb und steckte ihn in ein Kuvert.

Ein Tumor, sind Sie sich sicher?, fragte ich ein letztes Mal.

Es besteht kein Zweifel, sagte der Radiologe. Und, damit ich es endlich kapierte: Er ist faustgroß.

Kurz saß ich noch da, der Arzt reichte mir den Umschlag, stand auf, ich machte es ihm nach. Er öffnete die Tür, streckte mir eine Hand hin, sagte: Alles Gute.

Ich nahm meine Jacke von der Garderobe, ging vorbei am Wartebereich, wo weitere saßen, Ältere, Dickere, sagte noch Tschüss zu der Frau an der Anmeldung, doch sie antwortete nicht. Oder hatte ich ihr nicht geantwortet?

Im Fahrstuhl drückte ich irgendeinen der Knöpfe, unten im Innenhof schien die Sonne, als wäre ein ganz normaler Tag. Ich las das Datum auf dem Handydisplay, machte ein paar Schritte Richtung Bahnhof, als hätte ich davonfahren wollen, wenn ja, wohin? Zurück nach Paris. Und dann? Erst zwei Tage zuvor war ich von dort zurückgekommen.

Ich blieb stehen. Setzte mich auf eine der Bänke, so weit abseits wie möglich, so, dass mich keiner sehen konnte, wie ich dort kauerte, für einen Moment in mich zusammenfiel, wie ich hinabgestoßen wurde in mich selbst. Schwindel überkam mich, mir wurde schlecht, ich hielt die Hände vors Gesicht, Tränen liefen hinein, dabei war ich nicht traurig. Ich ballte beide Fäuste, presste die Augenlider zusammen, schüttelte den Kopf, musste gähnen, alles geriet durcheinander. Also stand ich auf. Wischte die Hände an der Hose ab, griff nach meinem Telefon. Suchte die Nummer vom Hausarzt, die ich längst abgespeichert hatte.

Die vertraute Stimme der Arzthelferin meldete sich am anderen Ende. Ich sagte zu ihr: Ich komme jetzt vorbei.

Wie bitte?

Ich komme jetzt vorbei. Meine dritte Niere ist ein Tumor.

Ein was?

Ein Tumor.

Ich hörte mich das sagen, als wäre es bereits eine ausgemachte Wahrheit, die ich verstanden hatte, der ich zumindest Glauben schenkte, die ich auf irgendeine absurde Weise bereitwillig annahm.

Ja, kommen Sie vorbei.

Gut zwanzig Minuten zu Fuß, über den Bahnübergang, dann immer geradeaus, am Klinikum entlang, durch die Sonne, Aprilsonne. Dass ich mein Fahrrad vor der radiologischen Praxis stehen gelassen hatte, fiel mir erst nach der Hälfte des Weges auf. Beim Überqueren der Straße hätte ich beinahe ein Auto übersehen – oder der Autofahrer mich.

Dann stand ich beim Hausarzt vor der Anmeldung. Dahinter erkannte ich das Gesicht zu der Stimme, mit der ich gerade noch telefoniert hatte. Der ich bereits das Codewort durchgegeben hatte, das mir von nun an eine besondere Behandlung zustehen sollte: Meine dritte Niere war ein Tumor.

Auch ich wurde erkannt und gleich ins Sprechzimmer gesetzt. Die Arzthelferin wirkte angespannt. Leise, als wollte sie größtmögliche Diskretion wahren, versicherte sie mir, dass der Herr Doktor sich gleich persönlich um mich kümmern werde. Klar, wer sonst?

Durch die Fenster fiel trotz gutem Wetter kaum Licht, dicke Vorhänge aus olivgrünem Samt fingen es ab, eine mit Leitz-Ordnern vollgestopfte Regalwand und ein massiver Schreibtisch aus dunklem Holz taten ein Übriges. Auf dem Tisch stand ein beigefarbener, altertümlich wirkender Computerbildschirm. Die Luft war staubig, kaum ein Geräusch war zu hören, nur Telefonklingeln zwischendurch, dumpfes Getuschel, der Herr Doktor ließ sich Zeit. An der Wand hingen Fotos von seinen Kindern, Junge, Mädchen, Junge. Ich versuchte, sie in den verschiedenen Altersstadien auseinanderzuhalten, sortierte die Söhne, beide mit Sommersprossen, einer mit Locken, die er sich später abgeschnitten haben muss. Die Tochter, schätzte ich, war die älteste von den dreien. Auf einem Bild stand sie in einem langen Abendkleid neben ihrem Vater und war schon einen guten Kopf größer als er. Er trug Anzug und sah aus, als wäre er sehr stolz auf sie.

Als der Doktor das Zimmer betrat, kam er mir noch kleiner vor als sonst. Er schaute ernst, reichte mir nicht die Hand, diesmal steuerte er direkt auf seinen Schreibtisch zu. Kommentarlos legte ich ihm die Unterlagen aus der Radiologie hin. Er begann, den kurzen Bericht zu lesen, schaute dabei nicht zu mir auf, Minuten vergingen. Wieder hielt ich es für möglich, dass die Zeit stehen geblieben sein könnte. Der erste Schock hatte bereits nachgelassen, langsam wich er einem diffusen Groll. Je mehr ich die neue Information zu realisieren schien, desto ernüchterter war ich. Ich fühlte mich verraten, als wäre ich auf etwas hereingefallen, betrogen worden. Als wäre mein Leben, das ich bis dahin als selbstverständlich angenommen hatte, ein einziges riesiges Missverständnis. Eine Simulation, ein Trugbild von einer Sicherheit, in der mir nichts passieren konnte. Das war vorbei. Vielleicht ging jetzt alles ganz schnell.

Der Doktor tippte auf der Tastatur herum, glotzte in den riesigen Bildschirm, dann wandte er sich wieder dem Brief aus der Radiologie zu. Ich wurde immer ungeduldiger, musste mich zusammenreißen, innerlich war ich aufgekratzt, gleichzeitig vollkommen erschöpft. Mehrmals war ich in den letzten Monaten in dieser Praxis gewesen. Hatte mich bis auf die Unterhose ausgezogen, mich abtasten, abhören, mir Blut abnehmen lassen. Bei der Ultraschalluntersuchung hatte der Doktor die oder das Geschwulst sogar bereits entdeckt, aber eine Zyste vermutet, schlimmstenfalls, wie er versicherte, oder eben eine Nierendoppelanlage oder Doppelnierenanlage. Eine Niere mehr oder weniger, kein Grund zur Sorge. Ich hatte mir nichts dabei gedacht. Mit etwas Abstand kam mir diese Idee lächerlich, wie ein schlechter Witz vor. Erst nach einigen Wochen hatte ich doch noch in der Radiologie angerufen, nur zur Sicherheit, es bestehe, so der Herr Doktor, keine Eile. Weitere acht Wochen hatte ich auf den Termin warten müssen. Fast hätte ich ihn vergessen. Das wiederkehrende Zwicken unterm Rippenbogen hatte mich erinnert. Mehr als ein halbes Jahr nach meinem ersten Termin saß mir der kleine Hausarzt wieder gegenüber und musste sich eingestehen, dass er falschgelegen hatte. Ich beobachtete ihn mit vermutlich glasigen Augen. Vielleicht räusperte ich mich, damit er endlich einmal aufsah und anfing, mit mir zu sprechen. Herr Doktor, hätte ich fragen können, wie lange lebe ich noch? In mir ballte sich eine Faust, tumorgroß, innerlich holte ich aus.

Da legte er den Brief endlich zurück auf den Schreibtisch, hob seinen Blick, kurz sah er mich an, dann wieder weg.

Gut, sagte er. Gut, dass wir es gefunden haben.

Zuhause in meiner WG war ich erleichtert, dass meine Mitbewohnerin nicht da war. Wie ferngesteuert lief ich in die Küche, füllte den Wasserkocher, betrachtete die vorrätigen Teesorten und konnte mich für keine entscheiden. In meinem Zimmer öffnete ich die Balkontür, trat nach draußen in die Sonne. Schaute in den Garten, nach dem Hund, dem blinden, der dort sonst immer seinen Rundgang absolvierte, nur selten gegen die Plastikrutsche lief, die vom Holztürmchen mit der Piratenflagge auf den Rasen hinabführte. Um den kleinen Teich mit den Goldfischen und ein paar Karpfen hatte der Vermieter einen Zaun anbringen lassen, nachdem der Hund einmal hineingefallen war. Manchmal saß der Hund auf dem Rasen und heulte, manchmal redete ich ihm dann vom Balkon aus gut zu. An diesem Tag war er nicht zu sehen.

Drinnen ließ ich mich aufs Bett fallen. Lag eine Weile da, den Blick zur Zimmerdecke, zögerte den Anruf hinaus. Ich würde meine Mutter anrufen, so viel stand fest. Wieso nicht meinen Vater? Vielleicht war es mir lieber, wenn Mama es Papa erzählte. Ich saß auf der Bettkante, wählte Mamas Nummer.

Als ich ihre Stimme hörte, wollte ich direkt wieder auflegen. Voller Freude begrüßte meine Mutter mich, sie freute sich ganz einfach, weil ich anrief. Am liebsten hätte ich spontan erfunden, meinen MRT-Termin verschlafen zu haben, jetzt müsste ich noch einmal eine Weile auf den nächsten freien warten.

Die haben da was gefunden, versuchte ich es. Es ist so ein … Geschwür oder so.

Mir fiel nicht ein, ob es *die* oder *das* Geschwulst war und was das überhaupt für ein Wort sein sollte, Geschwulst. Das Wort *Tumor* wollte ich auf jeden Fall vermeiden.

Aha, ein Geschwür, wiederholte Mama. Na, dann warten wir doch erst mal ab.

Sie klang, als würde sie den Ernst der Lage nicht begreifen.

Das ist ... ein Geschwulst, Mama.

Ja, aber Geschwulst, sagte sie, das ist doch nur — da ist ja erst mal einfach was — gewuchert, und jetzt warten wir doch mal ab, was das überhaupt sein soll.

Ich wusste nicht, was ich ihr entgegnen sollte. Es gab nichts zu sagen. Nichts außer Geschwür, Geschwulst, Wucherung. Raumforderung, so stand es im Bericht. Tumor. Obwohl ich das Wort bis dahin vermieden hatte, stand es im Raum, mittendrin. Dattel hätte ich es nennen können, Pampelmuse oder Seegurke. Die Seegurke kann ihr Hinterteil abstoßen, Mama, wusstest du das? Hatte ich das nicht am Morgen noch in einer dieser Zeitschriften im Wartebereich der Radiologie gelesen?

Hast du schon was zu Mittag gegessen?, fragte Mama.

Ihr Themenwechsel machte mich fassungslos.

Jetzt iss doch erst mal was, schlug sie vor, koch dir was Gesundes, geh raus bei dem schönen Wetter, schlaf dich doch mal aus, fast sang sie.

Als könnte Spazierengehen Krebs heilen.

Mama, das ist ein Tumor.

Kurz war es still, dann legte sie wieder los.

Ja, aber. Tumor. Das ist doch einfach nur ein anderes Wort.

Und da verstand ich, dass sie es verstanden hatte. Dass sie kapiert hatte, wie ernst die Lage war, dass sie sich zusammenreißen musste, eine Show abzog für mich, im Auto auf dem Parkplatz vor dem Supermarkt. Gleich würde sie nach Hause fahren und auf meinen Vater warten, überlegen, wie sie es ihm am besten beibringen könnte, wenn er nach Hause kam. Vermutlich würde er erst mal nur dasitzen und starren und dann rausgehen in den Garten oder in den Wald laufen und vielleicht schreien, ich glaube, wenn er schreien muss, dann geht er in den Wald.

Ich hab Angst, hätte ich sagen können. Wir behielten es beide für uns. Legten auf und ich fragte mich, ob Mama auf der Stelle zusammenbrechen würde oder erst später. Für einen Moment war ich fast froh, dass ich nicht derjenige war, der angerufen, dem eine solche Nachricht überbracht wurde. Dass ich nicht um Mamas Leben bangen musste.

Ich muss eine ganze Weile so dagesessen haben, verloren in Gedanken, die nichts Neues brachten, nur wiederholten, was ich schon wusste, jedoch nur langsam zu verstehen schien.

Jetzt warten wir erst mal ab.

Tumor, das ist nur ein anderes Wort.

Jetzt finden wir erst mal heraus, womit wir es überhaupt zu tun haben.

Gut, dass wir es gefunden haben. Wir.

Vermutlich hatten sie alle recht: der Radiologe, der kleine Hausarzt, Mama.

Ich klappte meinen Laptop auf, öffnete den Browser, tippte in die Suchleiste: *Tumor*, löschte es im nächsten Augenblick, schrieb dann *Dattel*, die Autovervollständigung ergänzte *im Speckmantel*, und ich klappte den Laptop gleich wieder zu.

Franziska, meine Mitbewohnerin, nahm mir gegenüber am Küchentisch Platz. Draußen hatte die Dämmerung eingesetzt, das schwindende Tageslicht legte einen grauen Schleier über uns.

Keiner stand auf, um den Lichtschalter zu betätigen. Franziska war erst einige Wochen zuvor eingezogen, wir kannten uns noch nicht sonderlich gut, kamen aber miteinander aus.

Ich versuchte, ihr alles so knapp und nüchtern wie möglich zu schildern. Zuerst dachte ich, sie müsste lachen, vielleicht erschrocken oder ungläubig. Dann zogen sich ihre Brauen zusammen, sie schüttelte den Kopf, ihr Blick verfinsterte sich. Die Situation war uns beiden unangenehm. Da stand ich doch auf, machte das Licht an.

Und jetzt? Ich meine, wie geht's weiter?, fragte Franziska.

Keine Ahnung.

Ich setzte mich nicht zu ihr zurück, lehnte an der Wand.

Bleibst du hier?

Ich weiß nicht.

Scheiße.

Ja.

Das Schwierige an solchen Gesprächen war, dass es nichts zu sagen gab.

Nach dem Aufwachen versuchte ich mich zu erinnern, was ich geträumt hatte. Hielt die Augen geschlossen, um dem Traum nachspüren zu können, konnte aber nur einzelne unscharfe Bilder abrufen, und erst nach einigen Momenten fiel mir wieder ein, was am Vortag passiert war. Dass ich krank war. Da beschleunigte sich mein Atem, mein Magen krampfte sich zusammen, mit einem Mal wurde mir heiß. Das Handy musste ich anschalten, im Krankenhaus nachfragen musste ich, ob es bereits einen Termin für mich gab. Ob sie mich aufschneiden würden, vielleicht schon heute. Vorsichtig streckte ich mich aus, und wie ich es erwartet hatte – ich war schon daran gewöhnt –, zwickte es unter dem linken Rippenbogen. Ich setzte mich an die Bettkante und wollte den Tumor ertasten, die oder das Geschwulst. Versuchte, mit den Fingern zwischen die Rippen zu greifen. Legte meine Hand auf die Stelle, dorthin, wo ich ihn vermutete, *ihn* oder *die* oder *das*. Da drinnen saß er – er oder sie oder es – an oder in einem Organ, von dem ich kaum etwas wusste. Dort hatte er sich eingenistet, ungefragt, war groß geworden, heimlich, war schon ein Teil von mir. Ich überlegte, ob ich dem Tumor einen Namen geben sollte. Ihn benennen, vielleicht nach dem kleinen Hausarzt, dessen Visitenkarte auf dem Nachttisch neben mir lag. Ich griff danach.

Sie können jederzeit anrufen, hatte er gesagt, notfalls auch nachts, und seine Privatnummer dazugeschrieben.

Ich bekam Lust, das Kärtchen in kleine Stücke zu reißen. Oder lieber nicht, um ihn stattdessen wirklich einmal anzurufen, nachts, einfach so. *Eduard*. Ich legte es zurück. Stand auf, öffnete die Balkontür, und mit jedem Schritt, den ich tat, fühlte sich der Tumor mehr wie ein Gewicht an, das fest an mir hing, in mir, und über Nacht zugenommen hatte. Ich stellte ihn mir als Obst vor, mehr Pampelmuse als Dattel. So wie das Zwicken gekommen und gegangen war, seit Wochen und Monaten, hatte ich auch meine Sorge darüber immer wieder erfolgreich zu verdrängen gewusst. Der Tumor, einmal benannt, blieb. Seit ich von ihm wusste, spürte ich ihn auch.

Ich hätte mich auf der Stelle wieder hinlegen können, fühlte mich erschlagen, ging dann aber doch in die Küche. Die Tür zu Franziskas Zimmer stand offen, sie war schon in der Uni. Erst da wurde mir klar, dass ich gerade mein Seminar verpasste, doch es war mir egal. Auf dem Küchentisch stand ein Müsli, das Franziska für mich vorbereitet und mit einem Post-it versehen hatte, darauf war ein Smiley gekritzelt, was mir ziemlich banal vorkam, aber auch nett war. Vermutlich wäre mir nichts Besseres eingefallen.

Zwei Tage nach der Diagnose ging ich zu einer Sprechstunde, die sich *Tumor-Sprechstunde* nannte. Bestimmt hatte der kleine Hausarzt das arrangiert, dass ich überhaupt so schnell einen Termin bekommen hatte. Ich selbst hätte es kaum für möglich gehalten, dass man in einem solchen, also in meinem Fall nicht sofort mit dem Helikopter oder zumindest einem Taxi ins beste oder nächstbeste Krankenhaus gebracht und auf der Stelle geheilt wurde – oder immerhin irgendwie so gerettet, dass einem noch ein paar gute Jahre blieben. Ich hätte nicht einmal gedacht, dass in dem nur wenige Straßen von meiner WG entfernt liegenden Klinikum wöchentlich eine Tumor-Sprechstunde stattfand. Dass Menschen, vielleicht aus der Nachbarschaft, dorthin geschickt wurden, nachdem ihnen in der Radiologie versteckte Geschwülste diagnostiziert worden waren, Menschen, die operiert werden oder Chemotherapien beginnen mussten oder beides, denen alle Haare ausgingen, die bestenfalls irgendwann wiederkamen. Wieso kannte ich diese Leute nicht? Waren sie älter als ich? Fielen sie mir nicht auf, im Stadtbild, mit ihren Tüchern, Mützen und Perücken auf dem Kopf? Lagen sie im Krankenhaus oder bereits auf dem Friedhof, nicht weit davon entfernt? Würde ich auch bald? So eine Mütze tragen.

Auf meinem Weg in die Klinik, an der Petruskirche vorbei, durch die kleine Parkanlage, in der Raucherecke vorm Eingang, nirgendwo kam mir jemand verdächtig vor, nicht einmal im Wartebereich der Tumor-Sprechstunde. Aber mich verdächtigte vermutlich auch keiner.

Die Ärztin, die mir in der Sprechstunde gegenübersaß, war die freundlichste Person der Welt, doch vielleicht gehörte das auch zu ihrem Job. Für sie schien es völlig normal zu sein, dass ich einen Tumor hatte, wobei sie zugeben musste, dass ich mit meinen 24 Jahren schon noch etwas jung sei, wenn auch nicht zu jung. Zunächst hörte sie sich aufmerksam meine bisherigen Beschwerden und den langen Weg zur Diagnose an. Dann erklärte sie mir, wieder so, als wäre das alles gar kein Problem, was jetzt zu tun sei. Ich hatte darauf gehofft, dass es so etwas wie einen bereits entworfenen Notfallplan gab. Meine Unterlagen hatte die Ärztin bereits eingehend studiert. Sie sagte, dass ich schnellstmöglich eine Nacht im Krankenhaus verbringen müsse, dass sie mich operieren müssten, um herauszufinden, ob es sich um einen gut- oder bösartigen Tumor handle.

Was ist das für eine Operation?, wollte ich wissen.

Sie würden einen Schnitt machen, erklärte die Ärztin, unterhalb meines Rippenbogens, ein Teil vom Darm müsse herausgeholt werden, damit man da auch gut hinkomme, die Leber müsse ein Stück zur Seite gerückt werden. Sie lächelte.

Ist das gefährlich?, fragte ich.

Überqueren Sie auf Ihrem Nachhauseweg eine Straße?

Ja, natürlich.

Sehen Sie, das ist viel gefährlicher.

Ich muss sie irritiert angeschaut haben, für einen Moment stellte sie ihr Lächeln ein.

Im Ernst, sagte sie, wir machen das mit links, und zwar täglich. Ein Routineeingriff, da müssen Sie sich wirklich keine Sorgen machen.

Schließlich sei ich sehr gut zu operieren, fuhr sie fort und lächelte wieder, so schlank, bemerkte sie, als wollte sie mir schmeicheln, bei mir sei das alles ganz übersichtlich. Sie hätten da teilweise Patienten auf dem Tisch, die seien drei- bis viermal so schwer wie ich, da müsse man erst einmal alles auseinandersortieren. Beinahe lachte sie. Wieder muss ich sie seltsam angeschaut haben.

Wenn alles klappt, operiere ich Sie höchstpersönlich, sagte sie und klang, als würde sie sich darauf freuen, aber wieso auch nicht?

Sie war nicht nur Chirurgin, sondern auch Oberärztin, was mich natürlich beeindruckte.

Und dann?, wollte ich wissen.

Dann sehen wir weiter. Jetzt strahlte sie. Ich nicht.

Wir holen das Ding erst mal raus und sehen nach, was es ist.

Wir, sagte sie, dabei war es mein Tumor. *Ding*, so nannte sie ihn. *Wir*, weil ich auf sie angewiesen war, auf ihre Hilfe, ihr Wissen, alleine nicht weiterkam. *Ding*, weil es keinen eigenen Namen verdient hatte. Nicht einmal so einen Namen wie Eduard.

Und im besten Fall, sagte sie, hat sich die Sache damit erledigt.

Die Sache. Die Ärztin entspannte ihre Mundwinkel wieder.

Ich weiß, das ist jetzt alles etwas viel. Sie gehen gleich nach Hause und schonen sich bitte weiterhin. Ich melde mich, sobald ich einen Termin für Sie habe, wir werden uns sicher im Laufe der nächsten Woche wiedersehen. Und wenn bis dahin etwas sein sollte, melden Sie sich bitte.

Sie reichte mir ein Kärtchen, darauf stand ihr Name: *Dr. Frech*.

Am nächsten Morgen riss mich ein Anruf aus dem Schlaf.

Für kommenden Donnerstag sei meine OP angesetzt, am Tag davor solle ich im Krankenhaus einchecken, gab mir Dr. Frech durch, und auch am Telefon war sie die Freundlichkeit in Person. Am Mittwoch würden sie mich noch einmal gründlich untersuchen wollen, ein weiteres CT machen. Sie würde mich dem Chefarzt vorstellen, dem wiederum mein Fall bereits vorgestellt worden sei, also das, was man zu diesem Zeitpunkt wisse.

Okay, sagte ich und fragte aus purer Hilflosigkeit: Kann ich bis dahin irgendetwas tun?

Halten Sie die Füße still, sagte Dr. Frech. Tun und essen Sie, worauf Sie Lust haben. Passen Sie auf, wenn Sie die Straße überqueren, und unterschätzen Sie niemals die Kraft positiver Gedanken.

Das Wochenende lag vor mir, von mir aus hätte die Operation, bei aller Angst, auch noch am gleichen Tag stattfinden können. Losgegangen war das Prozedere ohnehin schon, der Fehler war gefunden, und ich wollte lieber jetzt als später mit seiner Behebung beginnen, nicht erst noch Geduld aufbringen müssen. Ich nahm mir vor, Dr. Frech in ihrer abwartenden Lockerheit zu imitieren und alles, was nun geschehen würde, als ein gängiges Muster, als einen ausgeklügelten Plan zu betrachten, der nur genau zu befolgen war. Darin würde ich funktionieren, alles mitmachen, solange es dazu beitrug, dass wir Klarheit bekamen und es nur irgendwie weiterging. Programme würde ich durchlaufen, Parcours absolvieren, ich war zu allem bereit. Nicht einmal selbst überlegen, abschätzen, zweifeln musste ich, alles würde ich denen überlassen, die sich auskannten. Ich musste ihnen vertrauen. Für sie war das reine Routine.

Ich rief Mama an, um ihr die Neuigkeiten durchzugeben, wieder wollte ich es so nüchtern wie möglich versuchen. Dass mein Vater rangehen würde, hatte ich nicht erwartet.

Wie geht's dir, Großer?

War schon besser. Und euch?

Ich bereute die Frage im nächsten Augenblick – und sprach einfach weiter, erzählte von der geplanten OP und versicherte, es handle sich dabei um einen reinen Routineeingriff.

Die machen das mit links, wiederholte ich voller Überzeugung Dr. Frechs Worte.

Papa fragte, ob ich das Wochenende zuhause verbringen wolle, womit er ihr Zuhause meinte, ob sie mich abholen oder mich besuchen kommen sollten, da hörte ich meine Mutter im Hintergrund sagen: Natürlich kommen wir vorbei!

Nein, sagte ich, das ist lieb. Aber ich glaube, ich brauch das Wochenende für mich. Kommt mich im Krankenhaus besuchen, wir sehen uns nächste Woche.

Sie hatten mich auf Lautsprecher gestellt, ich hörte jedenfalls ein Ausatmen, das ich Mama zuordnete.

Macht euch mal keine Sorgen, sagte ich, ich komm klar.

Samstags bekam ich eine SMS von Su. Sie gehe jetzt einfach mal davon aus, dass ich mittlerweile gut angekommen und wohlauf sei, mit der Bitte um Bestätigung.

Ja, alles gut!, tippte ich ins Handy, schickte die Nachricht aber nicht ab.

Später rief Nils an, dann noch mal, erst beim zweiten Mal ging ich ran. Ich hatte den Tag über mit niemandem gesprochen, ich dachte, er würde vielleicht ein Bier mit mir trinken wollen oder ins Kino, doch er verbrachte das Wochenende bei seiner Familie.

Wir müssen uns nächste Woche aber mal zusammensetzen, sagte er, für die Partnerarbeit.

Die hatte ich total vergessen.

Du, das schaffe ich grade nicht, sagte ich, und als er fragte, was los sei, erklärte ich, dass ich ein paar Termine im Krankenhaus hätte.

Aber nichts Ernstes, oder?, fragte er.

Mal abwarten, sagte ich – und dann noch schnell: Wird schon werden.

Er wünschte mir Hals- und Beinbruch, ich ihm dasselbe.

Nur von Oma hörte ich nichts. Ich war nicht einmal sicher, ob sie bereits Bescheid wusste, und falls ja, ob sie sich nicht traute, mich anzurufen.

Hallo, lebst du noch?, schrieb Su am Sonntagabend, als ich mit Franziska auf der Couch saß, Chips aß und *Tatort* schaute.

Oh ja, noch lebe ich, schrieb ich zurück. *Sei unbesorgt.*

Von der Terrasse des Klinikums aus schaute ich auf den kleinen Park und vermisste alle, die nicht bei mir waren, nun wünschte ich mir doch meine Eltern her. Alleine schlich ich durch die Gänge der Chirurgischen Abteilung, es roch nach Urin und Desinfektionsmittel, meine Turnschuhe quietschten auf dem Gummiboden. Nicht einmal Dr. Frech war da, um mich zu begrüßen. Ich stellte mir vor, wie sie am Ende des Flurs in einem Kämmerchen saß und voller Vorfreude die Messer wetzte.

Mein Zimmer hatte ich für mich, vom vierten Stock aus blickte ich auf die Lahn und auf Zugschienen, beide führten aus der Stadt hinaus. Das Wetter war so gut, dass es mir falsch vorkam. Ich saß da und schaute, seit der Blutentnahme am Vormittag hatte niemand etwas von mir wissen wollen.

Irgendwann stand ein Krankenpfleger in der Tür, in meinem Alter, vielleicht jünger, mit einem Rollstuhl. Er brachte mir eins dieser gepunkteten Krankenhauskleidchen und sagte, ich solle es anziehen. Ich ging damit ins Badezimmer, zog mich aus. Eigentlich war es mehr ein Umhang, nur falsch herum, den ich, mit der Öffnung nach hinten, von vorn über meine Schultern legte und mit einer Schleife um den Hals befestigte.

Die Haube auch?, rief ich nach draußen.

Alles, was ich Ihnen mitgebracht habe.

Die Unterhose auch?

Alles. Brauchen Sie Hilfe?

Im Spiegel betrachtete ich mich von allen Seiten. Die Unterhose war transparent, wie aus dünnem Papier, die Öffnung des Umhangs legte den Blick auf meinen Hintern frei, die türkisgrüne Haube auf dem Kopf machte mich zu dem, was ich von da an sein sollte: zu einem Patienten.

Ich versuchte es wie Dr. Frech und lächelte mein Spiegelbild so breit wie möglich an. Nicht aus einer guten Laune heraus, sondern wegen der Unfähigkeit, mich überhaupt noch ernst zu nehmen. Wie der schlechte Entwurf eines Superhelden stand ich da, im Krankenhaus-Cape.

Der Pfleger schien von meinem Outfit unbeeindruckt, als ich nach einiger Zeit aus dem Badezimmer kam.

Sind Sie so weit?

Er deutete auf den Rollstuhl.

Ja, aber ich gehe gerne selbst.

Setzen Sie sich bitte einfach.

Aber ich kann doch ganz normal gehen. Ich bin ja nicht fußkrank.

Hören Sie, ich bin hierhergeschickt worden, um Sie zur Untersuchung zu bringen. Setzen Sie sich bitte einfach hin.

Also setzte ich mich, und er schob mich nach draußen, den

Gang entlang, über tintenblaues Linoleum, in den Aufzug hinein und unten im Keller durch weitere Gänge.

Ich lächelte vor mich hin, als wollte ich entgegenkommenden Menschen signalisieren, dass es mir eigentlich gut ging. Dass ich mich nur zum Spaß durch die Gegend schieben ließ, alles nicht so schlimm war. Als hätte das irgendjemanden interessiert. Vor dem CT-Untersuchungsraum wurde ich abgestellt.

Ich hole Sie wieder ab, sagte der Pfleger, und weg war er.

Nach einer Weile wollte ich aufstehen, wie zum Beweis, dass ich es konnte, da fiel mir die transparente Unterhose wieder ein, der hinten geöffnete Umhang. Also blieb ich sitzen, wartete ab und glaubte schon, vergessen worden zu sein. Hielt nach Menschen Ausschau, bei denen ich mich erkundigen konnte. Schließlich kam eine Helferin mit einem Fragebogen, den ich vor der Untersuchung ausfüllen und unterschreiben sollte.

Wir legen Ihnen gleich noch eine Nadel, für das Kontrastmittel, sagte sie.

Wofür ist das Kontrastmittel?, wollte ich wissen.

Das ist zur besseren Darstellbarkeit der Organe.

Bin ich gleich dran?, fragte ich.

Wir müssen noch auf Ihre Nierenwerte aus dem Labor warten.

Seit der Blutentnahme waren bereits Stunden vergangen.

Schaffen Sie es, alleine aufzustehen?, fragte sie mich, als es endlich so weit war.

Natürlich schaffe ich das, sagte ich, als wäre es eine Selbstverständlichkeit.

Dabei waren zwischenzeitlich mehrere Betten an mir vorbeigeschoben worden, mit Menschen darin, die man nicht einmal in einen Rollstuhl hätte setzen können.

Auf der Liegefläche des CT-Geräts stach es mir wieder in die linke Flanke. Ich atmete vorsichtig dagegen an. Zuerst wurde der Schmerz stärker, dann, bei gleichmäßigem Ein- und Ausatmen, langsam schwächer. Ich versuchte, mich zu entspannen. Meine Arme sollte ich hinter dem Kopf ablegen, in der rechten Faust hielt ich einen Notfallknopf, für alle Fälle. Diesmal wurde ich nicht in einen engen Tunnel hineingefahren, wie noch eine Woche zuvor im MRT-Gerät, wo es nicht möglich gewesen war, auch nur den Kopf anzuheben. Eine Dreiviertelstunde lang hatte es laut gehämmert und gedröhnt. Bei der Computertomografie wurde ich bequem durch eine Art Ring geschoben, der mich in kürzerer Zeit, dafür aber auch, wie mir erklärt worden war, bei höherer Strahlenbelastung von allen Seiten scannte, vom Kehlkopf bis zur Hüfte.

Von dem Untersuchungsraum abgetrennt, hinter einer Glasscheibe, saß ein Radiologe, der mir bereits die Nadel gelegt hatte, ohne dabei Handschuhe zu tragen. Über die Kopfhörer, die ich trug, gab er mir Kommandos, wann ich einatmen, die Luft anhalten und wieder ausatmen sollte.

Gleich geben wir das Kontrastmittel durch die Vene, kündigte er an, da kann es kurz warm werden.

Ich spürte einen leichten Druck, dann eine Wärme, die sich ihren Weg durch meinen Arm in den Oberkörper bahnte, sich mit einem Kribbeln nach unten hin ausbreitete und weiter zunahm, je mehr sich das Kontrastmittel in mir verteilte. Es fühlte sich an, als müsste ich pinkeln, immer dringender.

Alles in Ordnung bei Ihnen?, fragte der Radiologe.

Ja, sagte ich schnell, alles okay.

Dabei war ich gar nicht sicher, wollte aber unbedingt ein guter Patient sein und alles richtig machen.

Nach einer Viertelstunde war die Untersuchung vorbei. Die Nadel in meiner Armbeuge wurde nicht entfernt.

Nachdem ich eine Weile im Rollstuhl vor dem Untersuchungsraum gewartet hatte, stand ich auf und wollte gerade Richtung Treppenhaus gehen, da hörte ich den Pfleger hinter mir sagen: Gehen Sie niemals barfuß durch ein Krankenhaus.

Für die anstehende Operation hatte ich noch einen Termin bei einer Anästhesistin, die mich über die Narkose aufklärte. Es war ihre Pflicht, mich auf das bestehende Risiko hinzuweisen, den unwahrscheinlichen Fall, nicht wieder aufzuwachen. Ich nickte und unterschrieb.

Nach ein paar weiteren Stunden, in denen ich herumsaß, ohne bewusst irgendetwas zu tun, kam eine Krankenschwester, entfernte die Nadel aus meinem Arm und fragte mich, ob ich noch zum Abendessen bleiben wolle.

Ja, sagte ich, ich bleibe über Nacht.

Nein, Sie dürfen noch mal nach Hause, hat man Ihnen das nicht gesagt? Ihre Operation wurde um zwei Tage verschoben.

Wieso das?

Das passiert manchmal. Bleiben Sie trotzdem zum Abendessen?

Es war noch immer Nachmittag, aber ich nahm jede Hilfe an, die ich kriegen konnte, auch in Form von klebrigen Käsebroten.

Die unerwartete Entlassung fühlte sich wie eine Befreiung an, dabei sollte ich bereits am nächsten Vormittag wiederkommen, um den Professor kennenzulernen, der mich operieren würde. Zu Fuß ging ich zurück in die Südstadt, einfach weil ich es konnte. Es waren nur gut zehn Minuten Fußweg, doch auf der Hälfte der Strecke stach es wieder zu, linke Seite, zuerst bei jedem zweiten, dann bei jedem Schritt. Ich passte meinen Gang dem Stechen an.

Mama rief an, ich brachte sie auf den neuesten Stand.

Es bleibt dabei, entschied sie, wir kommen dich trotzdem morgen besuchen. Dann können wir dich auch ins Krankenhaus begleiten. Am besten bleiben wir gleich über Nacht.

Bringt doch den Hund mit, schlug ich vor.

Ins Krankenhaus?

Ich merkte selbst, dass es keine gute Idee war.

Habt ihr es Oma erzählt?

Ja, sie weiß Bescheid.

Mehr wollte ich nicht wissen. Mittlerweile hoffte ich, sie würde nicht anrufen.

Eine Postkarte sei angekommen, von einer Su aus Paris, berichtete Oma, als sie doch anrief. Mit wackeliger Stimme fragte sie, wie es mir gehe.

Ach, du, sagte ich schnell, lass uns erst mal abwarten. Sich jetzt Sorgen zu machen, das wäre Zeitverschwendung. Weißt du, Oma, ich hab ja auch noch andere Sachen zu tun, ich lass mich da jetzt gar nicht unterkriegen. So eine Operation, gut, das macht keinen Spaß, aber dafür war's das dann vielleicht auch fürs Erste, also mit dem Kranksein. Nächste Woche müsste ich dann auch mal wieder zur Uni.

Omas Stimme zitterte, sie kam nicht drum herum, mir zu sagen, dass sie nachts nicht schlafe. Ich hörte, wie sie versuchte, ein Schluchzen zu unterdrücken.

Was hat Su denn geschrieben?, fragte ich.

Moment, sagte Oma und holte die Karte. Langsam las sie vor:

Liebe Oma, hier schreibt Su aus Paris. Aus Zeitmangel wurde ich von Sebastian beauftragt, das Kartenschreiben zu übernehmen. Soweit ich weiß, fand er Paris wunderschön und hat sich sehr wohlgefühlt. Er hat gut gegessen und nette Leute kennengelernt. Eine herzliche Umarmung aus Paris, Su.

Bestimmt hatte sie ein Herz dazugemalt.

Ich komm bald nach Hause, sagte ich.

Kurz darauf klingelte mein Handy erneut, diesmal war es eine unbekannte Nummer. Ich ging davon aus, dass es das Krankenhaus war, und sofort war ich aufgeregt.

Es war der kleine Hausarzt. Er sagte, dass er sich doch noch einmal persönlich nach mir habe erkundigen wollen, und versicherte, dass ich mich bei den Kollegen im Klinikum in besten Händen befände. Ich solle wissen, dass ich mich zu jeder Tages- und Nachtzeit bei ihm melden könne.

Wir alle hier denken sehr viel an Sie, sagte er.

Meine Eltern hatten sich freigenommen und waren schon am frühen Morgen losgefahren, mit dem Auto dauerte es knapp anderthalb Stunden. Ich lag im Bett, bis sie an der Tür klingelten. Mama nahm mich zur Begrüßung lange in den Arm, Papa klopfte mir etwas umständlich auf die Schulter, drückte mich kurz, aber fest an sich. Ich hatte vorgeschlagen, gemeinsam zu frühstücken, konnte ihnen aber nur Müsli anbieten, ich hatte es nicht mehr geschafft, nicht einmal daran gedacht, einkaufen zu gehen. Sie hatten Brötchen mitgebracht, doch im Kühlschrank gab es nur noch ein angebrochenes Glas Himbeergelee, von Oma, noch aus dem letzten Jahr, und eine Avocado, die Franziska zur Verfügung stellte, bevor sie sich in Richtung Uni verabschiedete.

Wir saßen um den Küchentisch, Mama, Papa und ich, da fiel mir ein, dass ich von den beiden geträumt hatte, ich konnte mich aber an kaum etwas erinnern. Nur daran, dass wir gemeinsam in einer fremden Stadt zu Besuch gewesen waren. In einem festlichen Saal, zwischen Hunderten von Menschen, vielleicht handelte es sich um eine Art Ärztekongress.

Während Mama Kaffee einschenkte und Papa Brötchen verteilte und von der Fahrt berichtete, versank ich in Gedanken. Immer wenn ich abgelenkt war, nur kurz an etwas anderes dachte, schien ich mich für einen Moment in meinem alten Leben zu befinden, dem vor der Diagnose, manchmal nur für ein paar Sekunden, bis mir blitzartig wieder einfiel, dass ich krank war. Tagelang ging das so, wenn ich vorm Fernseher saß, zu lesen versuchte, über irgendetwas lachte. Der Schreck, der mich dann traf, saß mit jedem Mal ein Stück weniger tief.

Was?, fragte ich unvermittelt, als es mich wieder aus meinen Gedanken katapultiert hatte.

Nichts, sagte Mama und schaute mich an. Es hat keiner was gesagt.

Wir waren spät dran, Mama wollte mir helfen, meinen Rucksack zu packen, den ich bis obenhin vollstopfte, als würde ich länger verreisen. Papa hatte eine Weile in der offenen Wohnungstür gestanden und einmal gerufen: Beeilung!, um sich dann schon mal ins Auto zu setzen.

Vor dem Klinikum sprang ich aus dem Wagen, Papa suchte nach einem Parkplatz, Mama stieg mit mir aus. Sie nahm mir meinen Rucksack ab und versprach, gleich nachzukommen, ich solle mich beeilen. Ich lief los, suchte schnellstmöglichen Schrittes, begleitet von stärker werdendem Seitenstechen, den

Weg zur Chirurgischen Abteilung, um meinen Termin mit dem Chefarzt nicht zu verpassen. Völlig aus der Puste stand ich im Fahrstuhl. Ich fuhr in den vierten Stock. Ging zur Anmeldung, von dort wurde ich in ein Zimmer gebracht, das für mich reserviert war. Kaum eine Minute später stand der Chefarzt in der Tür, eine Mappe unterm Arm. Schnell schüttelte er meine Hand mit einem kurzen, kräftigen Druck und stellte sich als Professor Englhart vor. Er blieb mitten im Raum stehen, ich setzte mich auf eines der Betten, beide waren mit Plastikfolie überzogen.

Also Folgendes, sagte der Professor, wir können Sie nicht operieren.

Er legte die Unterlagen auf den Tisch, rückte seine randlose Brille zurecht, knipste auf einem Kugelschreiber herum, um ihn dann wieder an seine Kitteltasche zu stecken.

Die Plastikfolie knisterte, als ich mich mit beiden Händen auf der Matratze abstützte.

Bei Ihrem CT gestern, da haben wir noch etwas gefunden.

Er schaute mich direkt an, hielt den Blick.

Einen weiteren Tumor, in Ihrer Thymusloge.

Mit ausgestreckten Fingern deutete Prof. Englhart in Richtung seines Brustbeins, ich legte eine Hand flach auf meins.

Dort sitzt eigentlich die Thymusdrüse, erklärte er, die sich in der Pubertät zurückbildet, normalerweise, da sie nicht mehr benötigt wird. Bei Ihnen hat sie sich erstaunlich wenig zurückgebildet. Die Thymusloge ist jedenfalls ein beliebter Ort für Zweittumoren, und trotzdem, diese Konstellation bei Ihnen ist äußerst ungewöhnlich.

Und jetzt?

Wie gesagt, wir können Sie so auf keinen Fall operieren. Wir müssen zuerst einmal eine Biopsie machen, das heißt, wir nehmen Proben vom Tumorgewebe und schauen nach, was das jeweils ist. Also ob es bösartig ist oder nicht, ob wir, was wahrscheinlich ist, in den jeweiligen Proben die gleichen Zellen finden. Es gäbe auch noch die Möglichkeit eines seltenen Syndroms, was aber wirklich sehr unwahrscheinlich ist.

Mama betrat das Zimmer, meinen Rucksack auf dem Rücken, in der Hand hielt sie ein Exemplar meiner Lieblingsblume. Zuerst schaute Mama zu mir, dann zum Professor, merkte sofort, dass etwas nicht stimmte.

Was ist los?

Ich glaube, so begrüßte sie uns. Prof. Englhart stellte sich vor, knapp, aber nicht unfreundlich, und fasste alles noch einmal kurz zusammen. Also das, was er zu diesem Zeitpunkt sagen konnte. Mama legte die Blume auf den Tisch, setzte sich wortlos, stellte den Rucksack ab.

Der zweite, wie groß ist der?, fragte ich. Ist der auch so groß wie der erste?

Ja, der ist fast ebenso groß.

Ich drückte mit der Hand gegen mein Brustbein, konnte es mir kaum vorstellen. Mama holte ein Taschentuch aus ihrer Jacke und wischte sich die Tränen weg.

Und noch was, sagte der Professor, also – wir haben noch etwas gefunden, an der rechten Nebenniere, aber ganz klein. Das will gerade erst zu wachsen anfangen. Keine Sorge, das halten wir in Schach.

War das Tschernobyl?, fragte meine Mutter und kämpfte dabei um ihre Stimme. Kann das sein? Ich war mit ihm schwanger, als das passiert ist.

Das ist so leicht nicht zu sagen, sagte der Professor. Nach jetzigem Stand würde ich aber davon ausgehen, dass Umwelteinflüsse am ehesten ursächlich sind.

Ich wandte mich ab, schaute aus dem Fenster, das Wetter war großartig.

Ich melde mich im Laufe des Tages noch einmal bei Ihnen, wegen eines neuen Termins, hörte ich Prof. Englhart sagen. Heute dürfen Sie erst mal wieder nach Hause.

Mein Vater stand in der Tür. Der Professor grüßte ihn nur kurz und verschwand.

Meine Lieblingsblume war schon immer die Pusteblume. Ich stand auf und nahm sie vom Tisch. Oder das, was von ihr übrig war, einige Samen hatte sie bereits eingebüßt. Ich stellte mir vor, wie Mama sie durchs Krankenhaus getragen hatte, wie die Samenschirmchen sich nach und nach durch die Gänge in die Zimmer verteilten, wie die gesamte Belegschaft zu niesen beginnen würde und nicht mehr damit aufhören könnte. Ich ging zum Fenster, versuchte eins zu öffnen, rüttelte am Griff, bis ich verstand, dass es sich nur kippen ließ. Durch den Spalt wollte ich die übrigen Schirmchen nach draußen pusten, doch die meisten flogen bereits durch die Luft oder lagen auf dem Fensterbrett. Der Pusteblumenstiel hatte schon einen Knick. Ich ließ ihn nach draußen fallen und drehte mich wieder zu meinen Eltern um. Mama war ganz rot im Gesicht, schnäuzte ins Taschentuch, Papa legte eine Hand auf ihre Schulter. Sofort schaute ich wieder aus dem Fenster.

Hört bitte auf zu heulen, sagte ich.

Meine Hände ballte ich zu Fäusten.

Ich sterbe nicht. Okay?

Zwölf Tage nach der Erstdiagnose, zwei Wochen nachdem ich aus Paris zurückgekommen war, fand meine Mutter mich in meinem Krankenhausbett, im Schneidersitz und mit geschlossenen Augen in meinem OP-Cape samt türkisgrüner Haube und Thrombosestrümpfen. Gerade hatte ich den letzten Schluck des halben Liters Kontrastmittel, diesmal oral, hinuntergewürgt. Als sie leise *Hallo* sagte, fast flüsterte, blickte ich sie an, lächelte und sprach aus, was ich mir in Gedanken vorgesagt hatte, seit ich am Morgen geweckt worden war: Heute ist einer der besten Tage meines Lebens.

Kurz darauf wurde ich, diesmal mitsamt dem Bett, abgeholt und aus dem Zimmer geschoben, was ich mir von nun an gerne gefallen ließ. Auf dem Weg zum Operationssaal versuchte ich nicht, die hellgrauen Styroporplatten der abgehängten Decke zu zählen, trug keinen Talisman bei mir, nicht einmal eine eigene Unterhose. Da hatte ich nur noch mich, was, wenn man die zwei oder drei Tumoren dazuzählte, mehr als genug war. Man schob mich in den OP, und ohne zu diesem Zeitpunkt sonderlich gläubig gewesen zu sein, segnete ich in Gedanken die Biopsienadel, lächelte dem behandelnden Arzt freundlich zu. Er lächelte zurück und griff nach der Betäubungsspritze.

Einige Minuten später stieß er mir eine mehr als zehn Zentimeter lange Biopsiekanüle seitlich zwischen zwei Rippen hindurch in Richtung Nebennierentumor. Ich bekam davon kaum etwas mit, in Bauchlage auf dem Operationstisch, bei örtlicher Betäubung, trotz vollem Bewusstsein.

Erst als ich auf den Rücken umgelagert wurde und der Arzt eine weitere, nicht weniger lange Betäubungsspritze unter meinem Brustbein ansetzte, bat er mich, ab da doch die Augen geschlossen zu halten. Dabei hatte ich sie bereits gesehen, die weitaus dickere Kanüle, die wie eine gewöhnliche Nadel eindrang, doch schnitt wie ein Skalpell. Sie sollte das unter Krebszellenverdacht stehende Tumorgewebe aus mir herausstanzen, ohne es auf dem Weg an die Körperoberfläche zu verlieren und in mir zu verteilen, auf dass es sich einen weiteren Weg durch mich bahnen und damit seinen Siegeszug gegen mich antreten könnte. Auf dem kalten Operationstisch liegend versuchte ich, mir warme Gedanken zu machen, unter geschlossenen Lidern führten meine Pupillen einen nervösen Tanz auf, während der Rest meines Körpers bestmöglich stillhielt. Innerlich schnitt ich Grimassen, legte mein Gesicht in Falten, zog Fratzen, zappelte aufgekratzt. Ich konzentrierte mich darauf, dem Arzt zu vertrauen, bis er mit ruhiger Stimme sagte: Sie dürfen die Augen jetzt wieder öffnen, wir sind fertig.

Ich dankte ihm und wusste: Das war erst der Anfang.

Wieder schien die Sonne, wieder schaute ich vorbeifahrenden Zügen hinterher, von meinem Krankenhausbett aus.

Mama saß noch eine Weile bei mir und versuchte, mich abzulenken, bestmögliche Laune zu verbreiten, immer einen Funken Panik im Blick. Sie hatte sich den nächsten Tag freigenommen und plante, in meinem WG-Zimmer zu übernachten. Ich stellte mir vor, wie sie mit Franziska in der Küche sitzen und zu Abend essen würde. Wie Mama später alleine auf dem Balkon stehen würde, um den Sonnenuntergang zu beobachten. Ich überlegte, ob mein Zustand Anlass für sie sein könnte, nach jahrelanger Abstinenz wieder mit dem Rauchen anzufangen. Vielleicht hatte sie sich schon heimlich Zigaretten gekauft, am Krankenhauskiosk, falls es dort welche gab. Mir hatte sie Vitaminsaft und ein Rätselheft mitgebracht.

Als ich am Nachmittag einen Zimmernachbarn bekam, einen älteren Herrn in Begleitung seiner Frau, fragte ich Mama, ob sie nicht doch lieber nach Hause fahren wolle, zu Papa und dem Hund.

Hier gibt es nichts zu tun, sagte ich. Ich muss nur rumliegen und abwarten.

Meine Mutter wirkte erleichtert.

Wenn etwas ist, sagte sie, und wenn dir nur langweilig sein sollte, bin ich in einer Stunde hier. Ruf an und ich setz mich sofort ins Auto, abgemacht?

Abgemacht.

Mama schenkte mir noch ein Glas Vitaminsaft ein. Das Rätselheft gab ich ihr mit.

Kurz nachdem sie gegangen war, schlief ich ein, verschlief das Abendessen und wachte erst auf, als Schüsse fielen, im Fernsehen Autos explodierten. Der Zimmernachbar stellte den Ton leiser, ich drehte mich zur rechten Seite, auf der ich noch liegen konnte, und als ich wieder aufwachte, trommelte Regen gegen die Fensterscheibe. Der Mann grunzte leise im Schlaf, sein dicker Bauch hob und senkte sich.

Vorsichtig tastete ich meinen Oberkörper ab. In der Brust und in der Flanke hatte ich nach der Biopsie einen pulsierenden Schmerz gespürt, nur ein leichtes Drücken war davon übrig. Aus dem Nebenzimmer hörte ich ein leises Dröhnen oder ein Vibrieren, dann Stille. Schritte auf dem Flur. Ich fragte mich, wie viele Menschen starben, an diesem Ort, in einer Nacht. Ob sie gezählt wurden, ein Durchschnitt errechnet wurde übers Jahr. Noch nie hatte ich eine Nacht alleine im Krankenhaus verbringen müssen. Nichts hatte ich gehabt, nichts Ernstes jedenfalls, nicht einmal Karies, nichts außer einer Zahnspange, Windpocken, Läusen. Einmal hatte mich das Pfeiffersche Drüsenfieber erwischt. Aber immer war ich glimpflich davongekommen.

In Gedanken begann ich ein Selbstgespräch, es war nicht das erste dieser Art, und es war auch kein Gebet, jedenfalls keins zu einer Gottheit. Ich redete mir selbst gut zu, redete mir ein, diesen Ort schnellstmöglich wieder zu verlassen, im besten Fall gesund.

Unterschätzen Sie niemals die Kraft positiver Gedanken, hatte Dr. Frech gesagt, und ich war überrascht gewesen, dass sie als Schulmedizinerin mir einen solchen Rat gab. Doch was konnte falsch daran sein, zumindest den Versuch zu unternehmen, der schlimmsten Angst beizukommen?

Meine erste Nacht im Krankenhaus sollte bis auf Weiteres auch meine letzte bleiben. Am Morgen frühstückte ich ein Käsebrot, das nach Schinken schmeckte. Mein Zimmergenosse war bereits früh zu einer Untersuchung abgeholt worden. Wir hatten uns verabschiedet, ohne voneinander erfahren zu haben, was uns jeweils an diesen Ort verschlagen hatte.

Mama erkundigte sich per SMS nach mir, ich schrieb: *Es geht mir den Umständen entsprechend bestens.*

Ich legte mein Krankenhauskleid ab und zog meine Sachen an.

Draußen atmete ich die vom Regen erfrischte Luft, pflückte ein paar der Pusteblumen, die vom Wetter verschont geblieben waren, und wünschte mir etwas, vermutlich erneut, gesund zu werden. Ich fühlte mich noch leicht benebelt.

Wieder zuhause setzte ich mich an den Laptop und schrieb eine Mail ans Institutssekretariat, in der ich mitteilte, dass ich *krankheitsbedingt auf unbestimmte Zeit* ausfiele. Ich löschte *krankheitsbedingt* und ersetzte es durch *aus gesundheitlichen Gründen.*

In meinem Posteingang stapelten sich ungelesene Mails, hauptsächlich Werbung. Ich überflog die Absendernamen im Spam-Ordner, klickte auf *Alle markieren* und *Löschen.*

In der Küche kochte ich Tee, den grünen, Mama hatte ihn mir mitgebracht.

Trink jeden Tag eine Kanne davon, hatte sie gesagt, als hinge mein Leben davon ab.

Er schmeckte etwas fischig. Tee trinkend saß ich auf dem Balkon, der Himmel war mittlerweile weiß geworden. Still war es, bis auf ein lautes Platschen, als einer der Karpfen ein Stück über die Wasseroberfläche des kleinen, umzäunten Teichs gesprungen war. Ich stand auf, schaute nach unten. Vom blinden Hund keine Spur. Es gab nichts mehr zu tun. Keine Nachricht von Su, keine Nachricht an Su. Ich zog mich zurück. Wartete ab. Im Angesicht des großen Ganzen erschien mir nichts mehr wichtig.

Ich ging dazu über, auszuschlafen und erst spät vormittags aufzustehen. Auch, um weniger Lebenszeit damit verbringen zu müssen, voller Ungeduld auf die Ergebnisse der Biopsie zu warten. Zum Frühstück wollte ich mir Haferbrei kochen, ich hatte mir vorgenommen, von nun an möglichst gesund zu leben. Da kam Franziska aus der Uni zurück und legte mir einen Brief auf den Küchentisch.

Vielleicht ist es ja wichtig, sagte sie und blieb im Türrahmen stehen.

Es war der erste Arztbrief aus dem Krankenhaus, ich riss das Kuvert auf. Er war an den kleinen Hausarzt adressiert und ging in Kopie an mich. Ich las den Brief auf nüchternen Magen: *Sehr geehrter Herr Kollege, wir berichten über den Aufenthalt Ihres Patienten, Diagnose: Unklarer Tumor der Nebennieren beidseits und im vorderen Mediastinum. Therapie: –*

Es gibt keine Therapiemöglichkeit für mich, dachte ich im ersten Augenblick. Dann, mich beruhigend, dass eben noch abgeklärt werden müsse, welche die richtige Therapie sei und womit wir es überhaupt zu tun hätten. Ich las weiter, überflog den Rest: *Differentialdiagnostisch kann ein malignes Thymom mit Nebennierenmetastasen ... Lymphom ... Neuroblastom vorliegen ... Nebennierenkarzinom ... eher unwahrscheinlich ...* Und schließlich: *Verlauf: Stationäre Aufnahme zwecks Abklärung bei unklaren Tumoren der Nebennieren beidseits und im vorderen Mediastinum. Mit freundlichen Grüßen –*

Alles in Ordnung?, fragte Franziska, die noch immer im Türrahmen stand, mit so sorgenvollem Blick, dass ich wegschauen musste.

Ja, alles in Ordnung, sagte ich und stopfte den Brief zurück ins Kuvert.

Ich nehme mal den Brei vom Herd, sagte Franziska.

Es war bereits später Abend, da rief ich den kleinen Herrn Doktor doch einmal an, Eduard, auf seiner Privatnummer. Er schien sich zu freuen.

Wie geht es Ihnen?, fragte er, und ich erzählte, dass jetzt alles seinen Gang gehe, Untersuchungsergebnisse noch ausstünden.

Ich drückte mich so sachlich und fachlich korrekt aus, wie es mir möglich war.

Aber es sind jetzt eben doch drei Tumoren, so viel steht fest, sagte ich. Den Brief müssten Sie ja bekommen haben.

Am anderen Ende der Leitung blieb es kurz still.

Sie müssen wissen, sagte der Doktor, bei einem so jungen Menschen wie Ihnen, da denkt man doch erst ganz zuletzt ans Allerschlimmste. Aber Sie schaffen das, sagte er schnell, gerade weil Sie noch so jung sind, redete er mir und sich selbst gut zu.

Ich nahm mir vor, ihm bald zu verzeihen.

Eine Sache noch, sagte ich, denn deshalb hatte ich ihn ja angerufen. Wie heißen eigentlich Ihre Kinder?

Meine Kinder?, fragte er. Kennen Sie sich denn?

Ich bin nicht ganz sicher, deshalb frage ich, behauptete ich.

Also meine Tochter heißt Carlotta, mein ältester Sohn Lukas und der jüngste Linus.

Das sind schöne Namen, sagte ich, richten Sie bitte liebe Grüße aus.

Nachdem wir aufgelegt hatten, blieb ich noch eine Weile am Schreibtisch sitzen, schaute aus dem Fenster in die Dunkelheit, legte meine Hände zuerst auf den linken Rippenbogen, dann auf mein Brustbein, dann dorthin, wo ich den kleinen Tumor vermutete, rechts. Carlotta, Lukas und Linus, dachte ich, ihr seid schon groß genug, ihr müsst jetzt ausziehen.

Freitags rief der Chefarzt an, Prof. Englhart, ich war gerade auf dem Weg zum Supermarkt.

Eigentlich gebe man so etwas nicht telefonisch durch, er wolle mich aber ungern übers Wochenende warten lassen. Auch bleibe noch die Bestätigung aus der externen Pathologie abzuwarten, man könne aber bereits davon ausgehen, dass es sich nicht um das im Krankenhaus erwähnte seltene Syndrom handle, und somit, wie er es nannte, das Schlimmste ausschließen.

Gut, sagte ich, aber was ist es dann?

Das ist noch nicht abschließend zu sagen, erklärte er, aber mit großer Wahrscheinlichkeit haben wir es mit einem Lymphom zu tun.

Aber ein Lymphom, das ist doch Lymphdrüsenkrebs.

Ja, sagte er, das hört sich für Sie jetzt vielleicht komisch an, aber das wäre, um ehrlich zu sein, eine gute Nachricht. Wir sind anfangs von etwas weitaus Komplizierterem ausgegangen. Ein Lymphom wäre nichts, was wir nicht in den Griff kriegen könnten. Sie kommen am Montag zur Sprechstunde, und dann planen wir gemeinsam das weitere Prozedere. Heute können Sie erst mal erleichtert ins Wochenende gehen.

Kann es sich nicht auch einfach um einen Blutschwamm handeln, zum Beispiel?, fragte ich.

Nein, sagte er, also das ist wirklich ausgeschlossen.

Wir legten auf. Ich stand an einer Kreuzung, blieb eine Weile einfach so stehen. Überquerte die Straße, ohne mich nach Autos umzuschauen. Kurz vorm Supermarktparkplatz drehte ich um. Lief zurück, die Bahngleise entlang stadtauswärts, am Sportplatz und am Stadion vorbei, unter der Autobahnbrücke hindurch, immer weiter geradeaus. Übers Feld, bis ich in einem anderen Ortsteil herauskam, der mehr nach Dorf als nach Stadt aussah. Mit Reihenhäusern und Doppelhaushälften, Vorgärten, Kindern auf Fahrrädern, Menschen, die ihre Hunde ausführten. Eine ältere Dame mit Zwergschnauzer schaute mich an, als wäre ich außerirdisch. Wer von uns ist dem Tod wohl näher?, dachte ich und wünschte ihr einen guten Tag.

Ich rief Mama an, ich sagte zu ihr: Das ist eine gute Nachricht! Zum Glück ist es nicht dieses seltene Syndrom! Wir können erleichtert ins Wochenende gehen!

Mama spielte mit: Ja, Glück gehabt, wiederholte sie.

Ich sagte nicht: Puh, es ist tatsächlich nur Krebs!

Sie fragte nicht: Was für ein gottverdammtes seltenes Syndrom überhaupt?

Macht er das mit allen Patienten so, der Professor?, fragte ich mich. War das ein Trick, seine Taktik, Krebsdiagnosen als frohe Botschaft zu überbringen? Lernte man das im Studium, hätte Su es auch so gemacht?

Ich ging immer weiter, bog abwechselnd rechts und links ab. Bis das Stechen wieder stärker wurde. Ich stand auf freiem Feld, wartete auf Regen, der nicht fiel, die Sonne blendete mich in knalligem Orange. Erst in der Dämmerung ging ich zurück, diesmal querfeldein, durch den Wald, verlief mich und kam zuhause an, als es längst dunkel war.

DAS FÜRCHTEN
VERLERNEN

Am Montag versammelten sich der gut gelaunte Chefarzt, die freundliche Oberärztin, meine um Gelöstheit bemühte Mutter und ich uns in dem Zimmer, wo bereits die erste Sprechstunde stattgefunden hatte.

Ein Lymphom, fing Prof. Englhart an, das kriegen wir wieder hin. Das bekommen junge Männer in Ihrem Alter gerne mal, sagte er, als handelte es sich dabei um einen Schnupfen.

Der Professor schien seinen Optimismus übers Wochenende gerettet zu haben.

Wissen Sie, die Tatsache, dass Ihr Krebs so aggressiv ist und schnell wächst, hat auch etwas Gutes. Wir können davon ausgehen, dass er sich ebenso schnell in die Knie zwingen lassen wird. Ich würde schätzen, sagte Prof. Englhart und lehnte sich zurück, Ihre Heilungschance liegt bei gut neunzig Prozent.

Dr. Frech zeigte kaum Reaktion, diesmal blieb ihr Lächeln verhalten, als ich kurz, wie zur Kontrolle, zu ihr schaute.

Meine Kollegin bespricht gleich das weitere Vorgehen mit Ihnen, erklärte der Professor. Sie wechseln jetzt die Abteilung, zur Onkologie, aber wir Chirurgen behalten Ihren Fall natürlich weiterhin im Auge.

Prof. Englhart stand auf.

Alles Gute, wünschte er noch und verabschiedete sich.

Mit Schwung fiel die Tür hinter ihm ins Schloss.

Es ist so, sprach Dr. Frech mit ruhiger Stimme, Sie werden eine Chemotherapie machen müssen.

Ich suchte Dr. Frechs Blick, der aber auf meiner Mutter lag – ganz so, als sei sie gemeint gewesen. Ich konnte nicht zu Mama sehen, nahm sie nur aus den Augenwinkeln wahr. Nun schaute Dr. Frech doch wieder zu mir, aber auch irgendwie durch mich hindurch. Als fixiere sie mal meine Nasenwurzel, mal mein Kinn, doch niemals meine Augen.

Das ist eine harte Zeit, die da auf Sie zukommt, sprach Dr. Frech weiter. Es stimmt, Sie sind jung, und im besten Fall werden Sie das alles gut überstehen. Ich will nur sagen, Sie werden auch Durststrecken erleben und viel aushalten müssen.

Dr. Frech versuchte ein Lächeln, presste dabei jedoch die Lippen aufeinander. Ich war nicht sicher, ob sie mit ihren Ausführungen fortfahren würde, die ein wenig am Optimismus ihres Kollegen zu kratzen schienen. Wieder musste ich an den Satz denken, den sie am Telefon gesagt hatte. Für einen Moment dachte ich, sie wolle noch einmal ansetzen, sie schaute erst mich, dann meine Mutter an, griff dann aber zum Telefonhörer, um einen Termin in der Onkologie zu vereinbaren. Dort kam sie anscheinend nur bis zum Sekretariat durch, wollte sich zum Chefonkologen durchstellen lassen, wurde ungeduldig, sagte: Wie, der kommt erst nächste Woche wieder? Ich brauche aber jetzt einen Termin, so schnell wie möglich.

Nach einer Weile legte sie auf, ohne sich verabschiedet zu haben. Kurz hielt sie inne, die Hand noch am Hörer, ihr Lächeln war verschwunden.

Hören Sie, Professor Englhart hat recht. Sie haben gute Chancen, wieder gesund zu werden. Und genau deshalb wollen wir jetzt auch keine Fehler machen oder Zeit verlieren.

Dr. Frech lehnte sich leicht nach vorn, leiser als zuvor sprach sie weiter: Was ich Ihnen jetzt sage, das darf ich Ihnen nicht sagen und werde ich auch nie gesagt haben, verstehen Sie?

Ihr Blick pendelte zwischen meiner Mutter und mir.

Unter uns, ich bitte Sie, suchen Sie sich ein anderes Krankenhaus. Gehen Sie nach Frankfurt – oder gleich nach Heidelberg. Wenn Sie wollen, vereinbare ich einen Termin. Ich kläre das für Sie ab.

Eine Hand hatte sie schon am Telefonhörer.

Mama und ich fuhren zu meiner WG zurück, diesmal packte ich gleich meine Reisetasche.

Kann ich dir helfen?, fragte Mama.

Nein, sagte ich, alles gut. Mach dir doch einen Kaffee, schlug ich vor, oder grünen Tee.

Es war noch mehr als genug da.

Ich stand vorm geöffneten Kleiderschrank. Wie lange würde ich wohl weg sein? Ich packte drei Hosen ein, fünf T-Shirts, vier Pullover. Nahm das Jeanshemd vom Kleiderbügel, legte es zusammen. Den Laptop, ein Buch, aber welches? Seit der Diagnose hatte ich kaum gelesen, weil ich mich auf nichts mehr konzentrieren konnte. Einmal hatte ich es versucht und erst nach einigen Seiten bemerkt, dass ich mich an nichts erinnern konnte außer an die Gedanken, die ich mir während des Lesens gemacht hatte. Vor dem Bücherregal, das alphabetisch sortiert war, konnte ich mich nicht entscheiden, hatte keine Lust oder nicht genug Kraft. Zählte bis neunzig, wegen der neunzigprozentigen Heilungschance. Es standen genau 86 Bücher im Regal, bei 87 fing ich wieder von vorn an. Das vierte und neunzigste Buch war ein Gedichtband von Ingeborg Bachmann, den ich

Jahre zuvor aus einem dieser öffentlichen Bücherschränke mitgenommen hatte. Ich warf das Buch in meine Tasche.

Auf dem Küchentisch hinterließ ich einen Zettel: *Liebe Franziska, bis bald.* Ich malte ein Smiley dazu.

Wir fuhren los, nach zehn Minuten auf der Autobahn schlief ich ein und wachte erst auf, als wir vor dem Haus hielten, aus dem ich Jahre zuvor ausgezogen war.

Der Hund war alt geworden, das fiel mir jedes Mal auf, wenn ich ihn eine Weile nicht gesehen hatte. Er hatte schon hinter der Haustür gewartet und wollte gar nicht mehr aufhören, mich zu begrüßen. Immer wieder kam er schwanzwedelnd an, ließ sich hinter den Ohren kraulen und schnupperte an mir. Eigentlich war der Hund eine Hündin und hatte einen Namen, ich nannte ihn aber Hund. Schon immer.

Papa hatte auf der Couch gelegen, vorm Fernseher, war aber sofort aufgestanden, um mich zu begrüßen. Diesmal nahm er mich gleich richtig in den Arm, das war neu, das kannte ich noch nicht. Auch nicht die Bartstoppeln am Kinn, die kurz kratzten.

Gut, dass du da bist, sagte er und sah müde aus.

Mama kochte noch Spaghetti mit Tomatensoße, wie jedes Mal, wenn ich zu Besuch kam. Diesmal würde es für länger sein.

Ich brachte meine Tasche nach oben auf mein Zimmer, das hellblau gestrichen war, schon seit vielen Jahren, doch jetzt fiel es mir auf. Als Erstes kippte ich die Fenster, die Luft war stickig. Ich ließ mich aufs Bett fallen, und erst beim Aufkommen erinnerte ich mich, dass es sich um ein Wasserbett handelte. Ein Platschen, dann schlug ich Wellen, die mich gemächlich auf und ab schaukeln ließen. Über mir die Schräge der Zimmerdecke, ich betrachtete die daran aufgeklebten Fotos und entdeckte in der

Holzmaserung daneben die alten Gestalten aus meiner Kindheit: den Fuchs, die alte Frau, das Gespenst. Jahrelang hatten sie mich im schwachen Schein des Steckdosen-Nachtlichts im Auge behalten.

Ich hatte eine Weile so dagelegen, als Mama von unten rief: Essen ist fertig!, so wie früher.

Und nach nur fünf Sekunden lauter: Hast du mich gehört?

Ja-ha!, rief ich zurück, stand auf und machte mich auf den Weg nach unten.

Nachts wachte ich auf, wusste für einen Moment nicht, wo ich war, lag quer auf der Matratze. Das Wasser schwappte unter jeder Bewegung, es war stockdunkel – und schon Mittag, als ich wieder erwachte.

Der Hund wartete unten an der Treppe, begrüßte mich, folgte mir in die Küche und nahm vor der Schublade Platz, in der sich seine Leckerli befanden. Ich ignorierte ihn, schüttete Cornflakes in eine Schale, auf dem Küchentisch lag ein Zettel von Mama: *Guten Morgen, im Kühlschrank sind noch Spaghetti. Bis später! Ruf an, wenn was ist!*

Ich schaltete den Kaffeevollautomaten ein, den Stolz meiner Eltern, stellte gerade noch rechtzeitig eine Tasse darunter, als er zu spülen begann, füllte den Wasserbehälter auf und drückte mir einen Espresso. So sagen meine Eltern das: sich einen Kaffee drücken.

An der Pinnwand sah ich Sus Postkarte aus Paris, darüber hing noch immer der ewig gleiche Geburtstagskalender, den Jasnas Mutter vor vielen Jahren gebastelt und meiner Mutter geschenkt hatte. In der krakeligen Schreibschrift meiner Grundschulzeit stand dort: *Jasna*, hinter der *20*. Das war der Tag meiner Erstdiagnose gewesen und bereits zwanzig Tage her, wir hatten längst Mai. Ich fühlte mich nicht verantwortlich und ließ den April hängen.

Der Hund folgte mir bis zum Treppenabsatz, ich nahm zwei Stufen auf einmal, vorbei am knallbunten Bild eines Papageien, das seit Jahren eingerahmt im Treppenhaus hing. Ich hatte es im Kunstunterricht gemalt, in der fünften oder sechsten Klasse, am liebsten hätte ich es auf der Stelle abgehängt.

In meinem Kleiderschrank lagerten Klamotten, die ich zwischenzeitlich vergessen hatte. Ich fand eine schlabberige graue Jogginghose, die Adidas-Trainingsjacke zog ich über das Abi-Shirt. Die zertretenen Schuhe, die ich zuletzt im Sportunterricht getragen hatte, nahm ich mit nach unten, und der Hund machte große Augen. Er beobachtete mich genau, streckte sich aus und kam wedelnd auf mich zu. Während ich die Schuhe zuband, versuchte er, mit der Schnauze unter meinem Arm hindurchzuschlüpfen und mir übers Gesicht zu schlecken, fest drückte er sich an mich, doch ich verjagte ihn. Als ich an der Garderobe nach der Leine griff, flippte er vor Freude aus. Kurz tänzelte er im Kreis und setzte zum Sprung an, denn er wusste, ich würde mit ihm in den Wald spazieren, bis zum Ententeich.

Das Haus meiner Eltern lag am Rande des Neubaugebiets, nach nur wenigen Schritten stand ich auf dem Feld und ließ das Ortsschild hinter mir, schwarz auf gelb war darauf zu lesen: *Mutterstadt*. Obwohl Mutterstadt sich Stadt nannte, war es nicht mehr als ein Dorf, ein großes, immerhin. Von Weitem war der Wasserturm zu erkennen, in Pastelltönen mit geometrischen Formen bemalt, um viele Meter überragte er die umliegenden Wohnhäuser und auch die beiden Kirchtürme.

Die örtliche Synagoge war bei den Novemberpogromen niedergebrannt und nie wieder aufgebaut worden. Von der Deportation der Mitglieder der jüdischen Gemeinde erfuhr ich erst mit 15 im Geschichtsunterricht.

Meine Oma hatte von einer Lokalbahn berichtet, die früher einmal durch den Ortskern gefahren sei, bis nach Ludwigshafen. Mittlerweile gab es nur noch den Bus, der stündlich ging. Entlang der Hauptstraße reihte sich ein Fachwerkhaus ans nächste, später wuchsen auffällig hohe Plattenbauten in den Himmel, Doppelhaushälften entstanden, ein Schulzentrum. Ein erstes Neubaugebiet verschob die Ortsgrenze, ein weiteres folgte, und wo noch Platz war, baute man Verkehrskreisel.

Mutterstadt, und meine Mutter war hier geboren worden, meine Eltern lernten sich in der Schule kennen. Beide wuchsen hier auf, waren nur für kurze Zeit und nicht weit weg und kehrten zurück, als Mama mit mir schwanger war, noch während ihrer Ausbildung. Sie heirateten, weil das normal war, ließen mich katholisch taufen, weil sich meine katholische Oma gegen den protestantischen Teil der Familie durchsetzen konnte, und erbten ein Grundstück, auf dem sie Anfang der Neunziger ein Haus bauten, das sie, solange ich dort lebte, noch nicht ganz abbezahlt hatten. Mit Garten und Gartenteich, hier ließ es sich aushalten. Und doch hatte ich es, nachdem ich meine gesamte Schulzeit dort verbracht hatte, kaum erwarten können, diesen Ort zu verlassen.

Vom Haus meiner Eltern führte die Landstraße in Richtung eines dicht bebauten Gewerbegebiets, das neben Bau-, Super- und Sonderpostenmärkten auch ein Schwimmbad zu bieten hatte. Weit ums Dorf erstreckte sich der angeblich größte Gemüsegarten der Bundesrepublik, von Artischocken bis Zuckerrüben wuchs hier alles, sogar Wohncontainer stapelten sich übereinander, für die saisonal angeheuerten Beschäftigten aus Osteuropa.

Ein paar Hundert Meter musste ich mit dem Hund übers Feld. Das Gewerbegebiet ließen wir links liegen. Auf der anderen Seite der stark befahrenen Landstraße begann der Wald, und ich konnte es kaum erwarten, mich von ihm verschlucken zu lassen.

Vogelgezwitscher, viel mehr war im Wald nicht zu hören, die Autos rauschten nur noch im Hintergrund, mit jedem Schritt Richtung Ententeich etwas leiser. Den Hund hatte ich nur mitgenommen, weil er nicht sprach. Wir passierten die Weggabelung, an der Jasna und ich uns vor vielen Jahren zum ersten und zum letzten Mal geküsst hatten, mit 14 Jahren und mit Zunge, betrunken auf einem Waldfest des SPD-Ortsvereins. Damals war eine Gruppe Jugendlicher vorbeigekommen und hatte uns, tuschelnd, für zwei Männer gehalten. Jasna und ich hatten so getan, als hätten wir es nicht gehört.

Dem Wald war anzusehen, dass er geplant worden war, das Wegenetz glich einem Spielfeld aus sauber gezogenen Linien. Für einen Moment war ich nicht sicher, ob wir uns auf dem richtigen Weg zum Wasser befanden, da alles gleich aussah, doch der Hund kannte sich aus. Ich leinte ihn ab und ließ mich von ihm führen, und er bestätigte die Route, die ich genommen hätte. Je tiefer wir in den Wald hineingingen, desto ursprünglicher erschienen mir die Bäume, Moos und Efeu wucherten wilder über die Erde. Beinahe hätte ich den Ententeich übersehen – oder, wie er hier genannt wurde, den Weiher. Über seine gesamte Oberfläche hatte sich ein Teppich ausgebreitet, ein leuchtendes, helles Grün, rings um die Insel, die inmitten des Gewässers lag. Von dort aus streckte sich ein alter Baum in die Höhe, den ich für eine Trauerweide hielt. Die Insel war über eine kleine Holzbrücke zu erreichen, das hüfthohe Türchen war geschlossen, davor stand ein Schild: *Füttern verboten.* Es wäre aber auch niemand da gewesen, der hätte gefüttert werden wollen, keine einzige Ente, die dem Gewässer einst seinen Namen gegeben hatte. Früher war dort regelmäßig ein Schwanenpaar zu beobachten gewesen. Mittlerweile war die Brücke von Gestrüpp eingenommen, ein Ast lag über dem Geländer. Alles war sich selbst überlassen worden, als wäre seit meinem letzten Besuch vor einigen Jahren kein Mensch mehr hier gewesen. Was war nur aus den Naturfreunden geworden oder aus dem SPD-Ortsverein?

Ich warf dem Hund ein Stöckchen ins dicht bewachsene Wasser, und er sprang hinein, suchte lange danach und brachte mir ein anderes, das er nach einiger Zeit am Ufer gefunden hatte. Diesmal warf ich nicht ganz so weit, und während der Hund die Verfolgung aufnahm, stand ich da und blickte übers Wasser zur Insel hinüber, die noch nie so vergessen und verwunschen ausgesehen hatte. Den Hund verlor ich aus dem Blick, ich versuchte, die Ruhe um mich herum aufzunehmen, mich selbst zu beruhigen, doch je tiefer ich in den Bauch atmete, desto unruhiger wurde ich. Mit geschlossenen Augen atmete ich in die Flanken, ein Stechen, aber nur ganz leicht, als hätte sich mein Körper bereits mit den Geschwülsten arrangiert. Ich versuchte, Kontakt zu ihnen aufzunehmen, ihnen eine Nachricht zu schicken: Ihr seid groß genug, ihr müsst jetzt gehen.

Die Unruhe im Bauch wollte ich einfangen und bündeln, sie zu einer Kraft werden lassen, ich wollte eine Energie freisetzen, irgendeine, die es mit der Angst aufnehmen konnte, die sich in mir ausgebreitet hatte.

Da hörte ich jemanden einen Namen rufen. Fast hätte ich das Gleichgewicht verloren, taumelte ein paar Schritte nach hinten. Vom gegenüberliegenden Ufer, aus dem Gebüsch, rief eine Frau nach ihrem Hund, der kurz darauf im Schilf auftauchte. Ein altes, graues Wollknäuel, das mehr ins Wasser fiel als sprang und mir bekannt vorkam. Auch die Frau tauchte in einiger Entfernung auf, immer wieder rief sie: Larry, kommst du her!

Sie kämpfte sich ebenfalls durchs Gestrüpp, mit einem Fuß landete sie im flachen Wasser, da erwischte sie schließlich den Hund, Larry, der durch seine zottelige Mähne kaum etwas zu sehen schien. Sie leinte ihn an, wischte sich die eigene Mähne aus dem Gesicht und schaute zu mir herüber.

Das war Jasnas Mutter. Und Larry lebte immer noch. In Menschenjahren ist er sicher schon hundert, dachte ich, nahm dem eigenen Hund, der am Ufer entlangtrottete, das Stöckchen ab, warf es weit Richtung Wald und machte mich auf den Rückweg. Ich war nicht sicher, ob sie mich erkannt hatte.

Um sechs Uhr früh klingelte der Wecker. Ich schaltete ihn aus und drehte mich auf den Rücken, um kurz meine Kräfte zu sammeln für das, was mir bevorstand, doch schon klopfte es gegen die Zimmertür, zweimal schnell hintereinander, dann die Stimme meines Vaters: Aufwachen!

Um sieben fuhren Mama und ich los nach Heidelberg, um Viertel nach acht hatte ich den Termin in der Hämatologie. Vorm Ortseingang standen wir im Stau, erst um kurz nach acht überquerten wir den Neckar, Mama am Steuer, und bogen in Richtung Klinikgelände ab.

Der Campus des Universitätsklinikums hatte etwas von einem eigenen Stadtviertel, ein Gebäude reihte sich ans nächste, gleich hinter der Schranke lag die Pathologie. Zwischen zwei bunten Mosaikfenstern stand auf einem Schild: *Ort des Abschieds.* Das Gebäude, zu dem uns die Stimme aus dem Navigationssystem leitete, lag nur ein paar Kurven weiter, zwischen Botanischem Garten und Zoo, hier war für jeden was dabei. Vom Parkhaus aus konnte ich über den Zaun des Zoos schauen, in der Eile aber keine Tiere entdecken. Über eine Fußgängerbrücke gelangten wir zum Eingang der Klinik. Es war schon 13 Minuten nach acht, Mama fragte an der Information nach dem Weg.

Immer geradeaus, vor den Aufzügen rechts, dann links.

Die Flure waren hier länger als im ersten Krankenhaus, heller, die Decken höher, zu unserer Linken ragte eine gläserne Wand empor, die sich über mehrere Stockwerke erstreckte und den Blick auf die Grünanlage im Innenhof freigab. Auf der rechten Seite hingen in regelmäßigen Abständen Bilder, aber keine touristischen Stadtmotive samt Schlossruine, sondern großformatige Leinwände, darauf breite Streifen in Neonfarben, abstrakte Malerei. Im schnellen Vorbeigehen nahm ich die Gemälde nur undeutlich wahr, wie verschwommen, irgendetwas zwischen Blut und Blumen, Krieg und Klatschmohn. Wir bogen ab, nach rechts, da wurden die Gänge schon schmaler, die Decken tiefer, dann nach links und standen vor der gesuchten Tür, *Sekretariat,* las ich auf dem Schild, *nach dem Klopfen sofort eintreten,* ich klopfte und trat sofort ein.

Hinter einem Schreibtisch saß eine Frau, sie fragte nach meinem Namen und bat uns, noch für einen Augenblick im Wartebereich Platz zu nehmen.

Wir warteten, Mama machte sich Notizen in einen Taschenkalender und steckte ihn eilig wieder ein, als handelte es sich dabei um ihr geheimes Tagebuch. Sie griff nach einer Zeitschrift und blätterte darin. Ein Arzt kam vorbei, grüßte freundlich und drückte sich eine Tasse Kaffee am Automaten.

Immer wieder waren gedämpfte Stimmen zu hören, die sich wiederholt überlagerten. Ich konnte nicht verstehen, was sie sagten, es klang aber, als würde nebenan diskutiert. Ich atmete gegen meine Bauchschmerzen an.

Mama wollte sich gerade einen Cappuccino drücken, als die Tür zum Sprechzimmer geöffnet wurde. Eine junge Frau, zwei Männer und ein älteres Paar kamen heraus, sprachen noch im Hinausgehen aufgeregt weiter, die junge Frau dolmetschte. Zuletzt machte die Ärztin einen Schritt auf den Flur. Ich sah sie nur kurz im Profil, konnte aber erkennen, dass sie die Umstehenden um einen Kopf überragte. Eilig verabschiedete sie die junge Frau per Handschlag, griff nach der Klinke und schloss, ohne zu uns herübergeschaut zu haben, die Tür hinter sich. Ich schwitzte in mein T-Shirt und glaubte, dringend aufs Klo zu müssen, traute mich aber nicht, aus Angst, meinen Termin zu verpassen.

Als die Tür erneut geöffnet wurde, zuckte ich zusammen. Wieder stand die Ärztin im Türrahmen, der Kragen ihres weißen Kittels war aufgestellt, diesmal schaute sie zu mir, legte den Kopf leicht schief.

Kommen Sie bitte!

Sie guckte, als würde sie mich lieber nicht kennenlernen.

Meine Mutter fragte vorsichtshalber nach, ob sie mitkommen dürfe, da war die Ärztin schon im Zimmer verschwunden.

Na sicher, rief sie von drinnen, wie Sie sehen, bin ich hier auf Großfamilien eingestellt.

Vor ihrem Schreibtisch standen dicht an dicht fünf Stühle.

Suchen Sie sich einen aus!

Sie nahm hinter dem Schreibtisch Platz, sagte noch: Mittag!, wandte sich dem Computerbildschirm zu, klickte auf der Maus herum und haute auf einzelne Tasten. Was willst du von mir?, fragte die Ärztin den Computer, nach einer Weile sagte sie: Ach, da haben wir Sie ja.

Mit gerunzelter Stirn schaute sie mich an.

Junger Mann, hat man Ihnen schon gesagt, dass Sie eine Chemotherapie machen müssen?

Na ja, stotterte ich, doch, so etwas in die Richtung hat man mir gesagt, ja.

Gut, sagte sie, dann muss ich das nicht mehr machen.

Das Telefon klingelte, sie ging ran, meldete sich mit: Was denn? Geht jetzt nicht! Und legte im nächsten Moment wieder auf.

So wie's aussieht, sagte sie, haben wir es bei Ihnen mit einem sogenannten diffus großzelligen B-Zell-Lymphom zu tun. Und damit Sie schnell wieder gesund werden, bespreche ich mich heute noch mit Professor Li und stelle eine Therapie für Sie zusammen, mit der wir dann mal lieber gleich loslegen.

Meine Mutter wollte zu einer Frage ansetzen, doch die Ärztin redete einfach weiter: Wir müssen Sie jetzt aber leider noch mal so richtig auf den Kopf stellen. Wissen Sie, wir wollen ja keine Fehler machen und nichts übersehen.

Wir, sagte sie. Und schaute mich an.

Wie geht's Ihnen denn?

Zum ersten Mal las ich das Schild an ihrem Kittel: *Dr. Mittag*.

Na ja, sagte ich, es geht. Gerade eigentlich ganz okay.

Ich hörte mich das sagen, es war nicht einmal gelogen. Dann erzählte ich ihr, dass ich mich schon seit einiger Zeit schwach gefühlt hätte, berichtete von den Schmerzen in der Flanke, vom wiederkehrenden Fieber.

Dr. Mittag fragte weitere Symptome ab, dann wies sie mich an, mein Hemd auszuziehen und mich auf eine Liege zu legen. Sie zog sich Latexhandschuhe an, mit denen sie zuerst meinen Hals, meine Achselhöhlen und dann die Leistengegend abtastete. Meine Unterhose streifte sie ein Stückchen nach unten, was mir kurz unangenehm war, vor meiner Mutter. Dr. Mittag forderte mich auf, wieder aufzustehen, hörte mich ab, mit offenem Mund sollte ich tief ein- und ausatmen.

Aber nicht gleich hyperventilieren!, wies sie mich zurecht. Wortlos setzte sie sich an ihren Schreibtisch zurück, ich stand noch oberkörperfrei herum.

Ziehen Sie sich an, sagte sie, oder wollen Sie sich noch einen Schnupfen holen?

Ich folgte ihrer Anweisung, Mama lächelte verkrampft.

Also – was brauchen wir denn noch alles von Ihnen?, überlegte Dr. Mittag laut. Ein Herzecho, das Kopf-MRT, jetzt will ich aber erst mal Ihr Blut. Und … Tja – da kommen wir nicht drum herum. Wir müssen Ihr Knochenmark untersuchen und das Nervenwasser.

Schon klickte sie sich durch einen Terminkalender.

Entschuldigung, Überfall. Aber hätten Sie heute noch Zeit?

Ich schaute Mama an, die längst verstummt war.

Dr. Mittag kaute auf ihrer Unterlippe, drehte sich zu uns und atmete kurz schnaubend aus.

Junger Mann, mir tut's ja auch leid. Aber Sie können davon ausgehen, dass wir das nächste halbe Jahr miteinander verheiratet sein werden.

Im Wartebereich der Blutentnahmestelle zog ich eine Nummer, Mama und ich nahmen Platz zwischen Alten und Einbandagierten. Eine Arzthelferin bat mich um das Laborformular, auf dem Dr. Mittag etliche Werte angekreuzt hatte. Gerade hatte ich nachsehen wollen, ob auch mein HIV-Status überprüft werden sollte.

Als ich an der Reihe war, sah ich dabei zu, wie die Arzthelferin eine Nadel in meine Vene stach, wie es dunkelrot aus mir herausfloss, ein Röhrchen nach dem anderen gefüllt wurde.

Im Klinik-Café kaufte Mama in Plastikfolie eingeschweißte Käsebrötchen, im Botanischen Garten auf einer Parkbank in der Sonne sitzend, packten wir sie aus und bissen hinein. Während ich döste, löste Mama Sudokus in einem Rätselheft, ich glaube, sie hatte es aus dem Wartebereich mitgehen lassen.

Später begleitete sie mich zur Tagesklinik. Von einer Schwester wurde ich in einen schmalen Raum gebracht, am Ende eines langen Flurs. Ich war überrascht, als Dr. Mittag in der Tür stand, mit einem so frühen Wiedersehen hatte ich nicht gerechnet. Sogar ihre Assistentin hatte sie dabei, die zuvor hinter der Anmeldung gesessen hatte.

Ich will Sie nicht anlügen, sagte Dr. Mittag, das wird jetzt leider wehtun.

Zuvor war mir bereits flau im Magen gewesen. Ich versuchte, meinen Schluckreflex zu unterdrücken. Noch einmal sollte ich mein T-Shirt ausziehen. Mich auf einen Stuhl setzen, falsch herum, einen Buckel machen, meine Wirbelsäule nach außen beugen, Dr. Mittag entgegen. Meinen Kopf legte ich auf den Armen ab, die Arme auf der Stuhllehne.

Sie kriegen jetzt gleich eine kleine Spritze, sagte Dr. Mittag, und dann müssen wir kurz warten, bis die Betäubung wirkt.

Mit ihren Latexfingern drückte sie zwischen zwei Lendenwirbeln herum, warnte mich, nur eine Sekunde bevor sie zustach, ich biss die Zähne aufeinander. Zischend zog ich Luft hindurch.

Nach ein paar Minuten fragte Dr. Mittag: Spüren Sie das?

Doch ich wusste nicht, was sie meinte. Ich hatte nicht einmal bemerkt, dass sie noch hinter mir saß.

Erst als die Spitze der Nadel meine Rückenmarksnerven erreicht hatte, spürte ich wieder etwas. Es fühlte sich an, als wollte die Nadel kein Ende nehmen, als könnte sie immer noch tiefer unter meine Haut dringen. Ein kräftiges Ziehen, als würde mein Nervenwasser unter Hochdruck aus mir herausgesaugt. Vermutlich verkrampfte ich, hielt den Atem an, mir war, als würden schnelle elektrische Schläge durch meinen Rücken gejagt.

Das hätten wir, hörte ich Dr. Mittag sagen.

Sie zog die Kanüle heraus, die Assistentin versorgte die Einstichstelle.

Können Sie noch?

Während die Assistentin mir auf die Liege half, konnte ich sehen, wie Dr. Mittag mit einer Punktionsnadel hantierte, die mehr nach einer Waffe aussah, am hinteren Ende war ein Plastikgriff befestigt. Ich legte mich auf die rechte Seite, mit dem Gesicht zur Wand.

Sie müssen wissen, hörte ich Dr. Mittag sagen, ich gebe Ihnen jetzt zwar noch mal eine Spritze, das Gemeine ist nur: Den Knochen kann ich nicht betäuben. Und da muss ich rein.

Ich wusste nicht, was ich tun oder sagen sollte. Es fühlte sich nicht danach an, als bliebe mir irgendeine Wahl. Dr. Mittag war drauf und dran, eine dicke Kanüle in meinen Beckenknochen zu bohren, und ich lag bereit.

Ich glaubte, ein dumpfes Kratzen zu spüren, ein Knirschen, als sie am Knochen angelangt war, winzige Stückchen herausstanzte. Die Assistentin hielt meine Hand und versicherte mir, ich dürfe ruhig fester zudrücken.

Geht es noch?, erkundigte sich Dr. Mittag.

Ich antwortete mit zusammengebissenen Zähnen, in der Erwartung, dass es noch schlimmer werden, der Schmerz noch weiter zunehmen würde.

Sie sind tapfer, sagte Dr. Mittag, das ist gut.

Kurz glaubte ich mein Belohnungssystem klingeln zu hören. Dann ließ der Schmerz mit einem Mal nach.

Wir haben's, das war's. Geschafft.

Darf ich aufstehen?, fragte ich.

Sie müssen leider liegen bleiben, sagte Dr. Mittag, und zwar auf der Einstichstelle, damit das gut zuheilt.

Ich stellte mir ein blutiges Loch vor, durch das man bis zum Beckenknochen schauen konnte. Die Assistentin versorgte mich mit Mull und Pflaster, Dr. Mittag sortierte die entnommenen Proben.

Darf ich es sehen?, fragte ich.

Wenn Sie unbedingt wollen.

Das Nervenwasser war ein milchiger Schluck, das Knochenmark ein blutiges Stück.

Dr. Mittag nahm die Proben und verschwand.

Sie hören von mir!, rief sie im Hinausgehen, es klang nach einer Drohung.

Mama hatte vor der Tür gewartet, sie begrüßte mich flüsternd und setzte sich zu mir. Nach nicht mal einer Minute stand sie auf und erklärte mit fahlem Gesicht, dass sie hier rausmüsse.

Während der folgenden vierzig Minuten entwickelte sich

auch in mir der Wunsch, nicht mehr da sein zu müssen. Es fing harmlos an, ich presste, wie verlangt, mein Becken leicht gegen die Liegefläche. Irgendwann verringerte ich den Druck. Das Stechen in der Flanke kam zurück. Das Bedürfnis, die Position zu wechseln, wurde existenziell. Es würde vorbeigehen, redete ich mir ein. Ich musste nur liegen bleiben, auf dem Rücken, mehr war nicht zu tun. Nur stillhalten, aushalten, da zog es wieder. In warmen Schüben sammelte ich alle Energie in meinem Körper, am liebsten wäre ich aufgesprungen, davongelaufen, was sollte passieren? Ich musste aber bleiben, man würde mir Bescheid geben, sobald ich wieder aufstehen durfte. Mit jeder Minute glaubte ich stärker spüren zu können, wie die Tumoren in mir wuchsen, sich ausdehnten, bereits vor ihnen Dagewesenes von den gewohnten Plätzen verdrängten, in alle Richtungen verschoben. Wieder biss ich die Zähne aufeinander, biss mir auf die Zunge, auf die Lippen, grub die Fingernägel in meine Handflächen. Ich musste mich zusammenreißen, ich versuchte es, doch in Gedanken riss ich mich mittig auseinander. In zwei Hälften, in immer kleinere Fetzen.

Zuhause, wie ich das Haus meiner Eltern wieder nannte, nahm ich mir vor, täglich in den Wald zu spazieren, bis zum Weiher, blieb aber gleich am zweiten Tag auf der Couch liegen. Zwischendurch bekam ich mit, dass Mama mir eine Tasse Tee hinstellte, die ich kalt werden ließ, später brachte sie eine Schale mit Erdbeeren, von denen ich nur wenige aß. Ich drehte mich vom Rücken auf die rechte Seite und zurück.

Als ich gegen Abend aufwachte, hatte der Himmel sich grau gefärbt. Das Wohnzimmer lag im Dunkeln, für einen Moment dachte ich, ich sei allein. Bis ich den Hund brummen hörte, der nur ein paar Meter entfernt auf dem Teppich lag. Ich glaube, es war eine Art Seufzen, also seufzte ich zurück. Er brummte ein weiteres Mal, diesmal freundlicher, also brummte ich diesmal auch. Ich versuchte, seinen Ton zu treffen – oder ihren, und sie antwortete bereitwillig. Über Minuten brummten wir uns gegenseitig zu, bis der Hund aufstand, zu mir lief und seinen Kopf auf meinen Brustkorb legte. Ich streichelte ihn zwischen den Augen, die er schloss.

Morgen wieder, sagte ich, morgen gehen wir wieder in den – Ich brach ab, weil der Hund das Wort *Wald* verstand und ich ihn nicht unnötig enttäuschen wollte.

Wieder brummte es, doch diesmal war es mein Handy. Ich griff danach, es war eine SMS von einer unbekannten Nummer: *Huhu basti! Ich weiß nicht ob das noch deine nummer ist und ob meine mum im wald wieder gespenster gesehen hat aber falls du wirklich hier bist sag mal bescheid. Lg jasna*

Wie eingefroren blieb ich liegen. Überlegte, was ich darauf antworten könnte. Ich entschied, erst mal gar nicht zu reagieren. Die Vorstellung, Jasna unvermittelt auf der Straße zu treffen, verstärkte die bereits ausgelöste Unruhe. Ich legte das Handy zurück auf den Tisch, schloss erneut die Augen, versuchte, mich zu entspannen, was mir aber nicht mehr gelingen wollte. Eine Hundeschnauze schnupperte an meinem Ohr, ich setzte mich auf.

Der Hund führte mich in die Küche und nahm wie immer vor der Leckerli-Schublade Platz. Wieder brummte er mich an, diesmal war es eindeutig eine Aufforderung.

Gib mir die Pfote!, versuchte ich es, doch er verstand nichts davon. Pfote!, wiederholte ich und hob dabei den Zeigefinger.

Der Hund guckte mich mit großen Augen an. Das hatte er

noch nie gehört. Ich hob seine Pfote vom Boden und erklärte, während ich sie leicht schüttelte: Das ist deine Pfote!

Wir wiederholten das einige Male, und ich gab ihm zur Belohnung ein Leckerli. Ich war mir nicht sicher, ob er am Ende verstanden hatte, was ich von ihm wollte, oder ob er mich für bescheuert hielt.

Am nächsten Tag klingelte es an der Tür, meine Eltern waren bei der Arbeit. Vorsichtig schaute ich von oben aus dem Fenster. Unten stand Jasna. Sofort wich ich zurück, bevor sie mich entdecken konnte. Ging ins Badezimmer, schaute kurz in den Spiegel. Überlegte, nicht zu öffnen, doch ich war auch neugierig. Es gab keinen richtigen Moment für unser Wiedersehen, nachdem wir uns mehrere Jahre lang weder gesehen noch gehört hatten. Ich hatte mich oft gefragt, wie es ihr ging, mich aber nie dazu durchringen können, einmal nachzufragen.

Für Jasna war es schon immer eine Selbstverständlichkeit gewesen, jederzeit hereinplatzen zu können, anscheinend galt das nach wie vor. So, als gingen wir noch zur Schule, äßen gemeinsam zu Mittag, erledigten die Hausaufgaben zusammen und verbrächten den restlichen Tag miteinander bis zum Abendessen, wie früher. Gegen diese selbstbewusste Annahme kam ich mir in meiner Situation machtlos vor. Natürlich war ich gerade erst aufgestanden und hatte weder gefrühstückt noch geduscht. Trug wie meistens die Jogginghose und meine Trainingsjacke. Doch es war auch nicht so, als hätte ich etwas Besseres zu tun gehabt, außer herumzuhängen und mich auf mich selbst zu konzentrieren. Ich bemerkte, dass ich aufgeregt war, ich freute mich sogar. Schnell nahm ich die Stufen nach unten, bevor Jasna umdrehen und wieder davonlaufen würde. Ich öffnete die Tür und schaute Jasna für einen Moment direkt an, bis der Hund sich an mir vorbeidrückte, um sie zu begrüßen.

Basti, wie schön!

Kurz umarmten wir uns, der Impuls war von ihr ausgegangen. Ich bat sie herein, und wir folgten dem Hund in die Küche.

War das früher ein anderer?

Das war ihre erste Frage.

Nein, sagte ich, ihr kennt euch bereits. Sonst hätte ich euch vorgestellt.

Ich glaube, Jasna bemerkte nicht, dass es ein Witz war.

Und Larry lebt auch noch, ja?, fragte ich und fand es eine gute Idee, uns erst mal über unsere Hunde auszutauschen.

Ja, also Larry ist irgendwie unsterblich, sagte Jasna.

In guter Gastfreundschaft drückte ich ihr einen Kaffee.

Du trinkst doch einen, oder?, fragte ich.

Natürlich trank Jasna einen und begann auch gleich ein Referat über Kaffeeanbau und Südamerika, wo sie gerade noch unterwegs gewesen war, ihre erste richtige Reise, ganz allein durch Ecuador und Peru, doch der Kaffeevollautomat unterbrach ihren Bericht lautstark mit seinem Bohnenmahlen, als ich mir ebenfalls einen Kaffee drückte. Jasna erzählte, dass für jede Tasse Kaffee ungefähr einhundert Liter Wasser verbraucht würden, mindestens, so als hielte sie es für eine gute Idee, erst mal über Kaffee zu sprechen, nicht über uns. Mir fiel nur nichts dazu ein, außer: Mit Milch, ohne Zucker, stimmt's?

Das hatte ich noch gewusst.

Wie geht's dir?, fragte Jasna schließlich, als ich ihr gegenübersaß.

Nicht so gut. Und dir?, fragte ich schnell.

Ach, sagte sie, ich orientiere mich gerade um.

Aha, sagte ich, ohne nachzufragen.

Ich hab mein Studium abgebrochen, bin ein halbes Jahr lang gereist, hab Surfen gelernt, und jetzt bin ich pleite. Vielleicht fange ich einfach eine Ausbildung an.

Wow. Was für eine Ausbildung?

Tierpflegerin, am liebsten im Affenhaus – oder Goldschmiedin. Mal schauen, wahrscheinlich mach ich erst mal Yoga. Ich bin jetzt jedenfalls mit dem Surfboard bei meiner Mum eingezogen.

Cool, sagte ich.

Und du?, fragte Jasna.

Ich glaube, ich muss mein Studium auch abbrechen, zum zweiten Mal.

Weil du krank bist?

Nein, wollte ich antworten, doch Jasna redete weiter.

Du hast Leukämie, oder?, fragte sie, als ginge es um mein Studienfach.

Nein, hab ich nicht, wer sagt so was? Ich hab ein Lymphom.

Tschuldigung, sagten wir gleichzeitig.

Jasna, weil sie falsch informiert gewesen war, und ich, weil ich sie dafür angebellt hatte. Und wir beide mussten im nächsten Moment an das Ritual denken, das wir früher für solche Situationen gehabt hatten, in denen wir gleichzeitig das Gleiche sagten. Damals hatten wir die kleinen Finger ineinander verhakt und uns verschwörerisch angeschaut. Diesmal widerstanden wir dem wieder ausgelösten Impuls, warfen uns aber immerhin einen Blick zu, bei dem ich kurz eine Ahnung davon bekam, wie gut wir uns einmal gekannt hatten. In der Grundschule war ich fest davon ausgegangen, wir würden einander später einmal heiraten.

Ihre Mum habe in einem Meditationszirkel eine Arbeitskollegin meiner Mutter getroffen, erklärte Jasna, womit klar war, dass bald das ganze Dorf zu wissen glauben würde, wie es um mich stand. Das hatte mir gerade noch gefehlt. Ich erzählte Jasna, dass meine Heilungschancen ganz gut stünden, und spielte die Situation ein wenig herunter. Und Jasna versicherte mir, dass sie jederzeit für mich da sein würde, sofern ich ihre Hilfe bräuchte oder Gesellschaft wünschte. Einerseits war ich gerührt und dankbar, andererseits jedoch, was schwerer wog, war mir die Situation unangenehm. Am liebsten wäre ich wieder alleine gewesen, mit dem Hund.

Ich hab dir was mitgebracht, sagte Jasna und packte die Tarotkarten aus.

Ich wusste nicht, ob ich lachen oder weinen sollte, weshalb ich erst mal gar nicht reagierte. Dann sagte ich so etwas wie: Was soll ich damit?

Jasna mischte die Karten und breitete sie in einer Reihe auf dem Küchentisch aus. Sie erklärte, ich solle meine rechte Hand aufs Herz legen und meine linke über die Karten schweben lassen. Voller Erwartung schaute sie mich an. Ich wusste mir nicht anders zu helfen, als ihre Anweisungen zu befolgen.

Lass dir ruhig Zeit, sagte sie.

Ich entschied mich für eine Karte, die mittig in der Reihe lag, zog sie heraus und drehte sie um.

Der Tod, zumindest im Tarot, habe gar nichts Schlechtes zu bedeuten, erklärte Jasna voller Überzeugung. Im Gegenteil, er stehe für einen Neuanfang, dafür, Altes hinter sich zu lassen.

Ich muss sie irgendwie seltsam angeschaut haben, ungläubig oder enttäuscht oder verärgert, jedenfalls wich Jasna meinem Blick aus und fing an, die Karten wieder einzusammeln.

Natürlich, klar, logisch, sagte sie, in so einer lebensbedrohlichen Situation, in der du dich ja doch gerade zu befinden glaubst, da ist es natürlich verführerisch, so eine Karte wörtlich zu nehmen. Das wäre aber auch viel zu einfach, viel zu kurz gedacht, es geht ja genau darum, seine Ängste zu überwinden, und ja, eben auch die Angst vorm Tod, gerade die.

Bestimmt hätte Jasna noch weitergeredet, doch als sie kurz schlucken oder Luft holen musste, ging ich dazwischen.

Ich muss mich jetzt mal ausruhen, behauptete ich.

Gut, sagte Jasna, melde dich bitte, wenn du was brauchst.

Sie nahm die Tarotkarten und stand auf.

Ich, überfordert, blieb einfach sitzen. Als ich doch noch aufstehen wollte, sagte Jasna: Ich find schon raus, ist gut.

So verließ sie die Küche, der Hund begleitete sie ein Stück, ich rief ihr hinterher: Danke, Jasna, dass du da warst!

Ich hatte mich noch keinen Zentimeter bewegt, saß gedankenverloren am Küchentisch, als mein Handy vibrierte. Nur ein paar Minuten nachdem sie gegangen war, hatte Jasna bereits eine Nachricht geschickt. Ich solle doch mal nachdenken über folgenden Satz, den sie in Großbuchstaben geschrieben hatte: *STIRB BEVOR DU STIRBST*, dahinter einige Ausrufezeichen.

Mama kam nach Hause und ich erschrak. Seit einiger Zeit stützte ich meine Stirn auf die Resopalplatte des Küchentischs.

Wie geht's dir?, fragte Mama.

Super, sagte ich.

Ich hab mir überlegt, ich nehm mir meinen restlichen Urlaub. Dann bist du nicht so viel allein.

Das ist lieb, Mama, aber ich komm schon zurecht.

Sie drehte sich weg, schaute angestrengt in den Wandkalender, ohne zu bemerken, dass er den vergangenen Monat zeigte. Bestimmt standen ihr wieder Tränen in den Augen, was ich aber ignorierte.

Wo ist Papa?, fragte ich.

Arbeiten, wie immer. Was willst du heute Abend essen, hast du einen Wunsch?

Lass uns Pizza bestellen. Vier-Käse, mit Extrakäse.

Soll ich uns einen Obstsalat machen?

Irgendwie kann ich kein Obst mehr sehen, sagte ich, stand auf, ging zum Kühlschrank, nahm eine Käsescheibe aus der Verpackung, rollte sie zusammen und verschlang sie, was der Hund interessiert beobachtete.

Ich stellte mich vor ihn, hob den Zeigefinger und sagte: Gib mir deine Pfote!

Der Hund hob seine Pfote und streckte sie mir entgegen. Mama staunte, ich belohnte ihn mit einem Leckerli, der Hund drehte sich schwanzwedelnd im Kreis. Im selben Moment wollten Mama und ich auf ihn zugehen, um ihn anerkennend zu streicheln, stießen dabei fast mit den Köpfen aneinander und hockten kurz darauf am Küchenboden. Der Hund drückte sich an uns, legte sich hin und drehte sich auf den Rücken, ließ sich den Bauch kraulen, brummte sein wohliges Brummen.

Wir kriegen das schon alles wieder hin, sagte Mama zum Hund, als wäre das gerade unser Thema gewesen.

Papa will bestimmt Salami-Pizza, oder Hawaii, sagte ich, weil mir nichts Besseres einfiel.

Nur einen Tag später, es war ein Freitag und es war der 13., stand Jasna wieder vor der Tür. Wieder unangemeldet, diesmal mit einem Schuhkarton voller Bücher unterm Arm. Ich bedankte mich und nahm den Karton entgegen, machte aber keine Anstalten, Jasna schon wieder hereinzubitten.

Darf ich kurz reinkommen?, fragte sie und schob schnell hinterher: Wirklich nur ganz kurz.

Diesmal würde ich sie nicht mit in die Küche nehmen, zum Kaffeevollautomaten, dieses Mal sollte sie es nur bis zum Esszimmertisch in der Diele schaffen, dachte ich, doch da war mir der Hund bereits in die Quere gekommen. Er war hocherfreut über Jasnas Besuch und führte sie direkt bis zur Schublade mit den Leckerli. Wir setzten uns, und ich nahm mir vor, nicht angestrengt zu sein. Zu würdigen, dass Jasna sich um mich sorgte.

Basti, fing sie an, da unterbrach ich sie bereits.

Sebastian, sagte ich. Basti kann ich nicht mehr hören.

Tut mir leid, sagte sie. Also, Sebastian.

Aus Jasnas Mund klang mein Name fremd.

Ich wollte nur sagen, und schon beschleunigte sich ihr Atem, ich will mich gar nicht in dein Leben einmischen, falls du das denkst. Es ist nur so – wie soll ich sagen? Die Ereignisse überschlagen sich.

Jasna lachte, ich verstand nicht, warum, dann schluckte sie hörbar.

Okay, sagte ich. Was ist los?

Also, du schmeißt mich bestimmt gleich raus, und das wäre auch in Ordnung, aber ich muss dir das jetzt einfach kurz erzählen. Ich hab in Peru bei so einer Zeremonie mitgemacht … Und dann erzählte Jasna mir, ausführlicher als nötig, dass sie im tiefsten Amazonas-Regenwald unter Anleitung eines uralten Schamanen Ayahuasca getrunken habe, einen psychedelisch wirkenden Pflanzensud aus der sogenannten Liane der Toten, wonach sie sich die Seele aus dem Leib gekotzt habe, was rückblickend aber super gewesen sei und total reinigend, und dieser Schamane, das sei so eine Art Oberguru, ein echter Star in der Szene, der habe schon etliche Menschen wundergeheilt – oder gewunderheilt –, nach eigener Aussage habe er sogar Queen Mum wieder das Gehen beigebracht, jedenfalls sei der jetzt schon über achtzig Jahre alt, berichtete Jasna und wurde dabei immer schneller, als müsste sie dringend zum eigentlichen Punkt kommen, der erklärte, was das alles gefälligst mit mir zu tun haben sollte. Zwischendurch verlor sie kurz den Faden oder ich, kurz stieg ich aus, da hörte ich sie sagen: Und jetzt rate mal, wer am Wochenende für ein Seminar nach Deutschland kommt, zum allerletzten Mal!

Queen Mum?, sagte ich und verzog dabei keine Miene.

Doch Jasna ließ sich nicht aus dem Konzept bringen.

Don Gustavo, sagte sie und, als hätte ich es nicht verstanden: Das ist der Schamane.

Schön, sagte ich. Viel Spaß.

Sebastian, das ist eine echte Chance, eine einmalige! Das ist seine Abschiedstournee! Bitte, sagte Jasna, im Ernst, du musst da hin. Ich kann dich auch fahren!, bot sie an. Ich mach das! Wirklich, glaub mir, du musst mir da einfach vertrauen.

Sie war schon ganz rot im Gesicht.

Ich weiß, das klingt jetzt alles völlig verrückt, sagte Jasna. Aber ich hab da sogar schon angerufen, und es gab nur noch einen einzigen freien Platz, und ich wusste, der ist für dich. Das ist doch Schicksal!

Ich reagierte nicht.

Ich hab dich da einfach angemeldet, sagte Jasna und räusperte sich. Basti, ich meine, Sebastian, ich zahl dir das auch! Das ist jetzt wirklich wichtig, glaub mir! Was hast du zu verlieren?, fragte sie noch, doch ich gab keine Antwort mehr, schaute auf den Tisch, schüttelte den Kopf.

Nachdem ich Jasna ein weiteres Mal erfolgreich losgeworden war, betrachtete ich die Bücher, die sie mitgebracht hatte. Eine halbe Bibliothek hatte sie für mich zusammengestellt. Mit den besten Grüßen von ihrer Mutter. Es ging um die Aktivierung von Selbstheilungskräften, darum, was man alles nicht essen sollte, obwohl man eh schon nichts mehr zu lachen hatte, in einem enormen Wälzer wurde die Geschichte der Krankheit ab dem Mittelalter aufgerollt, immerhin von einem Schulmediziner, ein weiteres, das schmalste Buch, zeigte im ausklappbaren Umschlag gleich mehrfach die junge, hübsche Chemo-Autorin, die jeden Tag eine andere Perücke aufsetzte, alle standen ihr wirklich sehr, sehr gut. Es genügte mir vollkommen, die Klappentexte zu lesen, dann legte ich alle Bücher zurück in den Karton, den Jasna angeschleppt hatte. Eine CD mit Walgesängen hätte mir gerade noch gefehlt.

Jasnas Mutter leitete diverse Volkshochschulkurse und die örtliche Bibliothek, sie war Mitte fünfzig und seit Jasnas früher Kindheit alleinerziehend gewesen. Ich stellte sie mir vor, in ihren wallenden, gebatikten Gewändern, in warmen, erdigen Farbtönen. Um den Hals rustikale Heilsteinketten, ihre graue Mähne trug sie offen über den Schultern, ihr Gesicht war angenehm faltig, gefurcht, im Haar steckte womöglich eine Feder. Früher hatte Jasnas Mutter einmal behauptet, ihr Ururgroßvater sei *Lakota-Häuptling* gewesen, was ich als Kind gerne geglaubt hatte, erst später dachte ich über einen möglichen Zusammenhang mit Kevin Costners *Der mit dem Wolf tanzt* nach. Auf den ersten Blick mochte ihr Körper schwer wirken, doch sie bewegte ihn, als wäre er federleicht, als würde sie sich mit jedem Schritt hochenergetisch aus dem Boden stemmen. Ich stellte sie mir vor, bei einem schamanischen Ritual, wie sie, als wäre es das Selbstverständlichste auf der Welt, beherzt in eine Tupperschüssel kotzte. Wie sie Jasna zu überreden versuchte, auch noch die Tarotkarten in die Bücherkiste zu packen, dazu noch ein esoterisches Standardwerk, denn, wie sie mit sanfter Stimme behaupten würde, das könne doch auch eine Chance sein, diese Krankheitserfahrung. Das habe am Ende dann doch alles seinen Sinn. Das sei jetzt wichtig für mich, für meine weitere Entwicklung. Später würde ich sicherlich noch Kraft daraus schöpfen können, irgendwann. Ich stellte sie mir vor, nach meiner Beerdigung, wie sie sich vor meiner Mutter mit den aufgequollenen Augen aufbauen und ihr mit teigiger Hand die Schulter tätscheln würde, nicht genau wüsste, wie nah sie ihr kommen dürfte. Wie sie es selbst dann noch fertigbrächte, einen Sinn hineinzulesen, in meinen Schlamassel, wenn ich längst abgekratzt wäre. Mal an mich denken müsste, auf dem Weg zum Keramikkurs, beim Sonnengruß am Morgen auf der Yogamatte. Bestimmt zündete sie jeden Abend eine Kerze für mich an.

Den Karton mit den Büchern stellte ich an die Treppe, unsicher, ob ich ihn mit nach oben schleppen oder direkt in den Keller bringen sollte. Da rief der Hund nach mir, er pienste, so sagten meine Eltern das jedenfalls: piensen. Ich öffnete ihm die Schiebetür zum Garten. Blieb in der Tür stehen, blinzelte gegen die Sonne, legte eine Hand aufs Brustbein, schloss die Augen. Alle wollen nur mein Bestes, sagte ich mir vor, alle wollen, dass ich bleibe, auf dieser Welt, und suchen nach sicheren Pfaden, auf die sie mich schicken können, in Richtung Rettung, um mir und sich Erleichterung zu verschaffen. Langsam beruhigte sich mein Atem.

In der Küche wollte ich mir einen Tee kochen, wusste aber nicht, welchen. Die Lust am Kaffee verging mir, obwohl ich ihn immer sehr geliebt und einen nach dem anderen in mich hineingeschüttet hatte. Unentschlossen stand ich vor dem Schrankfach mit den Teevorräten, Kamille, Pfefferminz, da wurde mir schon langweilig, Schwarz- oder Grüntee. Für Grüntee-Heilfasten war ich vermutlich zu spät dran.

Ich war nicht einmal mehr fähig dazu, einfachste Entscheidungen zu treffen. Vielleicht war es auch egal, vielleicht zu banal, sich für eine Teesorte entscheiden zu müssen. Ich setzte mich an den Küchentisch, saß eine Weile so da. Erleichtert, dass ich die Digitalanzeige des Backofens sehen konnte, weil Jasna nicht im Weg saß und mir Vorträge hielt oder mich erwartungsvoll anstarrte. Die Uhrzeit wechselte von *12:08* auf *12:09*.

Ich zählte ab, bis neun: Kamille, Pfefferminz, Earl Grey, Jasmin, Karamell, Fenchel-Anis-Kümmel, Hagebutte, Ingwer-Zitrone, und wieder von vorn: Kamille. Also kochte ich eine Kanne Kamillentee.

Ich konnte oder wollte mich nicht mehr entscheiden, nicht für ein Fernsehprogramm, nicht für eine Unterhose, ein T-Shirt. Wobei – das war noch einfach: immer das Oberste auf dem Stapel. Selbst wenn ich gewollt hätte, ich konnte mich nicht mehr dazu entschließen, Jasna zumindest auf ihre dritte Nachricht innerhalb einer halben Stunde zu antworten. *12:13*.

Ungerade Zahlen bedeuten *Ja*, dachte ich mir aus, gerade *Nein*. Es zählt immer die letzte Ziffer, weil die sich am häufigsten verändert. Noch besser oder genauer wäre eine digitale Sekundenanzeige, falls ich einmal mehrere Entscheidungen schnell hintereinander fällen müsste. Es war 13 Minuten nach zwölf, also schrieb ich Jasna zurück.

Ich muss, dachte ich, so war schließlich die Regel. Nur wusste ich nicht genau, was ich schreiben sollte, ich konnte mich schließlich nicht mehr entscheiden.

Jasna, fahr doch einfach selbst zu diesem Schamanen, vielleicht wirst du am Ende noch unsterblich, wo du doch nicht einmal gesund werden musst.

Oder: Ich bitte, von weiteren Beileidsbekundungen und unangemeldeten elendstouristischen Ausflügen abzusehen.

Oder: *Meet me at my funeral.* Bis dann, lg, hdgdl, ich hab immer gern mit dir gelacht.

Oder: Das Gegenteil von gut ist gut gemeint, Jasna. Schon mal gehört?

Noch bevor ich mich für eine Antwort entscheiden konnte, schrieb Jasna: *Basti bitte ich mein es ernst! Du musst da hinfahren! Vertrau mir einfach!!* Und gleich hinterher: *SEBASTIAN meine ich SORRY!!!!!!!!!!!!!*

Ich zählte die Ausrufezeichen, es waren 13.

Am Abend saß ich mit meinen Eltern im Wohnzimmer, Mama und ich auf dem einen, Papa auf dem anderen Sofa.

In der *Tagesschau* hielt Guido Westerwelle gerade seine Abschiedsrede als Parteivorsitzender, doch ich hörte ihm nicht zu. Erst die verwackelten Luftaufnahmen der vor einigen Wochen zerstörten Reaktorblöcke von Fukushima und das Wort *Kernschmelze* holten mich aus meinen Gedanken.

Eltern, sagte ich, und beide schauten mich an, als erwarteten sie im nächsten Moment eine neue Hiobsbotschaft, als wären sie sogar bereits darauf gefasst, zu lernen, auch mit dieser umzugehen.

Ich muss noch mal in meine WG, Sachen holen.

Gut, ich kann dich fahren, sagte Mama und stellte ihr Rotweinglas ab, als wollte sie direkt los.

Nein, das krieg ich schon hin. Kann ich euer Auto ausleihen?

FLÜCHE
VERJAGEN

Es war ein sonniger Samstagvormittag. Nach knapp vier Stunden Fahrt parkte ich das Auto meiner Eltern vor einer Allgäuer Alm, die am letzten Zipfel eines sich mit jeder Kurve verjüngenden und weiter ansteigenden Weges lag. Das Navigationsgerät versicherte mir: Sie haben Ihr Ziel erreicht.

Ich stieg aus und stand inmitten eines beeindruckenden Bergpanoramas, tief atmete ich die frische Luft ein. Auf der Veranda drehte ich mich noch einmal um, genoss die Aussicht aber nur kurz, ich war spät dran.

Drinnen wartete hinter einer holzverkleideten Rezeption eine Frau auf den letzten Seminarteilnehmer, der noch auf ihrer Liste stand, mich. Zuerst musste ich bezahlen, bar, 250 Euro. Die Frau führte mich zu meinem Zimmer, das ich mit einem weiteren Teilnehmer teilte, auf einem der Betten war ein Reiserucksack platziert worden. Schnell zog ich die weiße Kleidung an, die ich hatte mitbringen sollen. Die Jogginghose hatte ich in Mamas Kleiderschrank gefunden, vermutlich noch aus den Neunzigern. Sie passte perfekt.

Im neutral gehaltenen Seminarraum hatten sich bereits weitere weißgekleidete Menschen versammelt, es waren mehr, als ich erwartet hatte. Die meisten schienen weiblich und im Alter meiner Eltern zu sein. Nur einer der Teilnehmer war ungefähr so alt wie ich. Es lag eine fröhliche Aufregung in der Luft.

Als nur kurz nach mir der Schamane den Raum betrat, ging ein Raunen oder Staunen durch die Gruppe. Laut Jasna war Don Gustavo schon Anfang achtzig, doch er hatte kaum Falten, er wirkte Jahrzehnte jünger. Sein Gang war mehr ein Schweben oder Gleiten, gleichmäßig setzte er einen Fuß vor den anderen. Zur Begrüßung breitete er beide Arme aus, eine Geste, die mich kurz irritierte, doch sie wirkte nicht aufgesetzt. Seine Lippen bildeten ein sanftes Lächeln, die dunklen Augen leuchteten. Er trug Leinenhemd und -hose, um ihn hatten sich drei Helferinnen versammelt, in hellen Gewändern, eine kannte ich bereits von der Rezeption. Don Gustavos Anwesenheit wirkte auf der Stelle beruhigend auf mich. Auf Spanisch begann er eine Begrüßungsrede, und eine der Assistentinnen, die sich als Shanti Sophie vorgestellt hatte, übersetzte: Auch laut eigener Aussage war er zum letzten Mal in Europa, bald wolle er für immer im peruanischen Amazonas-Regenwald bleiben. Leider dürfe er kein Ayahuasca mehr nach Deutschland mitbringen, erklärte Don Gustavo, was uns zwar grundgereinigt hätte, dafür müssten wir jetzt aber auch nicht so viel kotzen.

Einige lachten, doch ich war ein wenig enttäuscht. Ich mochte ihn vom ersten Moment an, es waren eher die Reaktionen der Gruppe auf Don Gustavos Worte, die mir übertrieben vorkamen. Auch Shanti Nadine, einer der Helferinnen, kaufte ich keins ihrer gesäuselten Worte ab, in ihrem Gewand sah sie verkleidet aus. Eigentlich hatte ich mir fest vorgenommen, mein Misstrauen gegenüber dieser Veranstaltung bei meinen Eltern zu lassen. Ich gab mir größtmögliche Mühe, aufgeschlossen zu sein.

Wir bildeten einen Sitzkreis und begannen eine Vorstellungsrunde, die sich nach der Hälfte bereits anfühlte, als dauerte sie jahrelang. Ich zählte durch, mit dem Schamanen waren wir 42 Menschen. Während eine Person nach der anderen von ihren Leiden berichtete, glaubte ich, mein Altern spüren zu können. Da begann es wieder zu zwicken. Mit jedem Tag hatte ich zuletzt stärker spüren können, wie die Tumormasse sich in mir ausbeulte und umliegende Organe in alle Richtungen drückte. Doch seit ich am frühen Morgen ins Auto gestiegen war, hatte ich nichts mehr davon wahrgenommen, nicht einmal ein Ziepen, als hätten die Krebszellen eine Pause eingelegt. Das Cortison, das Dr. Mittag mir verschrieben hatte, sollte sie in Schach halten. Erst am Ziel meiner Reise, in diesem Sitzkreis, wo mir Geduld abverlangt wurde, begann es wieder in mir zu rumoren. Ich versuchte, mich zu konzentrieren, was mir kaum noch gelingen wollte. Neben mir saß der junge Mann, vielleicht war er etwas jünger als ich. Kurz schaute ich zu ihm rüber, er schien interessiert zuzuhören, bemerkte meinen Blick aber sofort, lächelte mir flüchtig zu.

Da kam eine Frau an die Reihe, die hatte auch Tumoren, mehrere. Und es würden immer mehr, erzählte sie, überall: In den Beinen, im Rücken, hinterm Auge, wo sie nur könnten, nisteten sie sich ein. Sie sagte, es gehe ihr gut, immer dann, wenn sie nicht zur Chemo müsse. Während der letzten Therapie, da habe sie im Rollstuhl sitzen müssen und fast die Lust am Leben verloren. Fast, sagte sie. Der Arzt habe ihr bereits vor Monaten ins Gesicht gesagt, dass nichts mehr zu machen sei, da habe sie gelacht und geantwortet: Ja, das glauben Sie!

Eine andere Frau erzählte, sie lebe abgetrennt von ihrer Familie in einer extra für sie angebauten Wohnung, direkt neben dem Haus, in dem sie früher gemeinsam gelebt hätten. Ihr eigenes Apartment dürfe nur sie selbst betreten, und wenn sie mal hinausgehe, was fast nicht mehr möglich sei, da müsse sie sich schon in Folie einwickeln. Eigentlich dürfe sie gar nicht hier sein, berichtete sie mit leiser Stimme, sie sei gegen alles allergisch, alles Erdenkliche, gegen alle Oberflächen und Materialien, gegen Staub, Gräser und Pollen, gegen alle Tierhaare, gegen ihre eigene Familie. Den ganzen Tag über sitze sie alleine in ihrer sterilen Isolationshaft und wisse nicht, was sie noch erledigen solle, was noch zu tun sei.

Der Schamane lächelte, schaute sie an und sagte höflich und ernst etwas, das uns so übersetzt wurde: Komm zu mir in den Dschungel, da kannst du in Ruhe sterben.

Da fing die Frau an zu weinen, und dann lachte sie auch.

Noch einmal schaute ich zu meinem Sitznachbarn, so unauffällig ich konnte. Ich hoffte, dass es bei ihm nicht auch so etwas Schlimmes war, und nach einer Weile flüsterte er, nachdem ich immer wieder kurz zu ihm geschaut hatte, dass er nur aus Interesse da sei. Er wolle Medizin studieren, interessiere sich aber auch für schamanische Methoden und überhaupt für ganzheitliche Medizin.

Für einen Moment verlor ich mich in seinen Augen und hielt es für möglich, nur hergekommen zu sein, um ihn kennenzulernen. Er beugte sich näher zu mir und flüsterte: Du hast aber nicht auch so was Schlimmes, oder?

Noch bevor ich ihm antworten konnte, war ich an der Reihe. 82 Augen schauten mich an. Ich begann zu schwitzen, meine Stimme überschlug sich, als ich von meinen Tumoren erzählte wie von alten Freunden, und in aller Aufregung auch davon, dass ich ihnen Namen gegeben hatte. Ich berichtete, dass ich nach diesem Wochenendausflug eine Chemotherapie beginnen würde. Dass das feststehe. Auch, dass mir ein Port gelegt werden solle, schon in der kommenden Woche, eine implantierte Steckdose für die Medikamente. Ich gab zu, dass ich die Diagnose auch als eine Art Erleichterung empfunden hätte, da ich nun endlich wisse, was mit mir los sei. Alle hörten aufmerksam zu. Ich wollte gar nicht mehr aufhören zu reden, stoppte dann aber unvermittelt, es war genug.

Don Gustavo schaute mir tief in die Augen. Ich konnte spüren, wie ich da in etwas hineingeriet, versuchte, der Situation zu vertrauen. Obwohl alle weiße Kleidung trugen und wir in einem Allgäuer Alm-Seminarraum saßen, was war schon dabei? Ich konnte sehen und spüren, dass der Schamane es gut mit mir meinte. Leise fing er an zu sprechen, mit einer Klarheit in der tiefen Stimme. Ich verstand nur einzelne Wörter, Shanti Sophie übersetzte: Selten habe er jemanden so herzlich über seine Erkrankung reden hören, und er halte das für wertvoll, dass ich meinem Krebs nicht den Kampf ansage, sondern ihn freundlich begrüße, sogar adoptiere. Ihnen Namen gegeben habe, den Tumoren, sie wie Kinder in mir heranwachsen lasse. Aber vielleicht müsse ich sie nun hier aussetzen. Vielleicht, sagte er, müsse ich meine Kinder hier in den Bergen lassen.

Der angehende Medizinstudent, der sich in der Runde als Fernando vorgestellt hatte, legte mir eine Hand auf die Schulter, als wir fertig waren. Wir verloren kaum Worte, er begleitete mich bis auf mein Zimmer, das auch seins war, der Rucksack auf dem Bett gehörte ihm.

Ich legte mich hin, versuchte, mich auf mich selbst zu konzentrieren. Doch immer wieder schaute ich zu Fernando, der in einem Buch las. Das T-Shirt war ihm etwas hochgerutscht. Als er zurückschaute, fühlte ich mich erwischt, doch er lächelte, und ich war komplett überfordert. Also schloss ich meine Augen.

In der Nacht begann das Ritual. Kerzen warfen ihr Licht in die Mitte des Seminarraums, ringsum suchten wir uns jeweils einen Platz am Boden, eine Stelle, auf der es sich die restliche Nacht über aushalten ließ. Wir waren aber zu viele, oder der Raum war zu klein, Körperkontakt war kaum zu vermeiden. Zum Glück setzte Fernando sich neben mich, und mein Herz klopfte schneller, als sein Knie meinen Oberschenkel berührte.

Zu Beginn des Rituals wurden uns Becher gereicht, darin war ein Sud aus irgendeiner Liane oder Wurzel. Ohne abzusetzen, trank ich ihn aus. Es schmeckte scheußlich, bitter, ich redete mir ein, dass es mir zumindest nicht schaden würde. Danach verschwamm alles. Mit meinen Sinnen war ich noch anwesend, hörte Gesänge, Flöten, Rasseln und Instrumente, die ich nicht zuordnen konnte. Trommeln, viel Getrommel, und langsam glitt ich ab in eine Art Trance. Vielleicht war es auch die Müdigkeit, die mich überkam, die Anstrengung der Reise. Oder die Gerüche, die Düfte, die sich im Raum verteilten, nach Weihrauch, Zedernholz. Bald nahm ich nur noch Schatten wahr, schemenhaft, im Kerzenschein zitternde Umrisse. Meine Augen waren gerade noch halb geöffnet, doch immer wieder fielen sie zu. Ich bekam noch mit, wie die Assistentinnen umhergingen und nach und nach einzelne Teilnehmerinnen abholten. In der Mitte des Raums sollten sie sich auf Matten legen, dort wurden sie behandelt, immer drei Personen gleichzeitig. Aus den wenigen Metern Entfernung sah es so aus, als würden die Helferinnen etwas aus ihnen heraussaugen wollen. Der Schamane kümmerte sich nur um die harten Fälle. Mich hatte er als einen der wenigen Auserwählten auf seine Liste gesetzt. Doch noch bevor ich an der Reihe war, fiel ich in einen tiefen Schlaf.

Als ich wieder zu mir kam, fühlte ich mich benommen, wie

betäubt, wusste im ersten Moment nicht, wo ich war. Mein Mund war ausgetrocknet, ich musste auf die Toilette. Versuchte, mich auf den Händen abzustützen, ein Arm knickte weg. Fernando war nicht mehr neben mir, ich tastete ins Dunkel, bis eine der Shantis kam und mich bei der Hand nahm. Ich glaube, es war Nadine, die mich unterhakte und nach draußen führte. Alles um mich herum schien zu schwanken, ich konnte nicht mehr klar sehen, kniff die Augen zusammen. Was ich zu fixieren versuchte, sprang mir davon, dann nervös hin und her. Ich verstand, dass ich high war.

Auf der Toilette musste ich mich an der Wand abstützen, Shanti Nadine bat mich, die Tür sicherheitshalber nicht zu verschließen. Am Waschbecken ließ ich eiskaltes Wasser über meine Handgelenke laufen und trank, so viel ich konnte.

Zurück im Raum erkannte ich den Schamanen und, vor ihm auf dem Boden, die Frau mit den vielen Tumoren, die er gerade behandelte. Ich versuchte, mich auf seine Worte zu konzentrieren. Hörte, wie er zu ihr sprach und die Helferin übersetzte: Ich habe mich um alles gekümmert. Ich habe alles gefunden. Du hattest noch etwas im Kopf, im Hinterkopf, ich habe es entfernt. Gehe frühestens in einem Jahr wieder zum Arzt, hörte ich Shanti Sophie sagen.

Ich konnte diese Worte hören und verstehen, doch nicht fassen. Was, wenn die Frau sich an seinen Rat halten, abwarten und zwischenzeitlich abkratzen würde? Und was, wenn er mir das Gleiche raten würde? In mir begann sich etwas zu wehren, es breitete sich aus, weckte mich auf. Ausgerechnet jetzt war ich an der Reihe. Ich war der Letzte auf seiner Liste. Doch Don Gustavo schien mich vergessen zu haben. Er wollte gerade aufhören, ich bekam mit, wie er sich verabschiedete, es musste schon früher Morgen sein. Neben mir übergab sich eine ältere Frau in eine Schüssel. Da hörte ich mich selbst zu einer der Helferinnen sagen, die ich kaum noch auseinanderhalten konnte: Moment mal, ich bin jetzt dran.

Einen Moment später lag ich in der Mitte des Seminarraums, über mir stand der Schamane, in der Hand hielt er einen Zauberstab. Einen Stab jedenfalls, damit operierte er mich. Die Spitze war auf mich gerichtet, doch er bewegte sie kaum. Ich schloss meine Augen. Mit jedem der vergangenen Tage war es schwieriger geworden, in einer festen Position liegen zu bleiben, die Tumoren ließen mir keine Ruhe mehr. Unter Anstrengung versuchte ich stillzuhalten.

Zuerst spürte ich eine Wärme, die langsam zunahm, sich in meiner Körpermitte sammelte und sich von dort aus weiter ausbreitete. Sie konzentrierte sich in meinem Brustkorb und seitlich unter beiden Rippenbögen. Mir war, als könnte ich die genauen Ausmaße meiner Tumoren nachvollziehen, als wäre diese Wärme eine Hand, die nach ihnen griff und sie fest umschloss. Plötzlich bäumte sich etwas in mir auf. Ich konnte spüren, wie mein Oberkörper nach oben gezogen wurde, als wäre er an einem unsichtbaren Band befestigt. Mein Brustkorb wölbte sich auf, immer weiter, ich versuchte, ihn zu halten, doch er übernahm die Führung. Ich presste meine Arme gegen den Boden, als könnte ich jeden Moment abheben. Es war eine Anziehungskraft, die ich nicht kannte.

Als Kinder hatten Jasna und ich einmal unsere Handgelenke gegen den Türrahmen gepresst, so lange, dass anschließend beide Arme wie von Zauberhand nach oben geschwebt waren. Das hatte sich fremd angefühlt, damals, wie ferngesteuert, und wir waren fasziniert gewesen. Doch diesmal war die Anziehung viel stärker, wie ein Magnetfeld, gegen diese Kraft konnte ich nichts ausrichten.

Ich gab auf, wollte loslassen, die Kontrolle abgeben, zurückkehren in einen Zustand der Trance, wieder wegdämmern. Doch in meinem Kopf lief immer wieder das gleiche Band ab: Über mir steht ein alter Mann und operiert mich spirituell mit einem Zauberstab. Er will, dass ich nicht mehr zum Arzt gehe, und ich bin nicht bereit, mich darauf einzulassen. Ich möchte ihm vertrauen, doch ich vertraue ihm nicht, jedenfalls nicht so, dass ich mich von meiner angetrauten Ärztin verabschieden und meine Eltern verlassen würde und den Hund. Mich aus dem Staub machen würde mit meinen drei Tumoren, zu Don Gustavo in den Dschungel zöge, um in Ruhe sterben zu können, unter seiner Aufsicht, im Kreise seiner Anhänger. Ich bin vielleicht auserwählt, dachte ich, aber noch lange nicht bereit.

Als der Druck kaum noch auszuhalten war, ich mich vor dem Schamanen auf dem Boden wand und krümmte und nicht sicher sein konnte, ob ich noch davonschweben oder doch auseinanderreißen würde, dachte ich: Wenn du mich von diesen Tumoren befreien kannst, alter Mann, sie aus mir rausschneiden kannst, ohne mich überhaupt aufschneiden zu müssen, wenn du das einfach alles kannst, was sonst nur mit Chemotherapie und dem ganzen beschissenen Krebsprogramm vielleicht hinhaut, dann solltest du auch meine Gedanken lesen können. Also dachte ich: Hör auf. Es reicht. Ich bin nicht sicher, was du da machst, wie du es machst und was es mit mir macht, doch es ist genug.

Im nächsten Moment ließ er mich los, ohne mich überhaupt berührt zu haben. Der Druck, die Krafteinwirkung, die Anziehung, alles war schlagartig weg, mein Brustkorb sank ab, mein Rücken lag flach am Boden. Ich öffnete die Augen.

Don Gustavo sprach und Shanti Sophie übersetzte: Ich habe alles gefunden. Es ist alles weg. Du bist gesund.

Kurz vor Beginn der Chemotherapie durchleuchten sie mich ein vorerst letztes Mal, um zu überprüfen, wie stark die Tumoren gewachsen sind. Dr. Mittag schaut ernst, als hätte sie einen weiteren Fund gemacht.

Sie wissen das bereits, oder?, fragt sie. Dass Ihr Kind diese Therapie nicht überleben wird.

Wir stehen vor einem Röntgenspiegel, tief in den Katakomben der Klinik. Ein Spezialtrakt, nur für auserwählte Patienten, nicht jeder hat hier Zutritt. Im Spiegel kann ich durch meine Bauchdecke sehen, die weit hervorsteht. Ich schaue durch Rippen hindurch und Organe, in meiner Körpermitte schläft mein Kind. Nur eins, nicht drei. Ein Embryo, bestimmt schon im sechsten oder siebten Monat seiner Entwicklung, ein richtiger kleiner Mensch, die Augen geschlossen, schlummernd, ein Lächeln auf den Lippen, mit den Gesichtszügen eines alten, wissenden Menschen.

Gleich neben Dr. Mittag steht Dr. Frech, beide sehen mich an, als gäbe es keine andere Lösung, dieses Kind würde das Licht der Welt nie erblicken. Könnte ich es retten, wenn ich selbst verzichten würde?

Ich beachte sie nicht weiter, lege beide Hände auf meinen Bauch, mein Kind tritt leicht mit einem Fuß dagegen, wir spüren einander, wir sind verbunden, ab jetzt und für immer. Ich bin deine Mutter, Kind, denke ich, ich kann fühlen, dass ich deine Mutter bin. Orlando.

Ich wachte auf, als Fernando die Tür hinter sich schloss. In der Nacht waren meine Schmerzen zurückgekehrt, ein Druck im Innern, doch diesmal hatte es sich anders angefühlt. Schlimmer. Vielleicht, dachte ich, haben sich die Tumoren ja vollends aufgelöst. Ich warf eine Schmerztablette ein. Fünf am Tag gingen laut Dr. Mittag schon in Ordnung, meine persönliche maximale Tagesdosis lag bei zwei. Erst als ich aufgestanden war, sah ich den Zettel, den Fernando auf dem Nachttisch hinterlassen hatte, mit seiner Mailadresse und der Aufforderung: *Schreib doch mal.*

Beim Frühstück, das ich beinahe verschlafen hätte, traf ich ihn nicht mehr. Der Schamane war noch da, umringt von seinen Anhängerinnen. Die meisten von ihnen trugen nach wie vor helle Kleidung, ich hatte mein Jeanshemd angezogen. Am reichhaltigen Müsli-Buffet entschied ich mich für Cornflakes. Ich setzte mich zu einer Frau, die allein an einem der Tische saß. Am Vortag hatte sie in der Vorstellungsrunde berichtet, wie sie von einem seltenen und hochtoxischen Spinnenbiss nachhaltig lahmgelegt worden war und seitdem mit den Folgen zu kämpfen hatte.

Das ist so toll, sagte sie nach einer Weile, wie klar und selbstbewusst du mit deiner Krankheit umgehst.

Danke, sagte ich. Es hat auch gutgetan, einfach mal darüber zu reden.

Ganz ehrlich, ich glaube, du musst diese Therapie nicht machen. Ich bin sicher, du schaffst das auch so, mit oder ohne Chemo.

Ich wusste nicht, was ich ihr entgegnen sollte. Sie legte mir ihr Kärtchen hin. *Yoga* stand darauf, *Healing* und *Rebirth.* Ich bedankte mich knapp, schlang die Cornflakes hinunter und war im Begriff, direkt aufs Zimmer zu gehen, meine Tasche zu packen und ins Auto zu steigen. Doch Don Gustavos Blick hielt mich auf. Mit Bauchschmerzen vor Aufregung trat ich an ihn heran. Sprach ihn an, er lächelte sein mildes Lächeln, und Shanti Sophie übersetzte, was ich ihm zu sagen hatte: Dass ich zu schätzen wisse, was er hier für mich getan habe, und bestärkt und motiviert wieder nach Hause fahre – wo aber meine Eltern auf mich warteten, denen ich nur schwer begreiflich machen könne, was hier passiert sei. Erklärte ich ihnen, ich sei wieder gesund, ich müsse gar keine Chemotherapie machen, wir sollten alles absagen, dann würden sie mich für verrückt erklären. Mit jeder Pause, die ich für die Übersetzung zwischen den Sätzen ließ, fühlte ich mich meiner Sache sicherer.

Don Gustavo schaute mich an, als hätte ich ihn auf ganzer Linie enttäuscht.

Wir haben so gut gearbeitet, übersetzte Shanti Sophie seine Worte.

Ich konnte kaum den Blick zu ihm halten, wich aus, schaute nur noch zu ihr.

Aber dann musst du diese Therapie vielleicht machen, wenn dein Vertrauen nicht ausreicht, übersetzte Sophie.

Der Schamane reichte mir seine alte, warme, raue Hand. Shanti Sophie wünschte mir viel Glück und drückte mich zum Abschied.

Versucht hatte ich es, die Kinder in den Bergen auszusetzen. In jeder Kurve, die mich talwärts führte, stellte ich mir vor, vollständig geheilt zu sein. Drehte die Musik auf, sang laut mit, *Voyage Voyage*, führte Selbstgespräche. Jasna rief während der Fahrt gleich mehrmals hintereinander an. Als die Kilometeranzeige mit drei ungeraden Ziffern endete, 777, hielt ich an einer Raststätte und rief zurück.

Wie war's?, wollte Jasna wissen. Fühlst du dich geheilt?

Ich berichtete ihr ausführlich vom Seminar, nur nicht von Fernando. Sogar den Traum von der Schwangerschaft erzählte ich, über den ich mit etwas Abstand lachen musste. Jasna lachte nicht. Sie fand, es gehe darin ums Erwachsenwerden.

Ich glaube, sagte sie, es geht hier überhaupt vor allem ums Erwachsenwerden.

Am nächsten Tag lag ich auf einem OP-Tisch, man wollte mir einen Port einsetzen, damit ich leichter zu versorgen war, benutzerfreundlicher. Dr. Mittag hatte für diesen Eingriff geworben, es handelte sich um eine Art Steckdose unterhalb des Schlüsselbeins. Eine Pforte für die Medikamente, die Zytostatika, damit die problemlos in mich hineinlaufen konnten. Es war nur so, dass ich nicht mehr ruhig auf einem OP-Tisch liegen konnte, nicht einmal dazu war ich noch fähig. Unentwegt musste ich mich bewegen, weil es sich in meinem Innern anfühlte, als würden meine ungeborenen Kinder mir in die umliegenden Organe treten. Als wollten sie mich aufplatzen lassen, ungeduldig, endlich das Licht dieser Welt zu erblicken. Mittlerweile sehnte ich mich nach dieser Therapie, *meiner* Chemo, wie ich sie bereits nannte. Ich konnte es kaum erwarten, dass die Medikamente auf die Krebszellen losgelassen wurden, ich wollte nur noch, dass es endlich losging, die spirituelle Operation mit dem Zauberstab, das war mir bei aller Zuversicht klar, sollte nicht meine letzte bleiben.

Eine weißgekleidete Frau, von der ich wie immer nicht wusste, ob sie Ärztin, Assistenzärztin oder Arzthelferin war, betrat den Raum und schien verwundert darüber, mich in meinem Operationskleidchen vor dem OP-Tisch aufzufinden, nicht auf ihm liegend, sondern an ihn gelehnt, herumlungernd, aber immer leicht in Bewegung, ein paar Schritte umhergehend, tippelnd. Ich rotierte.

Würden Sie sich bitte wieder hinlegen?, fragte sie mich.

Nein, würde ich nicht, antwortete ich, ich kann nicht mehr liegen, und ich weiß auch nicht, wie ich diese Operation überstehen soll, ich kann nicht ruhig liegen bleiben, das geht nicht mehr, vergessen Sie's.

Das dürfte ihr als Antwort genügt haben. Erst da bemerkte ich die drei jungen Frauen hinter ihr, Medizinstudentinnen, die hospitierten, wie die Frau in Weiß mir erklärte. Sie fragte nicht, ob mir das recht sei, doch mir war ohnehin alles egal.

Erneut suchte ich nach einer Position auf dem OP-Tisch, wippte halb sitzend, halb liegend darauf herum, versuchte, mich auszustrecken, konnte meinen Körper nicht anhalten, sobald ich in einer Position verharrte, zwickte es, biss es zu.

Im Hintergrund hörte ich, wie die Frau den Studentinnen die Funktionsweise eines Ports erklärte: Mit einer Injektionsnadel steche man in das Gummikissen, das, von einem Titanring umfasst, zu einem dünnen Schlauch würde, den man in eine Vene lege, die direkt ins Herz führe. Mein Herz. Dafür müsse man jedoch zuerst einen Schnitt machen, erklärte die Frau, einen kleinen, zwischen Brust und Schulter, und einen weiteren, um die Vene zu öffnen. In diese solle der Portkatheter eingeführt werden, und anschließend würde der Titanring mit dem Brustmuskel vernäht.

Schubladen wurden geöffnet, in denen verschiedene Exemplare bereitlagen.

Das hier ist ein Kinder-Port, hörte ich sie sagen, deshalb ist der so klein.

So einen will ich!, rief ich vom Seziertisch aus.

Den kriegen aber nur Kinder und Unterernährte, antwortete die Frau so, als wäre sie ein klein wenig genervt.

Schauen Sie mich doch an, hielt ich dagegen.

Zehn Minuten später, als der operierende Arzt endlich eingetroffen war, sagte sie, noch leicht schnippisch: Sie haben Glück. *Ein* kleineres Modell war noch vorrätig.

Der Operateur stellte sich vor, indem er seinen Namen so schnell aussprach, dass ich ihn nicht verstehen konnte, gleich darauf rammte er mir eine örtliche Betäubung in die Brust, die leider nicht bis in meine zappeligen Beine hineinzuwirken vermochte. So schnell er konnte, sprach er weiter: Und Sie wollen also einen Port.

Nein, sagte ich.

Nicht? Dann werde ich Ihnen auch keinen einsetzen.

Wollen wäre jedenfalls übertrieben.

Und wieso sind Sie hier?

Weil Ihre Kollegin sagt, dass ich hier sein soll.

Also wollen Sie doch?

Wenn Sie glauben, dass dieses Ding mir dabei hilft, wieder gesund zu werden, dann soll's mir recht sein.

Spüren Sie noch was, wenn ich hier drücke?

Ja.

Als er eine halbe Stunde später die Stelle unterhalb des rechten Schlüsselbeinknochens vernähte, sagte ich, nachdem ich mich eine Weile zusammengerissen hatte: Jetzt spüre ich wieder was.

Er reagierte nicht.

Hallo, ich spüre, was Sie da machen.

Ja, sagte er, aber wissen Sie, es sind nur noch zwei Stiche, ob ich Sie noch mal betäube oder schnell zu Ende nähe, darauf kommt es jetzt auch nicht mehr an.

Eine Pflegerin brachte mich im Rollstuhl zurück zu meinem Patientenzimmer, vor dem Mama wartete, wieder machte sie sich Notizen. Erleichtert, mich zu sehen, berichtete sie mir gleich, dass mein Operateur nicht etwa irgendjemand, sondern ein ganz berühmter sei, für den regelmäßig Menschen aus aller Welt angeflogen kämen, das habe ihr eine der Assistentinnen erzählt. Bestimmt zur Beruhigung, dachte ich.

Voller Sorge blickte meine Mutter mich an, ich sagte: Alles gut, Mama. Ich bin jetzt ein Cyborg.

Mama und ich gewöhnten uns schnell daran, fast täglich nach Heidelberg zu fahren. Sobald wir auf der Autobahn waren, spätestens nachdem wir bei Speyer die Rheinbrücke überquert hatten, machte ich die Augen zu, was ich jedes Mal vorher ankündigte. An diesem Tag antwortete Mama: Gut, dann lass ich meine Augen offen.

Wir waren ein gutes Team. Mama gab sich alle Mühe, mich nicht runterzuziehen, in die Tiefe ihrer Traurigkeit. Auch dafür waren die Autofahrten gut: Unterwegs überkam uns eine Aufbruchsstimmung, denn es passierte etwas, es ging zumindest weiter. Wir waren damit beschäftigt, ein Problem zu lösen, gemeinsam arbeiteten wir an einem Projekt, bei dem es um nichts Geringeres als um den Plan ging, zu überleben. Der Rettungs- oder Notfallmodus, in dem wir uns seit meiner Erstdiagnose zu befinden schienen, entfernte uns von der Verzweiflung und Trauer, in die wir so leicht hätten geraten können, wären wir nur zuhause geblieben, abwartend, ob sich die Sache womöglich von alleine regeln würde.

Auf dem Beifahrersitz döste ich meistens kurz ein, dort ließ es sich trotz meiner Schmerzen aushalten.

Wie gewohnt fuhren wir in das Parkhaus gegenüber dem Zoo, den wir auch einmal besuchen könnten, wie Mama anmerkte. Dazu sollten wir noch ausreichend Gelegenheit haben.

Um in die Kopfklinik zu gelangen, mussten wir durch die Medizinische, ein langer, dunkler Gang im Untergeschoss führte uns hinüber in das angrenzende, etwas in die Jahre gekommene Gebäude. Im Wartebereich der Radiologischen Abteilung, wo kein einziges Fenster zu sehen war, dachte ich: Was, wenn sie jetzt noch einen Tumor entdecken, in meinem Schädel? Der Verdacht bestand anscheinend, wieso war ich sonst hier? Noch einer, dachte ich, und ich gebe auf. Dann musste ich an die Frau mit den vielen Tumoren denken und konnte mich nicht mehr an ihren Namen erinnern. Dafür an ihr Lachen und daran, wie lebhaft sie davon berichtet hatte, wie sie den Ärzten und deren Diagnosen die Stirn zu bieten wusste. Ich musste daran denken, was der Schamane zu ihr gesagt hatte. Dass er einen weiteren Tumor gefunden habe, in ihrem Hinterkopf. Noch einen, doch einer mehr oder weniger, was machte das in ihrem Fall schon aus? Geh nicht zum Arzt – oder frühestens in einem Jahr, hatte er zu ihr gesagt, und zum ersten Mal dachte ich: Wieso sollte sie auch?

Es machte einen Unterschied, ob Mama und ich im fahrenden Auto saßen oder in einem Wartebereich, wo nichts vorwärtsging, ein Ort, der uns zwang, nichts zu tun, außer vielleicht Sudokus zu lösen oder sich Gedanken zu machen. Wartend waren wir auf das zurückgeworfen, was unter unserer heldenhaften Rettungsstimmung lag und leise an ihr zu kratzen begann. Da schlichen sie sich ein, die Ängste, und mit ihnen kamen die Schmerzen zurück. Am größten und banalsten war die Angst, einem Irrtum aufgesessen zu sein und nun doch einfach sterben zu müssen.

Vorsichtig streckte ich mich aus, dehnte meinen linken Rippenbogen. Mit einem Schluck Wasser nahm ich eine weitere Schmerztablette. In Schulter und Brustkorb hatte ich noch Schmerzen von der Port-OP, die sich wie starker Muskelkater anfühlten.

Soll ich dir mal die Hand auflegen?, fragte Mama und schien es ernst zu meinen.

Wenn du magst, sagte ich, und sie legte eine Hand auf meine linke Flanke, ganz leicht, warum auch nicht?

Eine ältere Frau kam mit einem Rollwagen vorbei und bot uns Tee an. Ich nahm einen Kamillentee, diesmal wusste ich genau, was ich wollte, aber die Auswahl war auch nicht groß. Eigentlich hätten wir der Frau eine kleine Spende mitgegeben, doch wir befanden uns mitten in unserer ersten improvisierten Reiki-Sitzung.

Wird es besser?, fragte Mama nach ein paar Minuten.

Ja, sagte ich, irgendwie hat es sich beruhigt.

Am Nachmittag begrüßte Dr. Mittag mich in ihrem Sprechzimmer mit der Neuigkeit, dass weder mein Knochenmark noch das Nervenwasser befallen sei.

Das ist eine gute Nachricht, sagte sie, eine sehr gute sogar.

Zum ersten Mal lächelte sie mich an, und ich verstand, dass es auch ihr nicht egal war, ob ich gesund werden würde oder nicht. Trotzdem, die Information kam mir dermaßen abstrakt

vor, dass ich sie so spontan nicht in einen Freudensprung über-
setzen konnte. Ich saß einfach da und sagte: Ah, sehr gut.

Auch saß ich Dr. Mittag zum ersten Mal alleine gegenüber,
diesmal hatte ich Mama gebeten, draußen zu warten. Wir waren
ein so gutes Team, dass es in Ordnung ging. Mama war sowieso
ein wenig eingeschüchtert gewesen von Dr. Mittags forscher
Art, und ich wollte mich ernst genommen fühlen, nicht gleichzeitig Patient und Kind sein müssen.

Sinn und Zweck unseres Treffens war, mir verschiedene
mögliche Chemotherapien vorzustellen, die zwar unterschied-
lich stark waren, angeblich aber ungefähr gleich gut meinen
Krebs besiegen können sollten.

Die vermutliche Heilungschance in einer Zahl auszudrü-
cken, sei nicht so ihr Stil, erklärte Dr. Mittag auf meine Nachfrage hin, im Mathematikunterricht habe sie aber gelernt, dass
alles, was über fünfzig Prozent liege, etwas sei, worauf man wet-
ten könne. Sie sagte allerdings nicht explizit, dass die Wahrscheinlichkeit einer Heilung in meinem speziellen Fall über
fünfzig Prozent lag.

Dafür erzählte sie mir von der Hochdosis-Chemo, bei der ich
stationär herumliegen und künstlich ernährt werden müsste,
während man mich mit Gift vollpumpen würde, über Monate.
Und dann gab es noch die etwas leichtere, aber immerhin zweit-
härteste Variante, bei der ich lediglich alle zwei Wochen für jeweils drei Tage vorbeikommen müsste und an den Tropf ge-
hängt würde. Beide Therapieformen erzielten Studien zufolge
nahezu die gleichen Ergebnisse, berichtete Dr. Mittag. Eine anschließende Bestrahlung der betroffenen Körperstellen sei möglich, auch bei Erfolg der jeweiligen Therapie. Die Rückfallquoten
nach der schwächeren Variante seien zwar leicht höher als jene

bei der Hardcore-Nummer, trotzdem sollten beide Therapien stark genug sein, um meinen Krebs eindämmen zu können. Eindämmen, sagte sie, nicht: besiegen.

Und ich soll mir jetzt eine aussuchen?, fragte ich, und ohne eine Antwort abzuwarten: Welche Therapie würden Sie denn machen, an meiner Stelle?

Wissen Sie, da sind wir schon fast auf dem Gebiet der Krankenhauspolitik, sagte Dr. Mittag. Woanders würde man Ihnen gleich ungefragt die Keule geben.

Sie schaute mich an, tippte mit einem Finger auf die Tischplatte, dreimal schnell hintereinander.

Ich würde in Ihrem Fall die etwas leichtere Therapie empfehlen, weil wir davon ausgehen können, dass sie ausreicht. Auch im Hinblick auf Ihre Untersuchungsergebnisse würde ich so entscheiden.

Ich habe also die Wahl zwischen *Nummer sicher* und *Nummer sicher-sicher*, fasste ich zusammen, stimmt das?

So ungefähr.

In diesem Moment wünschte ich mir, Mama würde doch neben mir sitzen, um eine Entscheidung für mich zu treffen. Vielleicht ging es bei dieser Entscheidung um Leben und Tod.

Also – um die Sache abzukürzen, sagte Dr. Mittag, ich war so frei und habe einen Termin für Sie vereinbart, zum Therapiebeginn der leichteren Variante. Wenn Sie nichts dagegen haben, geht es morgen los.

Morgen?

Wir wollen keine Zeit verlieren, oder?

Damit hatte ich nicht gerechnet. Auf der Stelle begann ich zu schwitzen.

Und wollen Sie davor kein CT mehr machen?

Wieso sollte ich Sie jetzt noch mal ins CT stecken?

Am liebsten hätte ich ihr vom Schamanen berichtet, von meiner spirituellen Operation und spontanen Heilung, doch bestimmt hätte sie nur gesagt, dass das alles ganz verrückt klinge und sie nichts davon wissen wolle.

Und fallen mir bei der schwächeren Therapie auch die Haare aus?, fragte ich stattdessen.

Davon müssen Sie ausgehen.

Ich hatte keine andere Antwort erwartet, trotzdem schien es wichtig gewesen zu sein, es einmal ausgesprochen zu hören.

Und was ist eigentlich mit meinen Spermien, fiel mir ein, gehen die auch kaputt?

Auf einmal schien ich zu begreifen, wie hoch der Sprungturm war, auf dem ich stand. Ich versuchte, Zeit zu schinden, als hätte ich zu viel davon.

Gut, dass Sie fragen, sagte Dr. Mittag und versuchte, ihre Überraschung zu überspielen. Ja, darauf wäre ich noch zu sprechen gekommen, improvisierte sie schnell. Also ich sag es mal so: Die Chemo beschießt erst mal alles, und was sie trifft, das sind zuallererst die Krebszellen. Dann aber auch, zum Beispiel, die Haarfollikel, deshalb gehen Ihnen die Haare aus. Und ja, später sterben auch die Samenzellen ab. So, und eigentlich müsste sich das alles irgendwann wieder bilden, die Haare wachsen wieder und so weiter. Rein theoretisch gilt das natürlich auch für die Samenzellen, aber ob das nach einer Therapie dieser Stärke tatsächlich passiert, dazu gibt es bislang keinerlei Studien.

Mit dem Schreibtischstuhl rollte Dr. Mittag zum Computer, klickte auf der Maus herum. Ich war nicht sicher, ob unser Termin damit beendet war.

Wenn Sie also weiterhin die Möglichkeit haben wollen, Vater zu werden, sprach sie nach einer Weile weiter, dann verschieben wir notfalls den Therapiebeginn um eine Woche, und Sie rufen gleich mal hier an ...

Dr. Mittag notierte eine Telefonnummer auf einen Zettel und schrieb krakelig dazu: *Kinderwunschzentrum*.

Das Sekretariat meldet sich mit einem neuen Termin bei Ihnen, sagte sie, ohne mich dabei anzuschauen.

Und geht das so einfach, die Therapie zu verschieben?, fragte ich.

Das sehen Sie doch, dass es geht. Auf die eine Woche kommt es jetzt auch nicht mehr an.

Ich bedankte mich, Dr. Mittag verabschiedete mich knapp. Mit einem Fuß stand ich schon draußen, da pfiff sie mich zurück: Moment mal, jetzt kommt hier gerade Ihr Befund reingeflattert ...

Noch einmal setzte ich mich zu ihr.

Ihr Kopf-MRT ... Moment ...

Während sie durch den Bericht scrollte, konzentriert auf den Bildschirm schaute, machte ich mich auf das Schlimmste gefasst.

Alles bestens!, sagte sie, lauter als zuvor, versuchte ein weiteres Lächeln in meine Richtung, es geriet etwas schief.

Wieder hatte ich die Türklinke in der Hand, als ich mich noch einmal zu ihr umdrehte und fragte: Und Sie meinen, *Nummer sicher* reicht?

Mama saß im Wartebereich, trank Cappuccino aus einem Plastikbecher. Ich gab ihr eine Zusammenfassung aller neuen Informationen und Ereignisse, und obwohl unser gemeinsamer

Rettungsplan nun erst mal zu pausieren schien, wirkte auch sie eher erleichtert als besorgt darüber, dass es nicht gleich am nächsten Tag mit der Chemo losging.

Während Mama das Auto aus dem Parkhaus holte, wartete ich an der Straße, da hörte ich Kinderstimmen. Hinter einem Zaun, gegenüber im Zoo, war ein Spielplatz. Dort spielten nur ein paar Kinder, doch ich wurde auf der Stelle sentimental, als ich sie herumtoben hörte. Ich versuchte, so sachlich zu bleiben wie Dr. Mittag. Wenn ich jetzt, dachte ich, rein theoretisch die Möglichkeit hätte, Vater zu werden, dann will ich die doch behalten, ganz unabhängig davon, ob ich von dieser Option jemals Gebrauch machen würde. Warum sollte ich sie mir nicht zumindest offenhalten? Egal, wo, wann und mit wem, ob überhaupt, die Krankheit sollte mich doch nicht mehr als unbedingt nötig meiner Möglichkeiten berauben.

Zuhause wählte ich die Nummer des Kinderwunschzentrums. Gleich für den nächsten Morgen bekam ich einen Termin, vermutlich weil ich die Krebskarte ausspielte, zum ersten Mal, da kaum Zeit blieb.

Wir empfehlen eine Karenzzeit von drei bis fünf Tagen, ist die bei Ihnen gegeben?, fragte mich eine unbekannte Stimme durchs Telefon.

Entschuldigung, was?

Hatten Sie in den letzten drei Tagen einen Samenerguss?

Nein, also, nicht dass ich wüsste, sagte ich.

Dann bitte bis morgen keine Ejakulation mehr herbeiführen, wies die Stimme mich an.

Okay, sagte ich, lachte verlegen und legte auf, ohne mich verabschiedet zu haben.

Bitte bis morgen keine Ejakulation mehr herbeiführen!, sagte ich zu mir selbst und war auf der Stelle aufgeregt beim Gedanken, ein Konto bei der Samenbank zu eröffnen. Bitte nicht abspritzen! Wir bitten Sie, wichsen Sie nicht! Keine feuchten Fieberträume mehr!

Am nächsten Morgen fuhr meine Mutter mich zur Masturbation. Sie setzte mich vorm Kinderwunschzentrum ab und fragte allen Ernstes, ob sie mit raufkommen solle.

Ja, genau, sagte ich.

Schnell schlug ich die Autotür hinter mir zu.

Im Wartebereich war ich wieder einmal der Jüngste, um mich herum saßen fast nur Frauen. Eine mit Kopftuch lächelte mir zu, als wäre ich ihr Komplize. Nach wenigen Minuten wurde ich aufgerufen. Zuerst bekam ich Blut abgenommen, danach brachte mich eine Mitarbeiterin in einen Raum, in dessen Mitte ein überdimensionaler weinroter Ledersessel stand. Die Jalousien waren heruntergelassen.

Da wären wir, sagte die Arzthelferin.

In der Hand hielt sie einen Plastikbecher, er war mit einem Aufkleber versehen, darauf meine Daten, die ich ihr zum Abgleich aufsagen musste. Sie hielt mir den Becher hin wie einen Aperitif, dabei war es an mir, ihn zu füllen.

Machen Sie es sich bequem!, schlug sie vor, wies mich auf die Zeitschriften hin und den Flachbildschirm an der Wand, schon drückte sie auf den Knopf unterhalb des Displays.

Das hier ist unser Film, erklärte sie.

Auf dem Bildschirm erschienen zwei Darstellerinnen, die gerade einen Blowjob an einem Kollegen erledigten. Schnell schaltete die Helferin wieder aus und sagte: Lassen Sie sich Zeit!

Wie viel Zeit hab ich denn?, fragte ich sicherheitshalber.

Na ja, jetzt ist es gleich elf, um eins mache ich Mittagspause, da würde ich vorher mal bei Ihnen anklopfen.

Ich verstand nicht gleich, dass es ein Witz war.

Und eine Sache noch, sagte sie, bitte schließen Sie hinter mir ab, Sie glauben nicht, wie viele das vergessen.

Alleine zurückgelassen begutachtete ich die Zeitschriftenauswahl, auf einem der Blätter prangte der Schriftzug *MILF spezial*, darunter posierte eine Frau in engem Lack-Minirock. Ein anderes Heftchen war voller winziger Anzeigen in Schwarz-Weiß, ein Telefonbuch mit Sexkontakten. Ich schaltete den Fernseher wieder ein. Mittlerweile leckte die blonde Darstellerin an ihrer ebenfalls blonden Kollegin. Sie kam mir bekannt vor, ich war nur nicht sicher, welche von beiden, beide womöglich. Ich schaltete ab, setzte mich in den seltsamen Sessel, auf eine Unterlage aus dünnem Papier. Jede kleinste Bewegung hatte ihr Geräusch, das Leder quietschte, die Unterlage raschelte. Ich schraubte den Verschluss des Bechers auf, öffnete meine Hose. Stand noch einmal auf, zog sie runter, mit nacktem Hintern setzte ich mich wieder hin. Drehte mich mitsamt Sessel Richtung Fenster. Ich schloss die Augen, versuchte, mir irgendetwas vorzustellen. In Gedanken rettete ich mich unter einen Wasserfall, vielleicht im Amazonas-Regenwald. Ich musste an Fernando denken, versuchte, ihn heraufzubeschwören, ihn so genau wie möglich vor meinem inneren Auge erscheinen zu lassen. Langsam ließ ich ihn näher kommen, bis er direkt vor mir stand, mich vorsichtig berührte, wie in Zeitlupe. Doch ich konnte mich nicht konzentrieren, immer wieder verlor ich ihn, war wieder alleine. Plötzlich musste ich an die Arzthelferin denken, an die Frau mit Kopftuch im Wartebereich, an meine Mutter, die gerade durch die Shoppingmall bummelte. Meine Mutter ging nicht shoppen, sondern bummeln. Gleich hinterm Fenster lag die Mall, samt Sessel drehte ich mich wieder zur Tür.

Noch einmal stand ich auf, um mit der Hose an den Knöcheln zur Tür zu watscheln und zu überprüfen, ob ich wirklich abgeschlossen hatte. In der linken Schulter hatte ich noch immer Schmerzen, ich nahm die rechte, die ungewohnte Hand und stellte mir noch einmal den Urwald vor, den Wasserfall und auch Fernando, doch diesmal sah ich ihn nur schemenhaft, blieb mit mir allein. Zwischendurch vibrierte mein Handy, Jasna schrieb: *Hey, bitte sag doch nur ganz kurz mal wies dir geht.*

Es überraschte mich nicht, dass mein Sperma nur knapp den Plastikbecherboden bedeckte.

Vorsichtig öffnete ich eine Klappe und stellte den Becher in die Durchreiche. Kurz hatte ich Angst, die Person auf der anderen Seite könnte mich erwischen, mich für mein mangelhaftes Sperma-Ergebnis mit einem demütigenden Blick bestrafen. Ich schloss die Tür hinter mir und las das Schild: *Gewinnungsraum*, und augenblicklich fühlte ich mich wie eine Niete.

An der Anmeldung erklärte die Arzthelferin mir, dass sie mich anrufen würden, sobald durch ein Spermiogramm überprüft worden sei, ob mein Ejakulat für eine Einlagerung infrage komme, denn: Was nichts kann, wird auch nicht eingefroren, sagte sie mit einem Lächeln, das ich zu erwidern versuchte.

Dann machte ich mich aus dem Staub.

Mama bummelte tatsächlich durch die Mall, noch am Telefon erzählte sie, dass sie mir einen Gürtel kaufen wolle, die Hosen fingen an zu rutschen. Wir trafen uns am Haupteingang. Mama fragte und musste dabei grinsen: Na, wie war's?

Wir kauften gleich zwei Gürtel, und im sogenannten Food Court bestellten wir schlammgrüne Gemüse-Smoothies. Meinen ließ ich nach nur einem Schluck mit der Bemerkung zurückgehen, ich würde lieber auf der Stelle tot umfallen, als ihn ganz auszutrinken. Mama fand das nicht so witzig, weshalb ich vorsichtshalber dreimal auf Holz klopfen wollte, doch in dieser Mall war einfach nichts aus Holz.

Als ich später draußen vor dem Eingang auf Mama wartete, die noch irgendetwas anprobierte, klingelte mein Handy, das Kinderwunschzentrum war dran. Die Arzthelferin erklärte mir, man könne mein Sperma schon einlagern, in einer Stickstoffkammer bei minus zwanzig Grad, ich hätte aber auch die Möglichkeit, zur Sicherheit ein weiteres Mal vorbeizukommen. Zum wiederholten Wichsen.

Aber ich wäre so weit zeugungsfähig?, fragte ich.

Der Anteil schnell schwimmender Spermien liegt in Ihrer Probe am unteren Rand des Normbereichs, sagte die Arzthelferin, was bei einer künstlichen Befruchtung aber kein Problem darstellt.

Für wie viele künstliche Befruchtungen würde es denn reichen?, fragte ich. Können Sie das sagen?

Ja, das könne sie, sehr genau sogar: Für siebzehn.

Danke, sagte ich, ich glaube, das ist genug.

Als ich am Abend das Pflaster der OP-Wunde ablösen wollte, klebte eine dunkelrote Blutkruste daran. Vorsichtig zog ich es ab. Ein Wulst kam zum Vorschein, den ich zuvor bereits ertastet hatte. Ein Hügel aus Haut, darunter etwas Hartes, Titan, ein Stück weiter oben die verkrustete Narbe. Die dicken, dunklen Fäden sollten sich mit der Zeit von alleine auflösen. Die Haut war vom Pflaster ganz rot, die Naht umringt von kleinen Pusteln. Ich drehte mich zur Seite. Der Port war ein Knubbel, er hob sich deutlich ab, wie ein hervorstehender Knochen, er war nicht zu übersehen.

Ich betrachtete mich im Spiegel, mir wurde mulmig, ich holte Luft, fixierte mein Spiegelbild. Zum ersten Mal kam ich mir alt oder verbraucht vor, beschädigt. Nicht mehr intakt, nicht mehr nur ich. Ich musste versuchen, mich anzunehmen, so wie ich jetzt war, auch den Port akzeptieren lernen, ihn adoptieren wie die Tumoren. Auch sie gehörten längst zu mir. Jetzt musste ich sie nur alle wieder loswerden.

Die Tür ging auf, Papa kam herein, schaute mir ins Gesicht, dann auf den Port und verzog den Mund, als empfände er einen Schmerz.

Nachdem wir wochenlang nichts voneinander gehört hatten, rief Su an. Mir blieb nichts anderes übrig, ich musste rangehen. Sie klang unzufrieden.

Wo bist du?

Bei meinen Eltern, sagte ich.

Toll. Ich bin jetzt wieder da.

Okay. Was meinst du mit *da*?

Ich bin seit heute aus Paris zurück. Ich sitze in meinem WG-Zimmer in dieser schrecklichen Stadt und finde alles beschissen und brauche dringend einen Drink. Kommst du her?

Ich bin bei meinen Eltern, wiederholte ich.

Wie weit ist das weg?

Su, es ist Scheiße passiert.

Was?

Ich hab ein Lymphom, nächste Woche geht meine Chemo los.

Mit dem Handy am Ohr lief ich nach draußen über die Terrasse in den Garten. Auf der anderen Seite der Leitung blieb es still. Dann sagte Su: Verarsch mich nicht, hör auf.

Stille. Dann hörte ich sie schluchzen. Wieder Stille. Leises Wimmern.

Su?

Sie flüsterte: Sorry, ich kann nicht —

Und legte auf.

Zehn Minuten später schrieb sie mir: *Bastian, sag mir, in welches letzte Kaff ich fahren muss, und ich setz mich sofort in den Zug. Gibt es da einen Bahnhof?*

Beim Abendessen fragte ich meine Eltern, ob sie mir ein weiteres Mal das Auto ausleihen würden, übers Wochenende. Einmal mehr behauptete ich, noch eine paar Sachen aus meiner WG abholen zu wollen.

Fühlst du dich fahrtüchtig?, fragte Mama. Wie geht's deiner Schulter?

Lass ihn doch, sagte Papa.

Danke, sagte ich.

Der Hund stellte sich am Gartenzaun auf, schaute darüber, mir hinterher, als ich am Tag darauf mit dem Auto losfuhr.

Auf der Autobahn blieb ich die meiste Zeit über auf der Überholspur und fuhr, anfangs ohne es zu merken, 180. Sus Anruf hatte eine Abenteuerlust in mir geweckt. Als könnte sie mich vor dem, was mir bereits in der folgenden Woche bevorstand, noch irgendwie bewahren.

Ich parkte den Wagen nicht weit von meiner WG entfernt, ging die Straße entlang, da sah ich Su schon mit Sonnenbrille und Zigarette auf dem Treppenabsatz sitzen. Sie stand auf, warf ihre Kippe weg und nahm mich in den Arm, fest und lang. Schaute mich an, ohne die Sonnenbrille abzunehmen, wischte schnell eine Träne weg, die ihre Wange hinabrollte. Aus ihrer Tasche holte sie eine Flasche Gin und sagte: Der wird uns guttun.

Als Medizinerin konnte Su ungefähr einordnen, welche Art von Chemotherapie mir bevorstand. Das würde schon alles so passen, ich solle mir da gar keine Sorgen machen, versuchte sie, mich oder sich zu beruhigen. Trotzdem, kurz hatte ich den Verdacht, dass sie mir direkt die Hochdosis-Chemo verabreicht hätte, wäre sie die behandelnde Ärztin gewesen.

Wir saßen auf dem Balkon, Su hatte uns zwei Gin-O gemischt, weil zufällig noch Orangensaft im Kühlschrank gewesen war. Ihre Mischung war etwas weniger stark als die in Paris.

Hodgkin-Lymphom, sagte Su, das kommt oft vor bei jungen Männern, das kriegt man aber meistens wieder hin.

Non-Hodgkin, korrigierte ich.

Ja, genau, sagte sie schnell, stimmt aber trotzdem.

Beinahe hätte ich ihr vom Schamanen erzählt, behielt die Geschichte dann aber doch lieber für mich.

Ein paar Stunden später standen Su und ich in der *Pinte*, eingeklemmt zwischen Tischkicker spielenden Studies, die, wie Su meinte, diese Abkürzung verdient hätten. Sie schmiss eine Runde Gin Fizz, trank ihren in kurzer Zeit aus und resümierte, die Drinks seien zwar nicht besser, aber wenigstens billiger als in Paris.

Wie sind wir eigentlich in dieser Stadt gelandet?, fragte sie und bestellte die nächste Runde.

Irgendwann tauchte Nils auf, der mich zuerst übersah oder nicht erkannte, als wäre ich bereits lange weg gewesen. Natürlich wollte er wissen, was los war, ob ich mein Studium abgebrochen habe, nachdem ich mich auf seine letzte Nachricht nicht mehr gemeldet hatte, und ich erklärte ihm in aller Ruhe meine Situation. Er schaute mich an, als würde er es nicht ganz begreifen oder glauben können, und noch bevor er etwas sagen konnte, ging Su dazwischen. Sie hob ihr Glas: Auf die Gesundheit! Wer Gießen überlebt, wird unsterblich!

Wir waren angenehm betrunken, draußen zog ich ein einziges Mal an Sus Zigarette und wollte sofort ausspucken, da lief mir jemand vor die Füße – oder ich ihm. Er trug löchrige Röhrenjeans und einen alten Parka, schaute mich an, kurz hielten wir beide den Blick, dann ging er nach drinnen. Su grinste mich an.

Süßer Boy, sagte sie. Na los, schnell hinterher.

Quatsch, sagte ich. Das ist echt das Letzte, was ich jetzt noch gebrauchen kann.

Auf dem Klo traf ich ihn wieder, ich stand am Waschbecken, er auffällig lange am Händetrockner. Also drehte ich mich zu ihm und sagte: Hey, ich bin Sebastian. Und du?

An seinen Ohrläppchen hingen silberne Ringe.

SCHWEBEN
LERNEN

In meinem Zimmer, knutschend auf dem Bett, zog Linus mir mein T-Shirt aus und fragte: Was ist das für ein Pflaster?

Will nicht drüber reden, sagte ich schnell, und wir knutschten weiter.

Wir knutschten wieder, als die Sonne uns um sechs Uhr früh zum ersten Mal weckte. Gegen Mittag trat Linus nackt auf den Balkon. Aus dem Garten waren Kinderstimmen zu hören, da warf ich seine Unterhose nach ihm.

Ich kochte Kaffee, dabei mochte ich Kaffee eigentlich nicht mehr, doch an diesem Morgen hatte ich Lust darauf.

Wir frühstückten auf dem Balkon, in der Sonne, und Linus, nur in Unterhose, schmierte sich Erdnussbutter mit Nutella auf Toastscheiben, die ich im Tiefkühlfach gefunden hatte. Franziska verbrachte das Wochenende bei ihren Eltern, nach und nach brauchte ich ihre Vorräte auf.

Ich hab dich gestern angelogen, sagte Linus.

Super, sagte ich. Ich höre.

Ich studiere gar nicht Physik.

Das beruhigt mich.

Weil ich nämlich gar nicht studiere.

Okay. Was machst du sonst so?

Auf den Strich gehen.

Ich schaute ihn unbeeindruckt an.

Ich mach grade Abi, sagte er.

Wie bitte?

Ich mach Abi. Abitur. Aber eigentlich warte ich nur noch auf mein Zeugnis.

Wie alt bist du?

Zwanzig. Also – fast.

Volljährig, immerhin.

Und jetzt du, sagte er.

Ich hab nicht gelogen.

Was ist das für ein Pflaster?

Ich hatte einen kleinen Eingriff. Nicht so wichtig.

Der Muskelkater war über Nacht wieder stärker geworden, vermutlich hatte ich mich überanstrengt. Ich spürte jede kleinste Bewegung.

Hallo!, rief ein Nachbarskind aus dem Garten nach oben.

Hallo, rief Linus zurück.

Wer bist du?, fragte das Kind.

Linus, sagte Linus. Und du?

Was macht ihr da?, fragte das Kind, ohne sich vorzustellen.

Willst du mal Kinder?, fragte ich Linus.

Ich muss jetzt erst mal zu meiner Oma, die hat heute Geburtstag.

Wir knutschten noch ein bisschen auf der Couch und im Flur. Ich drückte Linus gegen die Wand, er biss mir in die Unterlippe.

Sehen wir uns wieder?, fragte er.

Heute Abend, sagte ich.

Das schaff ich nicht.

Dann in einem halben Jahr.

Das klingt schlimm.

Ich bin jetzt erst mal weg.

Wo bist du denn?

Bei meinen Eltern.

Wieso?

Ich bin krank, sagte ich. Ich muss eine Chemotherapie machen. In einem halben Jahr komm ich zurück. Wenn alles klappt.

Linus schaute mich unverändert an.

In einem halben Jahr geh ich für ein halbes Jahr weg.

Wohin?

Nach Namibia.

Was willst du da?

Bäume pflanzen.

Schön.

Schlechtes Timing.

Wir sehen uns in einem Jahr, okay.

Okay. Du schaffst das eh, oder?

Ja, behauptete ich.

Und küsste ihn noch mal. Schloss die Tür hinter ihm. Ging in die Küche, schaute durchs Fenster und beobachtete, wie er die Straße hinunterlief, hinter Häusern verschwand.

Das war also Linus, dachte ich.

Geht's dir gut?, schrieb Su am frühen Abend. *Ist dieser Boy noch da? Soll ich vorbeikommen und uns Nudeln kochen?*

Jasna rief mehrmals an und schickte dann eine SMS: *Basti wo bist du schon wieder???*

Bei einem Rebirth-Event im Schwarzwald, schrieb ich ihr zurück.

Ach super, antwortete sie, *erzähl unbedingt wies war!!!*

Später meldete sich Linus, ich las seine Nachricht gleich mehrmals hintereinander: *Das mit uns beiden klingt echt hoff-*

nungslos romantisch, aber ich würde gerne drauf scheißen und dich einfach kennenlernen. Jetzt. Geht das?

Bestimmt hatte er mit seiner Oma Schnaps getrunken.

Nein, schrieb ich. *Danke, Su, alles gut. Ich hab schon ein Date. Und das verdank ich dir!*

Als ich am Morgen die Augen öffnete, lag Linus neben mir und schaute mich an. Ich streckte mich aus, blinzelte gegen die Sonne und sagte gähnend: Guten Morgen.

Linus lächelte.

Bist du schon lange wach?, fragte ich. Beobachtest du mich? Hab ich was Komisches gemacht?

Ich will mit dir schlafen, sagte er.

Im Nachtschränkchen suchte ich nach Kondomen und fand welche. Ich versuchte, die Packung aufzureißen, ungeduldig, Linus rief: Nicht mit den Zähnen!

Bevor ich in ihn eindrang, bat er mich, vorsichtig zu sein.

Beim Frühstück, diesmal gab es nur noch Haferflocken und einen Rest O-Saft, sagte Linus: Du bist übrigens der Erste, der mich gefickt hat.

Ich spuckte den Saft aus und hustete eine Weile.

Und was bedeutet das jetzt?, fragte ich.

Na ja, vielleicht, dass ich dich niemals vergessen werde.

Später packte ich meine Sachen. Auf meinem Schreibtisch lag noch die alte Olympus-Kamera, die ich in Paris dabeigehabt hatte, ich nahm sie mit.

Linus stand vorm Bücherregal.

Hast du die alle gelesen?

Nicht mal die Hälfte. Und die Hälfte nur zur Hälfte.

Darf ich das ausleihen, ist das gut?

Orlando von Virginia Woolf.

Ich weiß nicht, bestimmt, ich hab nur das Vorwort geschafft, aber das ist auch echt lang. Der Film ist toll. Nimm's gern mit.

In einem Jahr kriegst du's zurück.

Linus grinste mich unverschämt an, mit seiner Lücke zwischen den Vorderzähnen, ich zog ihn zu mir. Mama rief an und erkundigte sich, ob alles gut sei, und während ich freundlich versuchte, sie abzuwimmeln, öffnete Linus meine Hose, kniete sich vor mir hin.

Am Abend setzte ich ihn vor dem Haus seiner Eltern ab.

Willst du kurz Hallo sagen?, fragte er. Die sind okay.

Ich löste seinen Gurt und sagte: Jetzt ist aber mal gut.

Wir sehen uns in einem Jahr, oder?, fragte Linus.

Wolltest du mich nicht jetzt kennenlernen?, fragte ich.

Hab ich doch. Ich find dich gut.

Er gab mir einen schnellen, festen Kuss, wollte schon die Autotür zuschlagen, da fiel mir etwas ein.

Dein Vater ist nicht zufällig Arzt?, fragte ich.

Plötzlich ergab in meinem Kopf alles Sinn — Ironie des Schicksals: Der kleine Hausarzt musste Linus' Vater sein. Linus war eins dieser Kinder auf den Fotos aus dem Sprechzimmer. Der Name passte. Die Sommersprossen. Augenblicklich war ich mir sicher.

Wohnen Ärzte nicht in Villen?, fragte Linus. Also in unsre Bude regnet's manchmal rein.

Mir fiel ein Stein vom Herzen.

Meld dich mal, sagte Linus und winkte kurz, ich programmierte das Navi und fuhr los.

Erst auf der Autobahn fiel Su mir wieder ein, und auch erst, als sie mich anrief.

Nachdem ich vorm Haus meiner Eltern geparkt hatte, schrieb ich ihr: *Liebe Su, tut mir leid, dass wir uns nicht mehr gesehen haben, aber ich glaube, ich hab mich verknallt. Jedenfalls lächle ich die ganze Zeit und im Bauch ist Aufregung! Lass uns bald telefonieren! Ich hab dich lieb.*

Meine Eltern saßen mit Rotwein vorm Fernseher, beide standen auf, um mich zu empfangen, als kehrte ich von einer langen Reise zurück.

Wie geht's dir?, fragte Mama.

Super, sagte ich allen Ernstes.

Wie ging es mit den Schmerzen?, wollte Papa wissen und versuchte, mich vorsichtig zu umarmen.

Da fiel es mir erst auf. Ich hatte keine mehr. Vom Muskelkater-Gefühl abgesehen, hatte ich das ganze Wochenende über keine Schmerzen gehabt. Seit ich aufgebrochen war, hatten sie mir kein bisschen gefehlt.

Einen Tag vor Beginn der Therapie, mehr als eine Woche nach dem schamanischen Ritual, wurde ich ein vorerst letztes Mal durchleuchtet. Zumindest per Ultraschall, vom alten Dr. Seidel, Jasnas Großvater, meinem Hausarzt aus Kindertagen. Eigentlich praktizierte er seit Jahren nicht mehr, nur für eine Handvoll Privatpatienten öffnete er noch seine Praxis. An diesem Tag machte er für mich eine Ausnahme. Jasna hatte das eingefädelt und ließ es sich nicht nehmen, mich zu begleiten. Sie holte mich sogar von zuhause ab. Zu Fuß waren es nur ein paar Minuten in Richtung Ortskern. Seit meiner Rückkehr war ich immer nur aus dem Ort hinausgelaufen. Obwohl Jasna sich nichts anmerken ließ, konnte ich spüren, wie fest sie davon überzeugt war, dass Don Gustavo recht behalten würde. Wir brauchten sie nur noch schwarz auf weiß, meine schamanische Wunderheilung.

Dr. Seidel war alt geworden, er ging gebeugt und in kleinen Schritten, begrüßte uns aber gutgelaunt. Seine Stimme klang wie ein Blasinstrument, das lange nicht geölt worden war. Das dachte ich aber bestimmt nur, weil ein Jagdhorn im Eingangsbereich des Hauses hing, gleich neben dem abgezogenen Fell eines Wildschweins. Als Kind hatte ich dieses Fell im Übermut einmal abgehängt und mir übergeworfen, um Jasna damit durchs Treppenhaus zu jagen.

Auch in der Praxis hatte sich nichts verändert. Hier hatten Jasna und ich regelmäßig viele Stunden verbracht, Insekten mikroskopiert und auch uns gegenseitig untersucht.

Während Dr. Seidel mit dem Kopf des Ultraschallgeräts das kalte Gel auf meinem Bauch verteilte, stellte ich intuitiv eine Verbindung zum Schamanen her und war sicher, Jasna, die nur einen Meter entfernt saß, tat dasselbe. Ich redete mir ein: Es ist nichts. Alles ist weg. Nichts ist mehr zu finden. Alles hat sich aufgelöst. So fest ich nur konnte, konzentrierte ich mich darauf, die womöglich noch übrig gebliebene Tumormasse durch kognitive Lenkung in feinste Körnchen zu zerreiben und nach und nach abtragen zu lassen.

Der Tumor links, berichtete Dr. Seidel, misst circa acht mal elf Zentimeter. Der ist wirklich nicht zu übersehen.

Wieder brach eine Welt zusammen.

Hast du Lust auf ein Eis?, fragte Jasna draußen. Spaghetti-Eis?

Die Eisdiele war nur eine Straße entfernt, so wie es fast überallhin nur wenige Minuten waren, in diesem Kaff.

Wegen Trauerfall geschlossen!, hatte jemand auf ein Stück Karton gekritzelt und von innen gegen die Scheibe geklebt. Ich kletterte auf den obersten der aufgestapelten Plastikstühle und setzte mich, dort, wo der Port vernäht war, zog es heftig. Jasna verschwand im Ein-Euro-Shop.

Nach einer Weile kam sie zurück, mit halb geschmolzenem Wassereis und einer Packung Luftballons.

Du hast doch bald Geburtstag, sagte sie.

Eine Schwester holte mich im Wartebereich der Tagesklinik ab und führte mich zu meinem Thron, einer Art orthopädischer Liege, die sich mithilfe einer Fernbedienung in alle Richtungen verstellen ließ. Die Schwester hatte ein warmes Lächeln und gab mir das Gefühl, dass alles ganz normal war und ich hier genau richtig. Ich nahm meinen Platz auf der Liege ein. Sogar ein Bildschirm war daran angebracht, ich konnte Kopfhörer anstecken und fernsehen. Laut Plan war es *Tag null* der Therapie. Zuerst gab es die Antikörper, sie sollten mich vorbereiten auf die Zytostatika, die an *Tag eins* folgten.

Mama hatte mich begleitet, sie brachte mir eine Tasse Kamillentee und eins dieser Schokoteilchen mit Sahnefüllung, in Plastik eingepackt, dazu einen Apfel. Gerade hatte Mama sich zu mir gesetzt, da bat die Schwester sie nach draußen, bevor der Port angestochen wurde. Ich glaube, so war es für uns beide besser.

Der erste Einstich war deutlich zu spüren, mit der Hohlnadel durch die äußerste Hautschicht in das Gummikissen, bis in die Portkammer. Ich ließ mir nichts anmerken.

Die Schwester stellte zwei kleine Plastikbecher vor mich hin, darin diverse Pillen. Zuerst gab man mir ein Schmerzmittel, vermutlich bekamen das vorsorglich alle. Die größte Tablette bestand aus einer halb gelben, halb transparenten Kapsel, gefüllt mit winzigen Kügelchen. Ich legte sie auf meine Zunge, mit einem Glas Wasser wollte ich sie hinunterspülen, musste aber direkt würgen. Sie hatte einen widerlichen, seifig-strengen Beigeschmack. Ich wusste nicht, wofür sie gut sein sollte, fragte nicht nach, ich schluckte einfach alles, was mir hingestellt wurde.

Natürlich vertraute ich Dr. Mittag und ihren Helfershelfern, sie war meine Ehe-Ärztin, meine Gattin, mein Frauchen, ich musste nicht einmal selbst denken, leichtgläubig war ich geworden, das aber guten Gewissens, treudoof vielleicht, aber das war der Hund auch, und ich schätzte ihn sehr.

Um mich herum, auf weiteren Liegen, hingen eine Handvoll Menschen mit mehrheitlich käsigen Gesichtern, ein alter Mann glotzte mit offen stehendem Mund, irgendwann sagte er: Was wollen Sie denn hier? Sie sind doch viel zu jung.

Tja, sagte ich, mehr fiel mir nicht ein.

Die anderen Patienten fingen an, ihre Diagnosen und Heilungschancen miteinander zu vergleichen. Einige schienen sich bereits zu kennen.

Von meinem Fensterplatz aus konnte ich in die Natur hinausblicken, die Aussicht auf das Grün der Rasenfläche war bestimmt zur Beruhigung gedacht, doch ich war sowieso wie weggetreten, verschlief gleich die erste Sitzung. Das war vermutlich das Sinnvollste, was ich hätte tun können. Neben der Liege stand mein Rucksack, darin ein Buch, der Laptop, die Lokalzeitung, die meine Eltern abonniert hatten, doch ich wollte nichts wissen. Nichts war zu tun.

Am späten Nachmittag holte Mama mich ab, auch die Rückfahrt verschlief ich. Zuhause ging ich direkt ins Bett, schlief vor dem Abendessen ein, beantwortete keine der besorgten Nachfragen, verpasste Omas Anruf, wachte noch einmal kurz auf, da war es draußen bereits dunkel. Ich drehte mich auf die andere Seite und fiel in einen weiteren traumlosen Schlaf.

Am zweiten Tag, offiziell Tag eins von drei in Zyklus eins von acht, bekam ich meinen ersten richtigen Chemo-Beutel. Vier verschiedene Zytostatika hatte Dr. Mittag für mich zusammengestellt, nacheinander wurden sie mir angehängt. Die erste Portion brachte mir meine Schwester, wie ich sie in Gedanken nannte, dabei war sie zu allen Patienten so freundlich wie zu mir. Es war eine hellrote Flüssigkeit, die langsam aus dem Plastikbeutel in den Schlauch tropfte, unterwegs in meine Blutbahn.

Ich schrieb eine Nachricht an Su: *Hast du eigentlich mal darüber nachgedacht, wie absurd es ist, dass man vergiftet wird, um weiterleben zu können?*

Der Cocktail ließ mich ganz gut wegdämmern.

Als ich irgendwann zu mir kam, lief etwas leuchtend Gelbes in mich hinein. Ich hatte nicht einmal mitbekommen, dass der Beutel zwischenzeitlich gewechselt worden war, und wusste auch nicht, worum genau es sich bei der Flüssigkeit handelte. Aber warm wurde mir ums Herz, und ich wurde wieder müde und immer müder, in meiner Brust begann es zu kribbeln.

Ein weiteres Mal wachte ich auf, diesmal war meine Schwester nicht mehr da. Ich trank ein Glas Wasser, doch der pappige Geschmack, der sich trocken auf meine Zunge gelegt hatte, blieb.

Auf dem Balkongeländer vorm Fenster hatte eine Taube Platz genommen, durch die Scheibe schaute sie mich an, und obwohl ich meine Augen die restliche Zeit über geschlossen hielt, glaubte ich zu spüren, dass sie noch immer dort saß. Per

Telepathie schickte ich ihr einen Gedanken: Ich weiß, wer du bist.

Die Tage nach dem ersten Zyklus verbrachte ich auf der Couch. Das Handy ließ ich auf meinem Zimmer liegen, antwortete nur einmal täglich knapp auf besorgte Nachfragen: *Ja, alles ok. LG. S.*
Omas Besuch stand noch aus, und immer wieder fand sie einen Grund, ihn weiter aufzuschieben. Einmal hatte sie die Handwerker im Haus, dann das Auto in der Werkstatt, dann ein Kratzen im Hals. Natürlich wollte sie mich nicht anstecken, insgeheim war ich mir allerdings unsicher, ob sie womöglich Angst hatte, sich bei mir zu infizieren. Gerade mal eine halbe Stunde Fahrtzeit wohnte sie entfernt. Dafür rief sie fast täglich an, erkundigte sich bei meinen Eltern nach meinem Befinden und ließ mir die besten Grüße ausrichten. Auch weiterhin vermied ich es, selbst ans Telefon zu gehen, schickte aber jedes Mal die besten Grüße zurück.

In meinen Tagträumen begegnete mir manchmal der Schamane, meistens aber Linus, der sich zu mir aufs Sofa legte. Immer wieder las ich die Nachricht, die er mir zuletzt geschickt hatte: *Ich mache mir keine Sorgen um dich — nur dass du's weißt.*

Zwischendurch klingelte es an der Tür, der alte Dr. Seidel schaute vorbei, Hausbesuch, und gab mir eine Spritze in den Po, für den Aufbau meiner Blutzellen. So sollte ich etwas schneller wieder auf die Beine kommen. Meine Mutter hatte die Spritze für einen vierstelligen Betrag in der Apotheke erstanden, die Krankenkasse würde die Kosten erstatten.

Schon bald kamen die ersten Lebensgeister zurück, Appetit, Bewegungsdrang und Unternehmungslust. Die Woche über hatte ich frei, erst in der nächsten ging es mit dem zweiten Zyklus weiter. Ab jetzt würde ich wieder in den Wald spazieren, nahm ich mir vor, jeden Tag, der Hund war übers Wochenende geduldig neben mir liegen geblieben.

Zuerst musste ich aber zur Blutentnahme, frühmorgens, zur Kontrolle, noch vor acht Uhr. Mama hatte mit ihrer Hausärztin ausgehandelt, dass ich noch vor allen anderen Patienten drankam und mich nicht erst ins Wartezimmer setzen musste. Stattdessen wartete ich im Behandlungszimmer auf die Arzthelferin, als mein Handy vibrierte und Jasna per SMS nachfragte, ob ich spontan mitkommen wolle, um zehn gebe es einen *Feldenkrais-Kurs*. Natürlich hatte ich auf eine Nachricht von Linus gehofft. Nach zwei Tagen Funkstille wünschte ich mir, er würde sich doch Sorgen um mich machen. Hat er mich vergessen, fragte ich mich, bin ich ihm egal geworden, schläft er bereits mit einem anderen? Mit einem gesunden Körper? Ich schrieb ihm: *Lieber Linus, mein Arsch ist tausend Euro wert. Mindestens. Nur dass du's weißt.*

Als ich wieder zuhause war, kam seine Antwort: *Mein Arsch ist unbezahlbar. Also beweg deinen besser schnell hierher!*

Jasna war dagegen. Ich solle mich doch jetzt einfach mal auf mich konzentrieren, nur auf mich, fand sie. Mir klar werden darüber, was in meinem Körper gerade vor sich gehe.

Eine Taube saß im Ahorn, wir darunter, bei 25 Grad, Anfang Juni.

Komm doch lieber mal mit zum Feldenkrais, sagte Jasna, das ist total inspirierend.

Ich hatte keine Ahnung von Feldenkrais, stellte mir aber vor, wie sie als Shanti Jasna mit weiß gekleideten Menschen zwischen Kornkreisen meditierte.

Du, ich hatte eine Vision während der letzten Sitzung, berichtete sie.

Muss ich mir Sorgen machen?, fragte ich.

Ich hab mir deine Blutkörperchen vorgestellt, sagte Jasna, und das solltest du auch tun.

Die roten oder die weißen?

Jasna machte sich nichts daraus.

Alle, sagte sie, alle gleichzeitig. Versuch doch mal, dir das zu visualisieren – wie sie in dir tanzen, wie sie dich durch den Wald gehen lassen. Wie du dank ihrer Hilfe überhaupt funktionierst. Das ist doch der Beweis, du bist viel mehr ganz als kaputt. Bedankst du dich denn manchmal bei deinem Körper?, fragte sie. Zum Beispiel dafür, wie tapfer er dich verteidigt? Du befindest dich gerade in einer entscheidenden Phase deiner Transformation.

Am liebsten wäre ich ein Vogel, sagte ich, dann könnte ich den ganzen Tag herumfliegen oder auf Ästen sitzen.

Sebastian, ich bin für dich da, sagte Jasna. Aber du musst schon auch selbst auf dich aufpassen. Klar, mach einfach, was sich gut für dich anfühlt. Aber, ich meine. Ach, mach doch, was du willst.

Jasna, sagte ich. Beruhig dich mal. Vielleicht solltest du nicht mehr so viel Kaffee trinken.

Die Tasse, die vor ihr auf dem Gartentisch stand, hatte sie in kurzer Zeit geleert.

Und? Kommst du nächste Woche mit?, fragte Jasna.

Du, das wird mir vielleicht ein bisschen zu viel, ich muss mich jetzt echt erst mal auf mich konzentrieren. Und auf Millionen von Blutkörperchen.

Billionen, mein Lieber.

Jasna guckte ein bisschen beleidigt.

Ich zückte die alte Olympus-Kamera und drückte ab. Da flog die Taube davon.

Gib mal her, sagte Jasna und machte ein Foto von mir.

Papa warf mir den Autoschlüssel zu, und ich fing, was ihn offensichtlich überraschte. Er nickte anerkennend und klopfte mir auf die Schulter, sagte: Pass auf dich auf, Großer.

Es war gar nicht nötig, Ausreden zu erfinden, um mir ein weiteres Mal das Auto ausleihen zu dürfen. Meine Eltern wären auf der Stelle mit mir ins Disneyland gefahren, hätte ich das verlangt. Bestimmt dachten sie sich, dass mir ein wenig Abstand guttun würde, dass es wichtig für mich sei, mein gewohntes Leben nicht ganz aufzugeben. Vielleicht tat auch ihnen eine kurze Pause, ein Abend ohne mich gut, da ich sie in jedem Moment mit der Angst konfrontierte, mich verlieren zu können, ihr einziges Kind, wenn nur irgendetwas schiefginge. Von Linus hatte ich ihnen nichts erzählt.

Eine Woche nach dem ersten Zyklus fühlte ich mich fit und fuhr los, wieder 180 und Überholspur, auf einer Mix-CD meiner Eltern sang eine Stimme: *Baby, life's what you make it / Celebrate it / Anticipate it / Yesterday's faded / Nothing can change it / Life's what you make it.* Und ich sang mit.

Diesmal war Franziska in der WG, ich tat so, als würde es mir nichts ausmachen. Abends kam Su vorbei, um Linus kennenzulernen und endlich gemeinsam Nudeln zu essen. Ich stellte einen Topf mit Wasser auf den Herd, warf Nudeln hinein, die Su später großzügig mit Ketchup garnierte.

Essen ist fertig!, rief sie, als hätte sie aufwendig gekocht.

Später schlug Franziska vor, eine Runde Scrabble zu spielen, doch Su wollte lieber auf dem Balkon sitzen und rauchen, woraufhin Franziska sich verabschiedete, sie müsse sich sowieso noch auf ein Seminar vorbereiten.

Seit dem späten Nachmittag hatte es immer wieder geregnet und sich deutlich abgekühlt. Auf Klappstühlen saßen wir unterm Dach, Linus und ich hatten uns gemeinsam in eine Decke eingewickelt. Nach jedem Ausatmen hielt Su den Rauch ihrer Zigarette mit engagiertem Wedeln davon ab, mir zu nahe zu kommen. Sie hatte Rotwein mitgebracht, ich trank nur ein kleines Glas, was, wie sie meinte, schon okay sei. Erst ein paar Tage zuvor hatte ich in einem von Jasnas Büchern gelesen, dass Rotwein Krebs vorbeuge, und glaubte fest daran.

Meine Lieben!, rief Su und klopfte mit dem Feuerzeug gegen ihr Weinglas.

Was ist los?, fragte ich.

Das will ich ja gerade verkünden, sagte Su. Also — ich unterbreche mein Studium und gehe für ein Semester nach Istanbul!

Du warst doch grade erst weg, sagte ich.

Na ja, aber in Paris hab ich ja studiert. Und jetzt lege ich einfach mal eine Pause ein und lerne Türkisch.

Cool, sagte Linus.

Wann geht's los?, fragte ich.

Im September. Aber davor bin ich noch kurz in Korea.

Auch noch?

Ich war nur einmal als Kind da, sagte Su.

Und ich war noch nie da, sagte ich.

Ich will einfach gern mal wieder meine Oma sehen, sagte Su.

Gut, dann sehen wir uns ... bestimmt irgendwann wieder, irgendwo.

In Istanbul kannst du mich doch besuchen kommen.

Ja, genau, sagte ich, irgendwann vielleicht.

Soll ich euch kurz allein lassen?, fragte Linus.

Nein, sagten Su und ich gleichzeitig.

Wenn du mich nicht besuchen kommst ..., sagte sie.

Was ist dann?, fragte ich.

Dann bring ich dich um.

Keiner lachte.

Gib mir auch so eine Zigarette, sagte ich, und Su: Das kannst du so was von vergessen.

Sie drückte ihre am Balkongeländer aus und schnippte den Stummel in den Garten.

Ich muss dir auch noch was sagen, sagte Linus, als wir alleine waren und ich anfing, ihn zu küssen.

Du fliegst morgen nach Namibia, tippte ich.

Falsch. Aber dafür hab diesmal ich ein Pflaster.

Was für ein Pflaster? Wo?

Ich wollte ihm schon das T-Shirt ausziehen und nachsehen.

Jetzt hatte ich eben auch mal einen kleinen Eingriff, sagte Linus.

Was denn für einen Eingriff?, wollte ich wissen und machte mich bereits auf eine weitere schlechte Nachricht gefasst.

Linus schaute nach unten.

Ich wurde vor zwei Tagen beschnitten. Vielleicht ist dir aufgefallen, dass ich da eine Verengung hatte?

Ja, vielleicht.

Und jetzt wurde das behoben, und wir müssen halt ein bisschen aufpassen.

Aufpassen?

Am besten fassen wir uns einfach nicht an.

Für wie lange?

Drei Wochen, vielleicht länger.

Bleibst du trotzdem hier?

Wir wollten gerade ins Bett, zogen uns aus, standen voreinander. Meinen Port hatte ich wieder mit einem Pflaster abgeklebt, damit ich ihn Linus nicht zeigen musste. Er fragte trotzdem, ob er ihn mal anfassen dürfe, was er ganz vorsichtig tat. Ich umgriff seine Hand und drückte fester zu.

Du kannst da nichts kaputtmachen, der ist festgenäht, sagte ich, und Linus gruselte sich etwas.

Ich gab ihm einen Gutenachtkuss, aus dem ein längerer Kuss wurde, bis Linus sagte: Stopp.

Ich konnte an meinem Oberschenkel spüren, was er meinte.

Tschuldigung, sagte ich und legte mich ins Bett. Zeigst du's mir mal? Dann zeig ich dir auch den Port.

Fuck, sagte Linus und drehte sich zu mir.

Auf dem Stoff seiner Unterhose hatte sich ein kreisrunder Blutfleck gebildet, der immer größer wurde. Linus zog sie runter, und aus seinem noch einbandagierten Penis wurde im Rhythmus seines Pulses ein feiner Blutstrahl gepumpt, der hörbar auf dem Laminat aufkam.

Ich sprang auf, rannte zur Kommode, warf Linus ein Handtuch zu, griff nach meinem Handy, wiederholte immer wieder: Scheiße, scheiße, scheiße.

Mit einer Hand suchte ich im Handy-Telefonbuch nach der Taxi-Nummer, in der anderen hielt ich eine Klopapierrolle, Linus stopfte sich seine Unterhose aus.

Keine zehn Minuten später saßen wir in einem Taxi in Richtung Notaufnahme.

Sieht doch aber gut aus, befand eine Ärztin, während sie Linus' Penis untersuchte. Doch, wunderbar, ist schön vernäht.

Ich durfte neben der Liege sitzen, auf die Linus sich hatte legen sollen. Von den anderen Patienten trennten uns nur dünne Vorhänge.

Und was, wenn es heute Nacht wieder aufreißt?, fragte ich. Nachts kriegt man ständig Erektionen! Was, wenn er nachts neben mir verblutet, was mach ich dann?

Beruhigen Sie sich mal, sagte die Ärztin und lachte mich ein bisschen aus. Von so etwas verblutet man nicht, das merken Sie dann schon vorher.

Linus und ich spazierten nach Hause, es ging ein warmer Wind.

Als wir wieder im Bett lagen, sagte Linus ins Dunkel: Ich hab dich richtig gern.

Okay, sagte ich, das ist doch gut.

Ich hielt ihn die ganze Nacht lang fest.

Zurück im Haus meiner Eltern fand ich den Arztbrief eher zufällig, geöffnet lag er auf dem Telefonschränkchen. Vermutlich war meine Mutter noch nicht dazu gekommen, ihn abzuheften, sie sammelte alle Dokumente in einem Ordner, auf dessen Rücken sie mit rotem Filzstift *Sebastian* geschrieben hatte. Ich faltete den Brief auseinander und überflog ihn, wieder war er in Kopie an den kleinen Hausarzt gegangen. Noch einmal las ich, diesmal aufmerksamer, und fragte, nachdem ich meine Mutter nur flüchtig begrüßt hatte: Mama, was bedeutet *Stadium IV-B*?

Puh, sagte sie, da fragst du am besten mal deine Ärztin.

Ich war mir sicher, auch meine Mutter hatte sich diese Frage bereits gestellt und vielleicht sogar eine Antwort recherchiert, die sie lieber nicht mit mir teilen wollte. In der *Beurteilung* am Ende des Briefs war nicht nur das Stadium benannt, sondern auch eine daraus resultierende *prognostisch ungünstige Risikokonstellation*.

Ich wählte Dr. Mittags Nummer, landete im Sekretariat und bat um einen Rückruf. Mit dem Telefon ging ich auf die Terrasse, der Hund folgte mir. Ich setzte mich auf die Gartenbank, er legte sich daneben. Den Brief hielt ich fest in der Hand. Immer wieder las ich die *Zusammenfassende Beurteilung*, darunter hatte neben Dr. Mittag auch Prof. Li unterschrieben, die mir noch nie begegnet war. Da ich an nichts anderes mehr denken und die Unruhe nicht ertragen konnte, holte ich meinen Laptop nach draußen und tippte in die Browser-Adresszeile: *lymphom stadium ivb*.

Im Garten war das WLAN-Signal schwach, ich musste eine Weile warten, bis sich das erstbeste Suchergebnis öffnen ließ. Ich las: *Stadium I: Befall einer einzigen Lymphknotenregion, Stadium II: Befall von zwei oder mehr Lymphknotenregionen auf einer Seite des Zwerchfells, Stadium III: Befall von zwei oder mehr Lymphknotenregionen auf beiden Seiten des Zwerchfells, Stadium IV: Diffuser Organbefall. Liegen Allgemeinsymptome wie Fieber, Nachtschweiß oder Gewichtsverlust vor, erhält das Stadium den Zusatz B.*

Der Nachbar von gegenüber schrie einen seiner Schäferhunde an, er brüllte: Du Arschloch!, dann war ein Jaulen zu hören. Der neben mir liegende Hund hob den Kopf. In den Ästen des Ahorns saß die Taube und glotzte. Ich stellte den Laptop auf dem Boden ab, legte mich rücklings auf die Bank, Blick in den blauen Himmel, und lag noch einige Zeit da, ohne einen klaren Gedanken fassen zu können.

Spät am Abend nahm ich mir, wie früher, ein paar Blätter aus dem Faxgerät meines Vaters. Ich setzte mich an meinen alten höhenverstellbaren Schreibtisch, der seit der Grundschule mit mir mitgewachsen, dessen größtmöglicher Höhe ich aber längst entwachsen war, und schrieb, leicht gebückt, auf: *Stadium IV-B.* Als wäre es eine Überschrift für irgendetwas, als wollte ich ein Gedicht schreiben oder zumindest eine Liste, einen Plan entwerfen, was jetzt zu tun war. Nichts fiel mir ein. Stadium IV-B, danach kam nichts mehr.

Als ich das Blatt Papier am nächsten Morgen fand, faltete ich es so klein wie möglich und steckte es in die Schreibtischschublade, zwischen Zettel und Bilder, die dort seit vielen Jahren lagen.

Schon zu Beginn des zweiten Zyklus begann ich, Dr. Mittag zu vermissen. Vielleicht würde sie mich in der Tagesklinik besuchen kommen, nur einmal kurz, um zu überprüfen, ob ich noch lebte oder zumindest die richtigen Infusionen angehängt bekam. Ich fragte mich, wann wir uns überhaupt wiedersehen würden. Im Wartebereich hielt ich nach ihr Ausschau.

Auf meinen Anruf hatte sie nicht reagiert und auf meine besorgte Nachfrage per Mail nur mit einem Einzeiler geantwortet. Die Bestimmung eines Stadiums erfolge anhand diverser Klassifikationsvorgaben und ändere nichts am gewählten Therapieplan.

Diesmal hatte ich nur die Tageszeitung mit ins Krankenhaus genommen, las aber gerade mal die Klatschspalte auf der Rückseite. Ich wollte nichts wissen von der *EHEC-Epidemie*, es wurde vorm Verzehr von Sprossengemüse gewarnt. Nicht einmal dem Kabinettsbeschluss zum Atomausstieg schenkte ich meine Aufmerksamkeit.

Zu Beginn der Infusionen sah ich fern, auf dem kleinen Bildschirm lief eine Serie, die ich nicht kannte, und trotz einiger Schießereien schlief ich nach wenigen Minuten ein.

Später prasselte Regen gegen die Fensterscheibe. Ich versuchte, ein halbes Käsebrötchen hinunterzuwürgen. Danach gab ich das Essen auf, ein Gefühl von Sattheit legte sich über mich, mit jedem neuen Chemo-Beutel fühlte ich mich vollgepumpter. Selbst zum Trinken musste ich mich zwingen, nahm nur kleine Schlucke vom Mineralwasser, das vor mir auf dem Tablett stand. Jeden Tag sollte ich *2,5 Liter* trinken, so stand es im Arztbrief, den Mama mittlerweile abgeheftet hatte. Am Ende der Sitzung war das Glas gerade mal zur Hälfte leer.

Die Nächte zwischen den drei aufeinanderfolgenden Behandlungstagen waren zu kurz, um sich vom Vortag erholen zu können. Der Wecker klingelte um sechs, wenn ich nicht aufstand, klopften abwechselnd Mama und Papa an meine Zimmertür, ich verschlief die Autofahrt und hing kurz darauf wieder am Tropf. Sobald es tropfte, schloss ich die Augen und zählte meine Blutkörperchen, so lange, bis ich wieder eingeschlafen war. Billionen waren es, doch davon schaffte ich nur einen winzigen Bruchteil.

Am dritten und letzten Tag holte Papa mich ab und staunte, wie sicher ich noch gehen konnte.

Blass bist du, gab er zu.

Bis zum Parkhaus waren es nur ein paar Meter, doch ich fühlte mich, als müsste ich todmüde über einen Abgrund balancieren.

Den ersten Tag nach dem zweiten Zyklus verschlief ich bis in den späten Nachmittag. Kurz vor ihrem Feierabend rief ich Dr. Mittag an. Eigentlich wollte ich so etwas sagen wie: Ich dachte, wir beide wären verheiratet. Doch dann nannte ich nur meinen Namen und erklärte umständlich, wer ich war.

Ich weiß, wer Sie sind, sagte Dr. Mittag, fast ärgerlich, also, was gibt's? Und wie geht's?

Gut, sagte ich, ich glaube, ich vertrage die Chemo gut.

Haben Sie weiter an Gewicht verloren?

Ich weiß nicht genau, kann sein.

Melden Sie sich bitte, wenn etwas sein sollte.

Damit schien Dr. Mittag anzudeuten, dass nichts war, also fing ich an, sie zu befragen, traute mich aber nicht, noch einmal mein *Stadium IV-B* zum Thema zu machen, so wie ich es mir eigentlich vorgenommen hatte.

Ist es okay, wenn ich zwischen den Zyklen mal wegfahre?, fragte ich stattdessen.

Nein, bleiben Sie bitte, wo Sie sind.

Darf ich denn Auto fahren?

Wenn Sie unbedingt wollen und sich gut fühlen, sagte sie. Aber natürlich nicht direkt nach der Behandlung! Und ich will Sie nicht in irgendwelchen Zügen oder Bussen treffen. Meiden Sie Menschenansammlungen, Kneipen, Kino, das ist jetzt alles nichts. Halten Sie doch einfach mal die Füße still. Und keinen Kontakt zu Personen mit Infektionsrisiko, und damit meine ich ausdrücklich auch einen Schnupfen.

Dabei klang Dr. Mittag selbst etwas verschnupft.

Noch irgendwelche Fragen?

Wann gehen mir die Haare aus?

Vermutlich zwischen dem zweiten und dem dritten Zyklus.

Also jetzt, sagte ich.

Na ja, das variiert. Das merken Sie dann schon.

Okay, vielen Dank.

Schon hatte sie aufgelegt. Bestimmt musste sie wieder ein Leben retten.

Mama bestand darauf, dass ich sie zur Krebshilfe begleitete. Sie war bereits ohne mich dort gewesen, und ich hatte geglaubt, es habe sich dabei um eine Art Infoveranstaltung gehandelt, Tipps und Tricks zum Thema Krebs. Erst als ein Mitarbeiter, von dem Mama bereits begeistert berichtet hatte, uns hereinbat, sich als Herr Calvo und als Psychoonkologe vorstellte, verstand ich, was los war. Ich war froh, als er meine Mutter nach nur wenigen Minuten gemeinsamen Gesprächs nach draußen bat, damit wir unter vier Augen reden konnten.

Wie geht es Ihnen?, fragte er und schaute mich freundlich an.

Zuerst wollte ich sagen: Den Umständen entsprechend.

Na ja, sagte ich, eigentlich ganz gut.

Dann berichtete ich Herrn Calvo, dass ich in den Wochen und Monaten vor meiner Diagnose ständig Fieber bekommen und mich schwach gefühlt habe. Und jetzt immerhin wisse, was los sei. Mit etwas Abstand könne das auch erleichternd sein, zu wissen, dass das nicht normal sei, dieser Zustand. Dass es einen Grund dafür gebe, weshalb ich nicht vor Energie strotze. Und nicht ständig glücklich sei. Auf einmal geriet ich ins Reden, behauptete, dass ich mich, wenn ich so darüber nachdenke, sogar gestärkt fühle, durch dieses Wissen und durch weitere Faktoren, die mir Erleichterung verschafften — beinahe hätte ich von Linus erzählt. Sobald Herr Calvo eine Zwischenfrage stellen wollte, fiel ich ihm ins Wort. Ich erzählte ihm, dass ich mir

Notizen mache, mir eigentlich vorgenommen habe, alles genau zu dokumentieren, bei allem aber auch nicht allzu streng mit mir sein wolle. Er lächelte, als ich von den Tumoren sprach, als wäre ich mit ihnen schwanger. Als ich vom Schamanen berichtete, wirkte Herr Calvo kaum verwundert. Schnell war eine Dreiviertelstunde vorbei. Zuletzt fragte ich ihn, ob ich verrückt sei, wenn ich Entscheidungen nicht mehr eigenständig treffe, sondern der Minutenanzeige meiner Uhr überlasse.

Nein, sagte er, alles, was Sie jetzt unterstützt, ist erst mal gut. Solange Sie nicht leichtfertig Entscheidungen treffen, die Ihr Leben oder die Leben anderer beeinträchtigen könnten.

Und eine Sekundenanzeige entscheiden zu lassen wäre also auch okay?, fragte ich.

Sie sind nicht verrückt, sagte Herr Calvo. Sie schaffen das alles sehr gut, davon bin ich überzeugt.

Er lächelte mich an, als könnte er mir nicht helfen, als benötigte ich seine Hilfe nicht. Wäre das nicht ein guter Trick, dachte ich, Betroffenen zu versichern, sie seien für alle kommenden Strapazen ausgezeichnet aufgestellt?

Ich will Sie aber trotzdem gerne wiedersehen, sagte Herr Calvo, wenn Sie auch mögen.

Er brachte mich zur Tür, reichte mir die Hand.

Passen Sie auf sich auf, sagte er, und melden Sie sich gern jederzeit.

Na, war das eine gute Idee?, fragte Mama, als wir wieder auf der Straße standen.

Wir liefen ein Stück durchs Ludwigshafener Zentrum, das immer mehr zur Geisterstadt zu verkommen schien. Ladengeschäfte leerten ihre Schaufenster, in manche zogen Billigläden ein. Mama schlug vor, wieder Richtung Rhein zu schlendern, dort lag die Shoppingmall wie ein übergroßer gestrandeter Wal am Flussufer. Ich spendierte Mama ein Eis, wofür sie sich bedankte, als wäre es etwas ganz Besonderes. Wir saßen in Liegestühlen an einer Strandbar, unter uns aufgeschütteter Sand und vor uns der Rhein, gegenüber lagen Schiffe, auf denen sich bunte Container stapelten.

Der sieht ganz gut aus, der Herr Calvo, oder?, sagte Mama und musste schmunzeln.

Später setzte ich in der Mall einige Sonnenbrillen auf und entschied mich für eine Ray-Ban, deren Rahmen bis über meine noch vorhandenen Augenbrauen reichte. Beim Bezahlen war ich erleichtert darüber, dass mein Konto gedeckt zu sein schien. Dann erst entdeckte ich die Casio-Armbanduhr, in Silber, mit Sekundenanzeige, und zückte meine Karte ein weiteres Mal.

Und du merkst nichts von der Chemo?, fragte Su am Telefon, knapp eine Woche bevor sie nach Seoul aufbrach.

Na ja, danach fühle ich mich schon erst mal benommen für ein paar Tage. Aber dann geht's eigentlich wieder.

Okay, sagte Su.

Ist doch gut, sagte ich.

Klar.

Was denkst du?

Nichts.

Ich merke nichts von der Chemo, weil sie nicht anschlägt, denkst du das?

Quatsch. Vergiss es. Was macht Linus?, lenkte Su ab.

Linus feiert Abi-Partys.

Wann seht ihr euch wieder?, fragte sie.

Keine Ahnung.

Komm doch am Wochenende, dann sehen wir uns noch.

Ich versuch's, okay.

Bevor wir auflegten, fragte ich noch einmal: Im Ernst, Su, glaubst du, es kann sein, dass die Therapie nicht anschlägt?

Natürlich kann das sein, sagte Su. Könnte. Aber ich halte das nicht für wahrscheinlich.

Beim Abendessen mit meinen Eltern las ich zum ersten Mal bewusst, was Jasnas Mutter in den von ihr gebastelten Wandkalender geschrieben hatte. Unter das aufgeklebte Foto, das ausgerechnet eine Pusteblume zeigte, in Rot und geschwungener Schrift: *Heut' ist der Tag zum GLÜCKLICHSEIN!*

Fast musste ich lachen, da verschluckte ich mich an einem Stück Bratkartoffel und musste tatsächlich lachen beim Gedanken, ausgerechnet so banal zu ersticken. Die Eltern schauten schon verwundert, Mama wollte mir auf den Rücken klopfen, weil ich würgen musste und lachen und würgen, da sprang Papa auf und schlug zu, viel zu fest zwischen meine Schulterblätter, ich kippte fast vom Stuhl, gleich, dachte ich, liege ich neben dem Hund am Boden, da hob der Hund bereits den Kopf, blickte mich fragend an, gleich wird er mich zerfleischen, dachte ich, was Hunde ja durchaus manchmal tun in Situationen, in denen ein Mitglied des Rudels aus der Reihe tanzt, sich danebenbenimmt, Instinkt, da kann er noch so lieb sein. Schon schossen mir Tränen in die Augen, ich würgte das halb zerkaute Kartoffelstück auf den Teller, Eltern und Hund verstanden die Welt nicht mehr. Erleichtert, nicht erstickt zu sein, fing ich an zu heulen, wischte mir ein paar Tränen weg, strich eine Haarsträhne aus der Stirn, da hielt ich die Strähne in der Hand, ohne überhaupt daran gezogen zu haben, sie hatte sich ganz einfach gelöst. Ich stand auf, die Haarsträhne nun in beiden Händen haltend, sie irgendwohin tragend, beinahe zeremoniell, einen Ort suchend für sie. Meine Eltern waren stehen geblieben, eingefroren, als hätte ich auf Pause gedrückt, Mama mit der Gabel vorm geöffneten Mund, ich ging am Wandkalender vorbei, *Heut' ist der Tag zum GLÜCKLICHSEIN!*, las ich noch einmal, und darunter: *April*, ein schlechter Scherz. Wir hatten längst Mitte Juni.

Morgens lagen einzelne Haare auf meinem Kopfkissen. Auf der Couch hinterließ ich welche. In meiner Unterhose fand ich ein paar, wie schon in den Tagen zuvor.

In kurzen Hosen saß ich auf der Terrasse, vorsichtig zog ich an einem einzelnen Haar an meinem Bein. Es löste sich ohne Widerstand. Ich ließ es fallen, eins nach dem anderen zupfte ich ab. Vielleicht würde die Taube ein Nest daraus bauen.

Jasna ging wieder dazu über, unangemeldet vorbeizukommen. Meistens freute ich mich über ihren Besuch. Ich konnte es nur nicht so gut zeigen, aber das war schon immer so gewesen. In meiner Chemo-Situation erwartete allerdings auch niemand irgendetwas von mir. Mittlerweile bediente Jasna sich einfach selbst am Kaffeevollautomaten. Während sie wie gewohnt auf mich einredete, spazierte sie durch die Küche, öffnete ein paar Schubladen, nahm die Käsereibe heraus, betrachtete sie kurz, entdeckte den sogenannten Eierschalensollbruchstellenverursacher, testete ihn mit unbeeindruckter Miene an einem schon länger herumliegenden schrumpeligen Apfel, zwischendurch hielt Jasna ein Stück Ingwer in der Hand, baute es, damit ges-

tikulierend, in ihren Vortrag ein, mit der anderen Hand streichelte sie den in Küchendingen immer interessierten Hundekopf, mit allen zwischendurch freien Fingern drückte sie ungeduldig auf verschiedene Kaffeevollautomatenknöpfe, bis das
Automatenmonster nun endlich all ihre Sonderwünsche zu er-
füllen versprach, es mahlte und schrie und unterbrach ihren bis
dahin eher stürzenden als plätschernden verbalen Wasserfall
insofern, als ich nun zwar weiterhin ihre sich rasant bewegen-
den Lippen verfolgen konnte, es mir jedoch unmöglich geworden war, das inhaltliche Treibgut des Sturzbaches ihrer Rede zu
erfassen. Jasnas Großvater, der alte Dr. Seidel, hätte mit Sicherheit *Logorrhö* diagnostiziert, Sprechdurchfall.

Jedenfalls habe ich mir überlegt, wir könnten uns heute mal
die Haare abrasieren, sagte Jasna, und schlagartig hatte sie meine volle Aufmerksamkeit.

Wir? Wie kommst du jetzt darauf?, wollte ich wissen.

Also – ich wollte mir sowieso eine Sommerfrisur schneiden,
und wieso nicht einfach mal ganz ab? Hatte ich auch noch nicht,
und dann dachte ich, vielleicht machst du ja mit.

Früher reichten Jasnas Haare bis weit über die Schultern,
später bis zum Kinn, mittlerweile fielen noch einzelne Strähnen
über ihre Ohren.

So langsam gehen die doch eh aus, oder?, fragte sie. Willst du
lieber nicht drüber reden? Wir müssen auch nicht, ich dachte
nur, na ja, egal, weißt du, was? Sag mir einfach Bescheid, wenn
du so weit bist, dann warte ich noch damit. Dem Hund könnten
wir auch mal eine neue Frisur verpassen, was meinst du? Guck
mal, der sieht ja gar nichts mehr mit seinen Fransen vor der
Optik, habt ihr hier irgendwo eine Küchenschere?

Wieder öffnete Jasna eine Schublade.

Der Hund ist eine Hündin und hat einen Namen, sagte ich, obwohl ich ihn selbst immer nur Hund nannte.

Jasna legte die Schere weg, holte die Milch aus dem Kühlschrank und kippte sich einen so großen Schluck davon in den Kaffee, dass er nur noch hellbeige war.

Bitte, Jasna, setz dich doch einfach mal hin.

Jasna gehorchte, der Hund nahm neben ihr Platz.

Gerade wollte sie dazu ansetzen, etwas zu sagen, da fiel ihr nichts ein.

Wenn du willst, sagte ich, kannst du mir gerne die Haare abrasieren. Es wäre mir eine Ehre.

Jasna biss sich fest auf die Unterlippe, um nicht in ihren Kaffee zu heulen.

Noch am selben Tag rasierte Jasna mir die Seiten kurz und experimentierte ein wenig mit der Küchenschere unter Zuhilfenahme eines Kochtopfs, weiter trauten wir uns nicht. Als am Abend mein Vater von der Arbeit nach Hause kam, nannte er mich Prinz Eisenherz.

Am nächsten Tag brachte Jasna Sprühfarbe aus dem Ein-Euro-Shop mit, einen Abend lang hieß ich Pumuckl.

Erst am dritten Tag schnitten wir meine Haare in Etappen immer kürzer. Manchmal lösten sich ganze Strähnen von meinem Kopf, noch bevor Jasna sie abgeschnitten hatte. Sie war hochkonzentriert und dokumentierte alles mit der alten Kamera. Zwischendurch musste Jasna lachen und sagte leise: Auweia.

Irgendwann sagte ich: Komm, bringen wir's hinter uns.

Zehn Minuten später lagen alle meine Haare um uns verteilt auf den weißen Bodenfliesen des Badezimmers.

Sieht doch super aus!, sagte Jasna etwas zu laut.

Sie begutachtete erst mich, dann sich im Spiegel, ich sah ihren Blick und sagte: Jasna, du musst das nicht machen.

Sie schnitt ein bisschen an ihrem Pony herum.

Die neue Frisur stand mir ganz gut, auch wenn wir uns an sie gewöhnen mussten. Mama und Papa erschraken immer wieder kurz, wenn ich den Raum betrat. Dem Hund war es egal. Und Jasna wurde nicht müde zu betonen, der kahle Kopf mache mich nur noch viel interessanter. Sie gab sich jedenfalls alle Mühe, diese Meinung glaubwürdig zu vertreten, und machte, wie zum Beweis, noch einige Fotos von mir.

Den restlichen Tag über saß ich da und strich mir über die verbliebenen Stoppeln. Kühl war es geworden, auf dem Kopf, obwohl es draußen warm war.

Abends rasierte ich mir den Dreitagebart aus dem Gesicht, der immer löchriger nachwuchs. Nur über der Oberlippe ließ ich etwas stehen, mit ein wenig Glück, dachte ich, wird es noch für einen Schnauzer reichen. Ich fotografierte mich mit der Laptop-Kamera. Linus schickte ich keins der Bilder.

Am Telefon fragte ich ihn, was er am Wochenende vorhabe. Linus erzählte, er müsse sich auf seine Moderation des Abiballs vorbereiten, und las mir sein erstes Moderationskärtchen vor.

Kommst du nach Gießen?, fragte er. Die Naht ist schon ganz gut verheilt.

Das wäre schön, sagte ich, ich schau, ob ich's schaffe.

Ich bin froh, dass ich so viel zu tun hab, sonst würde ich dich bestimmt vermissen, sagte Linus.

Ich vermisse dich auch nicht, behauptete ich, dafür fehlt mir einfach die Energie.

Fühlst du dich schlapp?

Ja, mittlerweile merk ich was.

Komm nur, wenn du dich fit fühlst, ja?

Dann erzählte Linus noch, dass er den ganzen Tag lang nur Obst und Gemüse esse, um auf jeden Fall gesund zu bleiben.

Komm gefälligst auf die Beine, sagte Linus, vielleicht vermiss ich dich ja doch,

Am nächsten Morgen wachte ich mit Halsschmerzen auf, lange bevor der Wecker klingelte. Es war der Tag des ersten Zwischenstagings, das überprüfen sollte, ob die Medikamente auch anschlugen. So schnell wie möglich wollte ich es hinter mich bringen. Wieder wollte ich nur wissen, dass nichts war, gar nichts mehr.

Ich bin gesund, sagte ich leise zu mir selbst, noch auf der Bettkante sitzend, dann stand ich auf.

Papa hatte Brötchen geholt und rief durchs Treppenhaus nach oben, um zu testen, ob ich schon wach war.

Guten Morgen!, rief ich zurück.

Mama kam im Bademantel und mit Handtuch-Turban aus dem Badezimmer, schaute mich entgeistert an und sagte nur leise: Fliegender Wechsel.

Auch ich erschrak beim ersten Blick in den Spiegel. Ich erkannte mich kaum. Wenigstens meine Wimpern und Augenbrauen waren noch da.

Papa hatte einige Brötchen zum Mitnehmen geschmiert, für Mama und mich. Kurz bevor er losmusste, ich saß noch am Frühstückstisch, brachte er eine Schirmmütze, die er mir verkehrt herum aufsetzte.

Damit dir nicht so kalt wird, erklärte er.

Ich nahm sie ab, um sie zu begutachten, dunkelblau, Adidas,

passend zur Trainingsjacke. Sie sah mehr nach Golf- als nach Basecap aus.

Danke, sagte ich und setzte sie wieder auf, diesmal mit dem Schirm nach vorn.

Es ist nichts. Nichts, nichts, nichts, sagte ich die Fahrt über immer wieder in Gedanken.

Erst während der CT-Untersuchung fiel mir ein, dass das Universum doch angeblich keine Verneinung verstand, wie Jasna mir erklärt hatte, also formulierte ich von da an ausschließlich positiv: Ich bin gesund, redete ich mir ein, ich heile schnell und angenehm.

Bei der Kontrastmittelgabe übersetzte ich die mich durchdringende Wärme als produktive, heilende Kraft, so wie von da an alles nur noch Teil meiner Heilung sein sollte.

Nach der Untersuchung entfernte eine Assistentin die Nadel mit dem Hinweis, ich solle circa zehn Minuten lang fest auf die Einstichstelle drücken und so lange noch vor Ort bleiben, dann dürfe ich wieder nach Hause.

Und die Ergebnisse?, fragte ich.

Die wird Ihnen Ihre behandelnde Ärztin mitteilen.

Das wusste ich bereits, der Termin war für die kommende Woche vereinbart.

Kann ich vielleicht den Radiologen sprechen?, fragte ich. Der kennt die Bilder doch schon, der müsste doch bereits irgendwas sagen können, versuchte ich es.

Bitte verstehen Sie, sagte die Assistentin, wir können Ihnen hier keine vorschnelle Auskunft geben.

Ich hatte so fest auf das Pflaster in meiner Armbeuge gedrückt, dass es wehtat.

Wollen wir heute mal in den Zoo?, fragte Mama auf dem Weg zum Parkhaus.

Au ja, sagte ich, dann kann ich mit den Krokodilen schwimmen.

Auf der Rückfahrt sprach ich kaum ein Wort. Mama versuchte mir ein Käsebrötchen anzudrehen, doch ich wollte nichts.

Das Kratzen im Hals setzte sich fest, jedes Schlucken war unangenehm. Es war schon Samstag, am Sonntag ging Sus Flug, und ich schrieb ihr, dass ich es nicht schaffen würde.

Kein Problem, antwortete sie, *erhol dich mal. Zu deinem Geburtstag bin ich zurück.*

Später schrieb Linus, dass er mich mittlerweile doch stark vermisse und sich schrecklich langweile.

Ich legte mich auf die Couch und stellte mir alle meine Blutkörperchen vor. Diesmal tanzten sie besonders unruhig. In meinem Bauch machte sich eine Ungeduld breit, die kaum auszuhalten war.

In der Annahme, ich schliefe, hatten meine Eltern so leise wie möglich den Tisch fürs Mittagessen gedeckt. Ich stand auf, setzte mich zu ihnen und behauptete, mich wieder topfit zu fühlen.

Am Nachmittag stieg ich ins Auto und fuhr los. Mittlerweile konnte ich die Lieder auf den CDs meiner Eltern fast auswendig mitsingen.

Wouldn't it be nice if we were older, sang ich mit den Beach Boys, *then we wouldn't have to wait so long.*

FRÜCHTE
TRAGEN

Wo bist du?, fragte ich Linus am Telefon, nachdem ich in Gießen angekommen war.

Mit Freunden im Biergarten, wieso?

Es regnet!, sagte ich.

Bist du da? Komm sofort her!

Zuerst besuchte ich Su, die damit beschäftigt war, ihren halben Kleiderschrank in einen Koffer zu quetschen.

Okay, zeig mir deine neue Frisur, sagte sie.

Zögerlich zog ich meine Kappe ab, die mir etwas zu groß war.

Sehr gut, behauptete Su, steht dir. Du siehst fast ein bisschen gefährlich aus, das ist gut.

Linus schrieb, dass er bereits betrunken sei und mich unbedingt seinen Leuten vorstellen wolle.

Lass uns losgehen, sagte Su, ich pack morgen weiter.

Als wir den Biergarten der *Pinte* betraten, bemerkte ich den Schreck in Linus' Blick, war aber froh, dass er mich überhaupt erkannte. Er saß inmitten einer großen Gruppe unter einem Schirm, stand auf, kam durch den Regen auf mich zu und gab mir demonstrativ einen langen Kuss.

Das ist Sebastian, sagte er in die Runde.

Sein halber Jahrgang hatte sich versammelt. Erst nach einigen Minuten verstand ich, dass Linus Geburtstag hatte.

Ich bin jetzt zwanzig, sagte er stolz und grinste mich ange-trunken an.

Alles Gute, sagte ich. Aber wieso hast du nichts verraten?

Ich wollte dich nicht unter Druck setzen. Und du hast auch nichts von deiner neuen Frisur gesagt.

Überraschung, sagte ich.

Überraschung, sagte Linus.

Ich bestellte ein alkoholfreies Bier.

Ein paar seiner Freunde planten einen nächtlichen Einbruch ins Freibad, und Linus wollte unbedingt mitkommen.

Klar, sagte Su, wir sind dabei.

Mal sehen, sagte ich.

Bastian, du kannst dein Cappy auch absetzen, schlug Su vor.

Warum sagst du das?, fragte ich.

Sebastian kann sein Cappy auch auflassen, sagte Linus.

Er versuchte gerade, sich eine Zigarette zu drehen.

Ja, ich meine nur, du kannst hier ruhig so sein, wie du bist, er-klärte Su. Das muss dir nicht unangenehm sein.

Oder wir warten bis später, und ich packe dich als mein Ge-schenk aus, sagte Linus.

Na ja, sagte ich, jetzt, wo es so ein großes Thema ist, lasse ich mein Cappy vielleicht einfach für immer auf.

Ich ging zur Toilette. Am Waschbecken ließ ich kaltes Wasser über meine Handgelenke laufen. Schaute in den Spiegel, setzte die Kappe ab, dann schnell wieder auf.

Als ich zurückkam, sagte Su leise: Sorry.

Und Linus: Lass uns nach Hause gehen. Ich breche heute nir-gends mehr ein.

Der bricht dir höchstens noch ins Auto, sagte Su. Wie gern wäre ich noch mal zwanzig.

Wir setzten sie vor ihrer Wohnung ab und wünschten eine gute Reise. Ich stieg aus, nahm Su fest in den Arm, sie gab mir einen Kuss, diesmal auf die Wange.

Du bist schön, sagte sie, du bist ein Wunder.

In der WG angekommen sang Linus laut und lallend: *Weißt du was du mir bedeutest? Auf einem Platz in meinem Herz ...*

Franziska schläft, du Spinner, flüsterte ich und küsste ihn, damit er aufhörte.

Er warf mich aufs Sofa, setzte sich auf mich und zog mir die Kappe vom Kopf. Betrachtete mich.

Und?, fragte ich.

Also. Ich denke, du hattest schon bessere Frisuren.

Kann sein.

Nein, ehrlich, eigentlich finde ich es nicht so gut.

Okay, sagte ich.

Ich finde, eigentlich steht es dir wirklich gar nicht.

Ja, danke, es reicht.

Aber ich mag deine Augen und deine langen Wimpern.

Linus riss mein Jeanshemd auf. Zum ersten Mal sah er den Port ohne Pflaster, tippte ihn kurz und vorsichtig an. Dann versuchte Linus eine ganze Weile, meinen Gürtel aufzubekommen, und zog mir, nachdem ich ihm geholfen hatte, die Hose samt Unterhose runter. Er schaute mich an.

Da unten hat es angefangen, sagte ich.

Wir schliefen bis mittags. Auf meinem Handy wartete eine Nachricht von Su, sie saß schon in Frankfurt am Flughafen.

Pass auf dich auf, schrieb sie, *sofern mein Flieger nicht abstürzt, bin ich zu deinem 25. wieder da!*

Als Antwort schickte ich ein Herz.

Linus, aus dessen Griff ich mich nachts mehrmals gelöst hatte, streckte sich laut gähnend neben mir aus, schlug die Decke beiseite und präsentierte mir seine Morgenerektion. Er grinste mich an, kniete sich über mich und hielt seine verheilte Beschneidungsnarbe an meine Port-Narbe unterhalb des Schlüsselbeins. Bei beiden hatten sich die Fäden mittlerweile aufgelöst, meine war nicht mehr ganz so leuchtend, eher rostig rot verkrustet, der Bluterguss daneben schimmerte nur noch blassgelb. Fast fiel ich aus dem Bett, als ich mit einer Hand in meinem Rucksack nach der Kamera kramte, bis ich sie schließlich erwischte, die Klappe beiseiteschob und Linus bat, ein Foto zu machen.

Am Nachmittag liefen wir durch die Stadt, und Linus griff nach meiner Hand. Wir spazierten am Schwanenteich entlang, zufällig trafen wir Linus' Deutschlehrerin.

Das ist Sebastian, stellte er mich vor, ohne näher zu benennen, wer ich für ihn war.

Sie unterhielten sich über den anstehenden Abiball.

Na dann bis bald, verabschiedete die Lehrerin uns beide, und ich fragte mich, ob Linus mich noch zu dem Ball einladen würde und wie ich das überhaupt fände.

Abends bestellten wir Pizza und schliefen vorm Fernseher ein. Ich träumte davon, mit Linus zu tanzen, inmitten einer uns zujubelnden Menge. Linus schaute mich an, und ich wusste, ich hatte wieder Haare.

Am nächsten Tag brachte ich Linus zur Schule, zum Abiball-Orga-Treffen.

Ich hab dir nichts zum Geburtstag geschenkt, fiel mir beim Abschied ein.

Du hast meine Biergarten-Rechnung bezahlt, sagte Linus, und mich zum Eis eingeladen.

Einen Wunsch hast du noch frei, sagte ich.

Werd wieder gesund, das reicht. Ich will dich mit Haut *und* Haar, okay?

Verstanden.

Linus gab mir einen Kuss.

Was ist eigentlich dein Sternzeichen? fragte ich.

Zwillinge. Ein paar Tage später und ich wäre –

Krebs, sagte ich. Grade noch mal Glück gehabt.

Einmal wurde ich auf der Gartenliege wach, da sprang ein Vogel vor mir auf dem Rasen herum, der trug einen roten Hut und ein grünes Kleid und hatte einen langen Schnabel. Er schaute immer wieder zu mir, während er im Gras nach Insekten suchte. Ich hielt ihn für einen Specht, vielleicht ein Grün- oder Buntspecht, aber es war mir auch egal, ich wollte ihm nur signalisieren, dass er mich nicht zu fürchten hatte. Also versuchte ich ein freundliches Pfeifen, doch Pfeifen war so eine Sache, die ich nicht beherrschte. Es war mehr ein Zwitschern, das mir gelang, ich probierte es noch einmal. Ein kurzer, heller Pfeifton war zu hören, dann noch einmal, diesmal etwas länger. Der Specht schaute durchaus interessiert zu mir herüber. Und tatsächlich, nach und nach hüpfte er immer näher zu mir hin. Bis der Hund angerannt kam und ihn in die Flucht schlug, mir einen noch golfballgroßen grünen Apfel brachte, den ich ihm immer wieder werfen sollte. Ein gelber Schmetterling flog an mir vorbei und über den Gartenteich.

Ein Zitronenfalter, sagte ich zum Hund.

Der Hund legte sich neben mich und kaute auf dem Apfel, ich schaute hoch in den Himmel. Schloss die Augen, geblendet von der Sonne. Dachte an nichts Bestimmtes, war bereit, ein weiteres Mal einzuschlafen, wieso auch nicht? Atmete ruhig in den Bauch, da spürte ich einen Schauder. Eine Aufregung, die mich überkam und sich in warmen Wellen von meiner Körpermitte bis in die Schultern ausbreitete. Etwas zog an mir, für einen Moment hatte ich das Gefühl, gleich abzuheben. Ich öffnete die Augen, noch immer lag ich im Garten auf der Liege. Neben mir stand der Hund, erwartungsvoll schaute er mich an. Diesmal hatte er mir eine Birne gebracht.

Immer dann, wenn ich mich fast vollständig erholt fühlte, begann ein neuer Zyklus, um mich wieder einzustampfen. Diese Therapie würde mich so lange kaputtmachen, bis ich wieder funktionierte, idealerweise, bestenfalls. Fest ausgemacht war das noch nicht.

Es war Zyklus drei von acht, so weit verlief alles nach Plan, keine Infektion, keine schlechten Blutwerte waren mir bis dahin in die Quere gekommen. Dr. Schwebe, die zuständige Ärztin der Tagesklinik, war zufrieden. Vor Beginn der Behandlung nahm sie sich ein paar Minuten Zeit, fragte nach meinem Befinden und meinem aktuellen Gewicht, kontrollierte die Laborwerte, die sie ausdrücklich lobte.

Und was, wenn die Werte mal schlecht sind?, fragte ich.

Dann müssten wir die Therapie notfalls aussetzen.

Und kann der Krebs dann nicht einfach weiter wachsen?

Das wäre ein Risiko, sagte Dr. Schwebe.

Aber man würde die Therapie dann doch schnellstmöglich fortsetzen?, fragte ich.

Natürlich.

Dr. Schwebe schlug meine Patientenmappe zu.

Aber? Ich meine, geht das dann einfach so?

Im schlimmsten Fall, von dem wir jetzt mal nicht ausgehen wollen, könnte es dazu kommen, dass die Tumorzellen Resistenzen bilden.

Und die Medikamente nicht mehr wirken?

Machen Sie sich keine Sorgen, sagte Dr. Schwebe, bisher vertragen Sie doch alles sehr gut.

Sie lächelte und stand auf, ich bedankte mich bei ihr.

Eine meiner Schwestern schloss mich an, sie brachte einen Chemo-Beutel nach dem anderen, mit Flüssigkeiten, die vollständig in mich hineingepumpt wurden, durch den Plastikschlauch und den Port, durch meine Venen und mein Herz und von dort aus überallhin, um möglichst alle Krebszellen zu erwischen und zu verhindern, dass sie sich immer weiter in mir teilten, multiplizierten, mich besetzten, zertanzten, bis mir gar nicht mehr zu helfen wäre. Hinter geschlossenen Augen stellte ich mir vor, wie mir neue Häute wuchsen, neue Haare, Locken. Ich legte mir Schutzschichten zu, die mir Geschichten erzählten. In Gedanken ließ ich meine Haut mit kühlem Moos bewachsen, etwas später überzog mich ein öliger Film, wie Teer, dick trug ich ihn auf.

Ausgerechnet nach dem dritten und letzten Behandlungstag im dritten Zyklus hatte ich meinen Termin bei Dr. Mittag. Diesmal war Mama wieder dabei, es war gut, sie neben mir zu wissen.

Glückwunsch, sagte Dr. Mittag zur Begrüßung, die Therapie schlägt gut an.

Auf ihrem Computerbildschirm zeigte sie uns Vorher-nach-her-Bilder aus dem CT.

Wie Sie hier sehen können, ist eine deutliche Größenabnahme zu verzeichnen, und das bei beiden Lymphommanifestationen.

Manifestationen, das hatte sie zuvor noch nicht gesagt.

Und der dritte Tumor, der kleine?, fragte ich.

Sehen Sie, den sehen wir schon gar nicht mehr. Den können Sie schon mal abhaken und vergessen.

Und ändert sich jetzt etwas an der Therapie?

Nein, sagte Dr. Mittag und schaute mich an, nein, eben gerade nicht. Wir sind erfolgreich, also machen wir genau so weiter.

Mama weinte heimlich.

Draußen bat ich sie um die Wasserflasche, die sie immer für mich dabeihatte, mir war nicht ganz wohl, ich musste mehr trinken, konnte aber nur noch kleine Schlucke. Ich fühlte mich, wie meine Eltern mich manchmal nannten: wie ein Schluck Wasser in der Kurve. Meine Freude über den positiven Befund wurde so betäubt wie alles an mir. Sicher war sie da, die Erleichterung, vergraben unter meiner Erschöpfung. Ich würde mich später freuen, dachte ich, wenn irgendwann alles vorbei war.

Die Tage nach der Behandlung verbrachte ich drinnen. Ein Gefühl der Sattheit setzte sich in meinem Magen fest. An meinem Gaumen blieb der scharfe Geschmack von Ethanol hängen – und eine Spur von Pfefferminz. Mehrmals täglich sollte ich meinen Mund mit einer farblosen Flüssigkeit spülen, um die Schleimhaut zu erhalten.

Auf der letzten Seite der Zeitung las ich fast wöchentlich Namen mir bis dahin unbekannter Personen, die irgendwann einmal in einer Band oder einer Fernsehserie gespielt hatten und mittlerweile mit dem Krebs kämpften oder ihm erlegen waren.

Wer kam eigentlich auf die Idee, schrieb ich an Su, *immer von diesem EINEN Krebs zu sprechen und das alles überhaupt einen Kampf zu nennen? Wieso wollen denn immer alle kämpfen, woher nehmen sie die Kraft?*

Su hatte sich aus Seoul nach mir erkundigt und ihrer Mail ein Foto angehängt. Mit einer Plastikfolie auf dem Kopf saß sie unter einer Trockenhaube. Vor dem Laptop nahm ich ein Glatzen-Selfie für sie auf.

Ich wollte nicht kämpfen müssen. Aussitzen vielleicht, höchstens, wenn überhaupt. Ein Duell würde ich ausschlagen, ich hatte keine Lust, das Unglück zurückschlagen zu müssen. Im Garten wollte ich sitzen. Mit Linus oder meinetwegen Jasna, wenigstens dem Hund. Oder einem Buch. Es gab noch so viel zu lesen. Nur konnte ich mich auf nichts mehr konzentrieren. Die Tageszeitung wurde mir allmählich zu viel mit ihrer Klatschspalte, den Lokalnachrichten, dem niemals lustigen Cartoon, all den Todesanzeigen und nicht zuletzt einem Bericht über ein nur wenige Kilometer entfernt liegendes Kinderhospiz mit der Überschrift *Wer stirbt, lebt noch*. Da hatte ich bereits aufgehört, in der Sonntagsausgabe den richtigen Weg aus dem Labyrinth finden zu wollen, mein Horoskop zu lesen, Jungfrau, das häufig nichts Gutes hatte hoffen lassen, ganz im Gegensatz zum Sternzeichen Krebs. Für den Krebs standen die Sterne meistens ganz ausgezeichnet. Ich ging dazu über, einmal täglich die Prospekte durchzuschauen. Nur brauchte ich nichts.

Immerhin registrierte ich, dass der Bundestag mit großer

Mehrheit für die endgültige Abschaltung aller Atomkraftwerke gestimmt hatte, wenn auch erst im Laufe der nächsten elf Jahre. 2022, das war unvorstellbar weit weg.

Meine Zeit schien rückwärts zu laufen, ich fühlte mich in meine Kindheit und Jugend versetzt, besonders dann, wenn Jasna mit Larry vor der Haustür stand und mich zu einem gemeinsamen Spaziergang überreden wollte. Schon immer hatte Larrys Zunge so seitlich herausgehangen, noch immer war es derselbe dümmliche Blick.

Unterdessen brachte Linus seinen Abiball über die Bühne, zu dem er mich nicht eingeladen hatte. Dafür hatte er mir aber mehrfach versichert, außer ihm selbst im Anzug würde ich bestimmt nichts verpassen.

Spätabends schrieb Linus: *Wenn du nicht bald zu mir kommst, dann muss ich vielleicht zu dir kommen.*

Ich lag auf meinem Bett unter der Dachschräge, an der Fotos klebten, Mama, Papa, ich, mit Schals und Zipfelmützen im Skiurlaub, daneben ein Bild vom Hund, wie er in einer Schubkarre liegt. Die Wände hellblau, die Möbel aus Holz und überall Astlöcher, VHS-Kassetten im Regal, all die Lustigen Taschenbücher.

Ja, schrieb ich zurück, *komm her.*

Am nächsten Tag begann ich, mein Zimmer auszumisten, riss alte Postkarten von den Wänden und kratzte einen Lara-Croft-Sticker von der Heizung. Das Regal war bis obenhin vollgestopft mit alten Zeitschriften, ich nahm mir vor, die Hälfte davon wegzuschmeißen, bildete dann aber nur viele neue Stapel auf dem Boden, die ich in Schuhkartons sortierte, die ich auf den Schrank hievte. Ich zog die Bettwäsche mit Kuhmuster ab und ersetzte sie durch eine zumindest einfarbige, grau, und überlegte sogar, spontan die Wandfarbe zu überstreichen. So ging das mehrere Tage lang, die alle damit endeten, dass ich nach gut einer Stunde Arbeit im Schneidersitz auf dem Boden saß und in einem der Batman-Comics blätterte, von denen ich mich niemals hatte trennen können. Oder alte Fotos anschaute, von mir als Micky Maus an Fasching und als Roboter, als Punker, als Robin Hood. Und Jasna als Pippi Langstrumpf, mit dicken Brillengläsern, Fransenpony und fehlendem Schneidezahn.

Du bist ein bisschen blasser als sonst, sagte Jasna.

Ohne Larry, dafür mit einem Bonsai unterm Arm stand sie vorm Gartenzaun.

Geht's dir gut?, fragte sie.

Wir hatten uns eine Weile nicht gesehen.

Wie läuft's mit diesem Jungen?, erkundigte Jasna sich, da saßen wir bereits unterm Ahorn.

Linus kommt mich besuchen, morgen.

Ah, schön. Sag mal, hast du abgenommen?

Nein, es geht mir ganz hervorragend.

Jasna zupfte ein gelbliches Blatt vom Bonsai ab, der überhaupt etwas kränklich aussah.

Würdest du dich um den kümmern?, fragte sie. Meine Mum braucht ihn nicht, ich soll dich lieb grüßen.

Ist das so eine Erziehungsmaßnahme?, fragte ich.

Nein, das ist ein Geschenk, und es kommt von Herzen.

Danke.

Sebastian, sagte Jasna, du machst mich fertig.

Da stiegen ihr schon die Tränen in die Augen.

Sorry, sagte sie.

Ist alles klar bei dir?, fragte ich.

Sie zog die Nase hoch.

Ich wollte dir eigentlich nur sagen, sagte Jasna, dass ich finde, dass es kein Zeichen von Stärke ist, wenn man seine Gefühle immer nur runterschluckt und wegdrückt und niemals weint. Du musst ja nicht gleich durchdrehen, aber –

Jasna richtete sich auf, mit geschlossenen Augen atmete sie wiederholt tief ein und aus.

Das ist doch auch nicht gesund, sprach sie nach einer Weile weiter, deine Gleichgültigkeit. Ich meine, merkst du eigentlich, was da gerade mit dir passiert?

Und was soll ich jetzt machen?, fragte ich. Soll ich jetzt trauern, obwohl es ganz gut aussieht für mich? Du hast mir doch gesagt, ich soll mich auf meine Blutkörperchen konzentrieren, oder? Das tu ich nämlich. Sooft ich kann. Und weißt du, was? Ich glaube, es hilft. Es beruhigt mich jedenfalls.

Tut mir leid, sagte Jasna, ich hätte das nicht –

Schon gut.

Ich will nur, dass du weißt, dass du auch sauer sein darfst. Weil das alles so beschissen ungerecht ist.

Also laut diesem esoterischen Buch von deiner Mutter hat das schon alles seinen Sinn. Ich hab mir die Krankheit ausgesucht, weißt du.

Hast du's gelesen?

Nur mal drin geblättert.

Vielleicht ist da ja was dran, sagte Jasna.

Nein, ist es nicht, sagte ich.

Hast du ein Taschentuch?, fragte sie, doch ich hatte keins.

Den Bonsai stellte ich aufs Fensterbrett in meinem Zimmer. Ein Zahnstocher steckte in der Pflanzenerde, daran war ein Zettel befestigt: *Brauche viel Licht, will nicht alleine sein.*

Sonntags kam Linus, es war bereits das erste Juli-Wochenende. Vor lauter Freude hatte ich nicht mehr daran gedacht, dass auch Oma ihren Besuch für diesen Nachmittag angekündigt hatte, Mama musste mich daran erinnern.

Linus hatte sich das Auto seiner Schwester ausgeliehen. Als er mir schrieb, dass er jetzt mal losfahren würde, bekam ich vor Aufregung Bauchschmerzen und begann, nervös zwischen Haustür und Wohnzimmer hin und her zu gehen, dabei lagen 150 Kilometer zwischen uns. Irgendwann erkundigten sich meine Eltern, ob alles okay sei. Ab da lauerte ich auf der Couch und schaute aus dem Fenster. Von dort aus hatte ich den besten Blick auf die Straße.

Nach einiger Zeit konnte ich beobachten, wie ein alter, dunkelvioletter Golf um die Ecke bog und vorm Gartenzaun hielt. Ich lief hinaus, Linus entgegen, er schlug die Autotür hinter sich zu. Als ich vor ihm stand, wusste ich nicht, wie ich ihn begrüßen sollte.

Und? Wie fühlst du dich so als Elendstourist?, fragte ich und wollte ihn umarmen.

Es ist ja nur ein Kurzurlaub, sagte Linus und küsste mich.

In dem Moment bog Oma in ihrem Mercedes-Oldtimer ums Eck. Das *H*-Kennzeichen am Ende des Nummernschilds bestätigte ihn offiziell als historisch, war er doch einige Jahre älter als ich. Sie parkte hinter dem Golf, stieg aus und kam auf uns zu. Ihre erste Reaktion auf Linus und mich konnte ich nicht genau deuten, da sie ihre riesige Gucci-Sonnenbrille trug. Mit einem Lächeln blieb sie neben Linus stehen, streckte ihm eine Hand hin und sagte: Junger Mann, ist das Ihr Auto? Sie wissen, dass Sie auf meinem Stammplatz geparkt haben?

Linus wollte sich ernsthaft entschuldigen, doch Oma fing bereits herzlich an zu lachen. Dann griff sie nach meiner Hand und hielt sie fest. Durch die Sonnenbrillengläser glaubte ich erkennen zu können, dass ihr Blick sich veränderte. Sie schaute mich an, als hätten wir uns jahrelang nicht mehr gesehen. Auf einmal ließ sie mich los: Der Kuchen!, rief sie. Jetzt hätte ich doch beinahe den Kuchen im Auto vergessen!

Im Garten deckte Mama bereits den Kaffeetisch, Oma balancierte einen Erdbeerkuchen über die Terrasse, Papa fragte, ob sie ihren Kaffee koffeinfrei wünsche. Ich war damit beschäftigt, souverän mit der Reaktion meiner Oma auf mich und den Reaktionen aller auf Linus und Linus' Reaktion auf alle und alles umzugehen.

Ich bin Linus, stellte er sich meinen Eltern vor, schüttelte ihnen die Hände, und der Hund drückte ihm ungeniert die Schnauze in den Schritt.

Als wir alle beisammensaßen, unterm Ahorn, bemerkte ich immer wieder, dass Omas sorgenvoller Blick auf mir lag. Sie fragte, wie es mir denn nun gehe, mit einer Schwere in der Stimme, die ich kaum ertragen konnte.

Ich fühle mich gut, sagte ich, danke, ich vertrage das alles wirklich sehr gut.

Du hast ja aber so abgenommen, sagte Oma.

Stimmt, vor ein paar Monaten war ich noch richtig fett, sagte ich und lachte kurz und als Einziger.

Was bei so leckerem Kuchen ja auch kein Wunder ist, rettete Linus die Situation.

Spätestens damit hatte er die Herzen aller gewonnen, das Hundeherz lag ihm ohnehin schon zu Füßen.

Am späteren Nachmittag wollten der Hund und ich Linus den Wald zeigen. Oma verabschiedete sich von uns, denn für den Wald habe sie sich ganz bestimmt nicht so herausgeputzt, und überhaupt, für jeden Schritt, den wir machten, müsse sie gleich zwei oder drei machen, erklärte sie lachend. Meine Oma nahm mich in den Arm, drückte mich fest an sich und sagte: Was für ein Scheiß.

Alle verstummten für einen Moment. Oma wischte sich eine Träne weg.

Wie immer ließ ich den Hund von der Leine, und wie immer nahm er den schnellsten Weg zum Entenweiher. Linus nahm meine Hand und grüßte freundlich, wenn uns Menschen entgegenkamen. Am Weiher brachte der Hund Linus ein Stöckchen, das der bereitwillig warf. Ich setzte mich auf die Holzbank.

Ist schön hier, sagte Linus.

Findest du?, fragte ich.

Der Teich war zum Tümpel verkommen, die Wasseroberfläche von einer hellgrünen, schleimig schimmernden Schicht eingenommen.

Wasserlinsen, wusste Linus.

Der Hund ließ einen von Algen umwickelten Ast vor Linus' Füße fallen. Ich zog die Kamera aus der Hosentasche und machte ein Foto von den beiden.

Da, sagte Linus, und mein Blick folgte der Bewegung seines Kinns, doch ich konnte nichts Außergewöhnliches entdecken.

Gestrüpp?, fragte ich.

Linus streckte sich nach oben und pflückte etwas.

Das hier, sagte er und hielt mir eine Blüte hin, ist eine Hundsrose.

Woher weißt du das?, hätte ich fragen können, doch bestimmt handelte es sich um Allgemein- oder Abiturwissen.

Dann gib sie doch dem Hund, schlug ich vor, griff dann aber doch danach.

Im Innern der hellrosa Blätter waren weitere gelbe, die sich wie kleine Ärmchen nach oben streckten.

Der Hund saß hechelnd neben Linus und ließ ihn nur aus dem Blick, um hin und wieder mit der Schnauze auf den Ast zu deuten, der zwischen ihnen lag.

Ich steckte mir die Hundsrose hinters Ohr.

Es ist einfach der Blick ins Grüne, sagte ich, der einen automatisch beruhigt, oder? Und das Vogelgezwitscher.

Und die kühle Luft, sagte Linus, das gedämpfte Licht. Windstille. Die Terpene sind gut fürs Immunsystem. Und die Benzole, Phenole, Schimmelsporen, der Feinstaub, das Ozon und was hier noch so rumfliegt, das lässt einen so richtig schön runterkommen.

Wieder wollte ich fragen, woher er all das wusste, sagte aber nur: Klingt ziemlich giftig.

Und das, was du bei der Chemo kriegst? Das würde dich doch auch plattmachen, in höherer Dosis. Und trotzdem wirst du wieder gesund.

Mittlerweile hatte der Hund den Ast in zwei Stücke zerteilt.

Ob das Wasser noch zu kalt ist?, fragte Linus.

Zu kalt wofür? Das ist ein alter Entenweiher, wenn du da reinspringst, muss ich dich leider hierlassen.

Linus schaute zu mir, grinste wie meistens mit nur einem Mundwinkel, zog sein T-Shirt aus, schlüpfte aus den Chucks, aus der kurzen Hose. Seine Unterhose warf er in meine Richtung, traf mich aber nicht. Sie blieb ein paar Meter vor mir auf der

Erde liegen, der Hund schnupperte daran. In aller Ruhe stieg Linus in den Tümpel, der kaum tiefer werden wollte. Als das Wasser nach einigen Schritten erst knapp über seinen Knien angelangt war, sah ich mich nach anderen Menschen um, Jasnas Mutter oder dem Förster, doch es war niemand zu sehen. Der Hund war ganz aufgeregt, mit Anlauf sprang auch er ins Wasser, ich warf beiden jeweils eine Hälfte des Astes hinterher und zückte erneut die Kamera.

Ich hab dir was mitgebracht, sagte Linus, als wir wieder zuhause waren.

Du hast mir doch schon was geschenkt, sagte ich und meinte die Hundsrose.

Aus seinem Jutebeutel holte Linus einen kleinen, unförmigen Klumpen, der in Geschenkpapier eingewickelt war.

Ich hab auch was für dich, aber nur eine Kleinigkeit, rief ich, lief die Treppe nach oben und kam mit einem handgroßen Geschenk zurück, das ich in die Rätselseite der Sonntagszeitung eingeschlagen hatte.

Du zuerst, sagte Linus.

Ich riss das Papier auf, und zum Vorschein kam eine Mütze aus dunkelgrauer, leichter Baumwolle. Sofort setzte ich sie auf.

Jetzt hast du ein bisschen Abwechslung, sagte Linus.

Du magst mein Cappy nicht, oder?

Du siehst damit jedenfalls jünger aus als ich.

Danke, sagte ich und gab Linus einen Kuss. Und jetzt du.

Sorgfältig öffnete Linus das Zeitungspapier, als wäre es sehr wertvoll. Darin war ein Bilderrahmen mit einem Foto von mir auf meinem Abiball. Ich hatte es beim Aufräumen gefunden. Auf dem Bild trug ich einen schwarzen Nadelstreifenanzug, dazu eine lindgrüne Krawatte, meine Haare hatte ich mit viel Gel und Spray zu einer Tolle frisiert. Mein Gesicht war glattrasiert, die Augenbrauen leicht in Form gezupft. Ich strahlte, mit Mund und Augen und über beide Ohren, als wäre ich euphorisch oder schon betrunken oder beides. In den Händen hielt ich mein Abiturzeugnis und eine rote Rose.

Du siehst glücklich aus, sagte Linus und betrachtete das Bild. Und wie ein Baby.

Ich zeigte ihm mein Babyalbum. Wie ich in einer Plastikwanne gebadet wurde, im ersten Strandurlaub Sandkuchen aß und unterm Sonnenhut den noch zahnlosen Mund verzog.

Du warst ja mal richtig süß, sagte Linus.

Ja, sagte ich, und da hatte ich nicht mal Haare.

Meine Eltern waren bei Freunden, Linus und ich hatten das Haus für uns. Ich führte ihn in den Keller, dort stand noch immer die Modelleisenbahn, mit einer Folie war sie abgedeckt.

Mein Vater hat früher gern damit gespielt, erzählte ich.

Ich selbst hatte mich damals mehr auf die winzigen Figuren konzentriert, die als Passanten vor dem Bahnhofsgebäude standen oder durch eine Parkanlage spazierten, in der zu jeder Jahreszeit ein Kirschbaum blühte.

Als meine Eltern nach Hause kamen, lag ich wie meistens auf der Couch, nur diesmal in Linus' Armen. Wir schauten einen Film mit Audrey Tautou in der Hauptrolle, der als romantische Komödie begonnen hatte, sich aber ab der Hälfte zum Psychodrama entwickelte. Mama setzte sich zu uns, Papa fragte, wer ein Glas Rotwein wolle.

Ich nehm eins, sagte ich.

Er schenkte mir einen kleinen Schluck ein. Kurz vor Mitternacht warf ich Linus aufs Bett, und er erschrak, weil er nicht mit einer Matratze gerechnet hatte, die Wellen schlug. Sie ließen ihn auf und ab wiegen, ich kniete mich über ihn, gemeinsam schaukelten wir, und ich begann ihn auszuziehen. Nach einer Weile sagte er: Komm, lass uns lieber schlafen.

Nachts wachte ich jedes Mal auf, wenn Linus sich umdrehte. Sein Rücken war schweißnass, die Luft verbraucht. Ich riss das Fenster auf, legte mich wieder hin, konnte aber nicht mehr einschlafen. Im Dunkeln suchte ich nach meiner Unterhose, fand die von Linus und zog sie an.

Auf dem Flur traf ich Mama, die aus dem Badezimmer kam.

Bist du auch wach?, fragte sie.

Nein, sagte ich, ich schlafwandle.

Ich zog mir einen Bademantel über, der Papa gehörte, ging nach unten, schenkte mir in der Küche ein Glas Wasser ein.

Mama hatte sich mit einem Glas Rotwein auf die Terrasse gesetzt, dort ging ein angenehmer Wind. Ich setzte mich zu ihr, und sie fragte: Und du und der Linus, ihr habt jetzt ein Verhältnis?

Verhältnis, dieses Wort klang so weit von mir entfernt, so, als wäre damit etwas Verbotenes gemeint oder etwas, das wieder vorbeigehen würde und nicht ernst genommen werden musste.

Ja, sagte ich, na ja, wir mögen uns.

Schön, sagte Mama. Er scheint ein sympathischer, hübscher junger Mann zu sein. Ich meine, wenn dir das jetzt guttut, spricht ja nichts dagegen.

Ich pass schon auf mich auf, sagte ich.

Vielleicht sehen wir eine Sternschnuppe, sagte Mama.

Ich konnte nicht einmal den Großen Wagen erkennen. Dafür kam ein Igel vorbei, den Mama bereits kannte. Sie schenkte sich den letzten Schluck Rotwein ein, dann verabschiedete sie sich ins Bett.

Geh rein, bevor du dir eine Erkältung holst, sagte sie.

Ich saß noch eine Weile da und starrte in den Himmel, bis ich zu frieren begann. Die letzten Stoppeln hatten sich von meinem Schädel gelöst, sich nach und nach abgerieben. Der graue Schatten war verschwunden, mein Haarverlust klar als Krankheit erkennbar geworden. Und der Temperaturverlust über die Kopfhaut schneller spürbar.

Drinnen fand ich die neue Mütze, ich setzte sie auf.

Morgens lag ich mit Mütze auf der Couch, als ich Papas Schritte auf der Treppe hörte.

Guten Morgen, begrüßte er mich, schaute mich an und fügte hinzu: Du Schlumpf.

Es war Montag, und hätte mein Vater mich nicht daran erinnert, wäre ich nicht auf die Idee gekommen, dass ich zur Blutentnahme musste, zur Kontrolle vor dem nächsten Zyklus.

Mit dem Auto fuhren wir drei Straßen weiter, Papa setzte mich vor der Arztpraxis ab. Als er mich wieder einsammelte, lag eine Tüte voll mit Brötchen auf dem Beifahrersitz.

Ich hoffe, da ist was für den Linus dabei, sagte Papa und ergänzte, ohne zu mir zu schauen: Und ich hoffe, ihr benutzt Kondome.

Wir hielten vorm Haus, er stieg aus, ich blieb verdutzt sitzen, musste lachen. Aids, das war das Erste, woran er dachte, wenn ich einen Mann mit nach Hause brachte, Aids und Analsex.

Im Garten stand Linus, nur mit meiner Unterhose bekleidet, den Hund an seiner Seite. Fürs Frühstück mit meinen Eltern zog er sich immerhin ein T-Shirt an.

Und was macht ihr eigentlich beruflich?, fragte Linus die beiden, ohne dass sie ihm zuvor das Du angeboten hatten.

Hat Sebastian nichts von uns erzählt?, fragte mein Vater.

Sebastian, was sind deine Eltern von Beruf?, fragte Linus.

Meine Mama ist Erzieherin und mein Papa ... Abteilungsleiter.

Aha, und in was für einer Abteilung, fragte Linus, in welcher Branche?

Irgendwas bei der Telekom.

Mein Vater sagte: Ich bin Ingenieur.

Genau, wie gesagt, sagte ich.

Und Sie, also du?, fragte Papa. Was machst du, oder was willst du mal machen?

Linus überlegte kurz und sagte dann mit vollem Mund: Forstwirtschaft würde mich interessieren.

Das wusste ich gar nicht, sagte ich, und Linus darauf: Du hast ja auch nie gefragt.

Was meinst du, fragte Linus mich später, wird das vielleicht mein erstes Tattoo?

Mit Kugelschreiber hatte er sich eine Unendlichkeitsacht auf die Handgelenkinnenseite gezeichnet.

Da wärst du bestimmt nicht der Erste, sagte ich.

Kann sein, sagte Linus. Aber ich mag die Idee. Also da anstatt einer Uhr so ein Symbol zu haben, das sagt, dass alles einfach für immer weitergeht.

Alles einfach für immer, wiederholte ich und schaute auf meine Armbanduhr. Es war 11 Uhr 59 und 58 Sekunden.

Wir fuhren nach Speyer und schlenderten die Hauptstraße entlang bis zum Dom, liefen durch den Domgarten Richtung Rhein. Ich fragte Linus, ob er Minigolf spielen wolle, und fand die Idee großartig. Er war aber nicht zu begeistern, also gingen wir weiter und setzten uns in den Biergarten direkt am Rheinufer, wo gerade ein Passagierschiff anlegte. Ich bestellte eine große Portion Pommes mit Salat.

Mist, sagte ich, ich hab vergessen, Jasna Bescheid zu geben.

Ich wollte eh lieber mit dir allein sein, sagte Linus.

Was ist?, fragte ich. Bist du traurig, weil du morgen wieder fährst?

Ja, vielleicht.

Du wirkst so nachdenklich.

Ich denke ja auch nach, sagte er.

Worüber?

Über alles.

Wegen deiner Reise?

Wegen allem.

Was ist denn?

Ich glaube, mir geht das grade zu schnell, sagte Linus. Also – ich will dich kennenlernen. Aber halt entspannt.

Okay, was heißt das?

Ich mag dich, Sebastian.

Ja, ich mag dich auch, und jetzt?

Jetzt fahre ich morgen nach Hause, und wir lassen uns mal.

Was?

Ein bisschen Zeit.

Hast du vor irgendwas Angst?, fragte ich. Gefall ich dir nicht mehr, ohne Haare?

Ach komm.

Wird dir jetzt doch alles zu anstrengend?

Vielleicht schon, sagte Linus. Ja, kann sein.

Und was willst du jetzt?

Zeit. Zum Nachdenken.

Okay, sagte ich. Dann ist die Sache für mich klar.

Was meinst du?

Von einem vorbeifahrenden Schiff winkten Passagiere, sie sahen so winzig aus wie Modelleisenbahnfiguren, die Gesichter verschwommen. Ich winkte zurück, Linus drehte sich um. Als er wieder zu mir schaute, sah er enttäuscht aus.

Ich kann jetzt nicht geduldig sein, sagte ich, ich kann jetzt nicht abwarten. Bis du irgendwas rausgefunden hast.

Mein Handy vibrierte, Jasna rief an, vermutlich wollte sie nachfragen, wann wir nach Speyer fahren wollten. Ich drückte sie weg, setzte meine Sonnenbrille auf.

Die Kellnerin brachte uns eine Riesenportion Pommes und eine Riesenportion Salat, wir aßen schweigend. Ein paar Pommes verfütterte ich an die Spatzen, die erst unterm Tisch saßen, dann auf der Stuhllehne neben mir, immer wieder wild auf-flatternd. Wieder winkten Menschen von einem Schiff, diesmal winkte keiner zurück.

Auf dem Weg zum Auto ging ich immer zwei Schritte vor Li-nus, auf unserer Rückfahrt sangen die Beach Boys: *Happy times together we've been spending / I wish that every kiss was never en-ding / Wouldn't it be nice?*

Zuhause stand mein Vater im Garten hinterm Grill, Mama be-reitete in der Küche Salate vor. Natürlich hatten sie uns fürs Es-sen eingeplant, doch ich erklärte, wir seien bereits satt und müde und würden direkt ins Bett gehen, dabei war es noch früh.

Soll ich lieber gleich fahren?, fragte Linus mich oben in meinem Zimmer.

Bleib ruhig da, wenn du willst.

Auf dem Laptop schauten wir einen Dokumentarfilm über die Landschaft Norwegens mit ihren Fjorden und Tundren.

Als ich vom Zähneputzen kam, lag Linus ohne Decke da, den Blick zur Wand. Ich setzte mich auf die Bettkante und schlug zum ersten Mal den Gedichtband von Ingeborg Bachmann auf. Las nur das erste Gedicht bis zur ersten Zeile der letzten Strophe: *Wir müssen schlafen gehn, Liebster, das Spiel ist aus.*

Schlaf gut, sagte Linus.

Gute Nacht.

Ich stellte den Wecker auf 5 Uhr 55.

Es war so abgesprochen gewesen, dass Linus mich zur Klinik bringen würde auf seinem Rückweg nach Gießen, und auch auf meine Nachfrage hin bestand er darauf, sein Versprechen zu halten. Während der Fahrt wechselten wir nur wenige Worte, hauptsächlich ging es darum, ob wir uns nun für die schnellste oder die kürzeste Route entschieden hatten. Immer wieder tippte Linus aufs Display des Navigationssystems, das mit einem Saugnapf an der Windschutzscheibe befestigt war.

Es war jedenfalls die Route, die Mama immer nahm, und wie jede andere führte sie über den Rhein. Im Vorbeifahren schaute ich aufs dunkelgrüne Wasser. Nur ein paar Hundert Meter weiter hatten wir am Vortag noch in der Sonne gesessen und uns bereits voneinander verabschiedet. Aus dem Autoradio dudelte Werbung für Küchenfachgeschäfte, der Wetterbericht meldete 28 Grad.

Das Herz schlug mir bis zum Hals, als wir die Schranke zum

Klinikgelände passierten, wie jedes Mal las ich am ersten Gebäude: *Ort des Abschieds.*

Hier ist es, sagte ich, als wir zur Medizinischen Klinik kamen, und Linus hielt ruckartig an einer Bushaltestelle.

Wir waren spät dran, es war mir egal. Vermutlich wäre ich noch sitzen geblieben, wäre Linus nicht ausgestiegen.

Oder soll ich dich reinbringen?, fragte er.

Nein, sagte ich, das schaff ich allein.

Ja, das glaub ich dir.

Er nahm mich in den Arm, hielt mich fest, ich hielt den Atem an.

Sagst du mir Bescheid, wie du's überstanden hast?

Meinst du in drei Tagen oder in drei Monaten?, fragte ich, und meine Stimme verrutschte an einen Ort, den ich noch nicht gekannt hatte.

Wann du willst. Du entscheidest.

Linus stieg in den Wagen. Ich drehte mich um, lief auf das Klinikgebäude zu. Wurde schneller, wollte nicht sehen, wie er davonfuhr. Ich biss mir auf die Lippen, biss die Zähne aufeinander, versuchte, meine Tränen aufzuhalten. Blieb stehen. Presste die Augen zusammen. Holte tief Luft. Hielt sie an. Ich spuckte warmen Speichel aus. Und betrat die Klinik.

Dem älteren Herrn an der Informationstheke lächelte ich freundlich zu. Wischte mir noch einmal über die Augenlider, die Wangen hinab. Nahm den Weg durch den verglasten Flur, steuerte auf die Anmeldung der Tagesklinik zu und begrüßte die Schwester mit all der Freundlichkeit, die ich aufbringen konnte. Sie fragte nach meinen aktuellen Blutwerten, doch ich hatte völlig vergessen, sie abzuholen. Ich gab ihr die Telefonnummer der Hausarztpraxis.

Als ich mich zum Wartebereich umdrehte, lächelte mir eine Frau zu, mit leuchtenden Augen, grün und grau. Sie hatte kurze, hellgraue Haare, ihre Brauen waren leicht nachgemalt. Es war die Frau mit den vielen Tumoren vom Schamanen-Seminar.

Sebastian, richtig?, fragte sie, und ihre Stimme schwang vor Freude in die Höhe.

Kurz musste ich überlegen: Luise?

Ich setzte mich zu ihr, und Luise erzählte, dass sie erst einige Wochen nach dem Seminar wieder zum Arzt gegangen sei, nachdem sie starke Schmerzen bekommen habe. Sie wohnte knapp eine Stunde entfernt, in Heidelberg war sie zuvor bereits in Behandlung gewesen. In der Tagesklinik bekam sie in regelmäßigen Abständen eine Spritze, die ihre Schmerzen erträglicher machen sollte.

Und wie geht's dir jetzt?, fragte ich.

Super, sagte sie. Morgen pack ich meine Koffer und fliege nach Peru.

Zum Schamanen?

Ja, in ein paar Tagen sitze ich bei Don Gustavo im Dschungel. Und ich bin nicht sicher, ob ich da jemals wieder lebend rauskomme.

Luise lachte, ich verschluckte mich an dem Versuch, mit ihr zu lachen. Dann wurde ich aufgerufen.

Und du, sagte sie, du machst das sowieso alles super.

Ja, ich geb mein Bestes.

Wir drückten uns zum Abschied. Ich wusste nicht, was ich sagen sollte, wünschte ihr eine gute Reise, Tränen standen mir in den Augen. Schnell wischte ich eine weg. Luise nahm mich noch einmal fest in den Arm und ließ mich erst los, als ich ein weiteres Mal aufgerufen wurde.

Am dritten Tag des vierten Zyklus verabschiedete mich meine Lieblingsschwester mit einem Lächeln: Jetzt haben Sie schon die Hälfte geschafft.

Das sollte motivierend klingen, doch mir graute beim Gedanken, noch einmal genauso viel Gift verabreicht zu bekommen. Mittlerweile sprach ich von der Chemo-Keule, von der ich mich regelmäßig k. o. schlagen ließ. Ich hätte gar keine Kraft mehr gehabt, alleine mit dem Auto nach Gießen zu fahren. Gut, dass ich Linus losgeworden bin, dachte ich, gerade noch rechtzeitig. Ich würde ihn einfach abhaken und vergessen, genau wie den gleichnamigen Tumor an der Nebenniere. Doch mit jedem Tag, den es mir wieder ein bisschen besser ging, fehlte dieser Mensch mir mehr, als ich es zuvor für möglich gehalten hätte. Nur ein Verhältnis, wie Mama es genannt hatte, ein kurzes, mehr sollte es nicht gewesen sein. Ich ärgerte mich, ihn überhaupt zu meinen Eltern eingeladen zu haben, an den Ort, an dem ich aufgewachsen war, an meinen verletzlichsten Punkt. Am liebsten hätte ich jedes Stück Erdbeerkuchen zurückverlangt, das er am Kaffeetisch im Garten in sich hineingestopft hatte. Oder gleich die Erinnerung an ihn ausgelöscht, bei meinen Eltern, meiner Oma, dem Hund und mir selbst. So schnell war ich wieder 14 Jahre alt geworden, anscheinend lief meine innere Uhr in immer rasanterem Tempo rückwärts. Bauchschmerzen bekam ich, wollte heulen, aber ich konnte nicht, ich war zu sauer, zu stolz, zu erschöpft.

Als Jasna per SMS nachfragte, wie es mir gehe, wusste ich keine Antwort, also schrieb ich nicht zurück. Ich überlegte ernsthaft, wie es mir ging, doch mir fiel nichts dazu ein.

Auf der Suche nach irgendeiner Ahnung oder aus purer Langeweile wollte ich doch einmal in das esoterische Buch schauen, das Jasnas Mutter mir ans Herz und Jasna mir in den Schuh-karton gelegt hatte. Weit nach oben aufs Regal hatte ich ihn ver-frachtet. Vorsichtig kletterte ich auf meinen Schreibtischstuhl, der allerdings Rollen hatte und dessen Sitzfläche unter meinen Füßen nachgab, sobald ich mein Gewicht nur leicht verlagerte. Ich streckte meine Arme nach dem Karton aus, zog ihn langsam nach vorn, mit beiden Händen versuchte ich, ihn zu greifen. Doch schon rutschte er mir aus den Fingern, mir entgegen, ich wackelte, der Stuhl drehte sich und mich zur Seite. Gerade noch hielt ich mich an einem Regalbrett fest. Das esoterische Buch, schwor ich mir, würde nicht der Grund meines Ablebens sein. Von allen Büchern war es am weitesten geflogen.

Ich schlug es an irgendeiner Stelle auf, Zufall, dachte ich, erst dann entdeckte ich das Eselsohr. In einer viele Seiten langen Tabelle war nachzulesen, welche seelische Problematik mögli-cherweise Symptomen wie *Durchfall* oder *Mundgeruch* zugrun-de lag. Ich wollte zum Buchstaben *L* blättern, wie Lymphdrüsen-krebs, doch ich bekam die Seite nicht zu greifen. Noch einmal versuchte ich es, feuchtete meine Fingerkuppe mit der Zunge an, diesmal erwischte ich die eingeknickte Ecke und blätterte um. Ich presste Daumen und Zeigefinger fest aufeinander, spür-te meinem Gefühl in den Fingern nach, erst mit der linken, dann mit der rechten Hand. Ich nahm den Druck wahr, aber schwä-cher als sonst.

Lymphdrüsenkrebs, las ich, und in der folgenden Spalte stand: *Das Gefühl, nicht gut genug zu sein.*

Ich schmiss das Buch zurück in den Karton.

Montags sollte ich wieder ins Krankenhaus, zum zweiten Staging. Nur war ich diesmal weder fit noch gut drauf, die CT-Untersuchung ließ ich über mich ergehen. Längst war sie zur Routine geworden.

Als ich dienstags von meinem Handy geweckt wurde, war ich unsicher, welchen Wochentag wir hatten und ob der vergangene nur ein Traum gewesen war.

Jasna rief an, um 11:59, gleich vier ungerade Ziffern, deshalb ging ich ran. Während der Zeit mit Linus war es einfacher gewesen, intuitiv eigene Entscheidungen zu treffen, so wie mir ungefähr alles leichter gefallen war. Doch wenigstens ging ich überhaupt noch ans Telefon. Beinahe hätte ich Jasna mein Herz ausgeschüttet, doch ich fürchtete, sie könne so etwas sagen wie: Hab ich's dir doch gesagt. Eine Aussage, die noch nie irgendjemandem geholfen hat. Also erfand ich, mich ganz okay zu fühlen, woraufhin sie sich direkt zu mir einladen wollte.

Oder du kommst mal zu mir, schlug sie vor.

Jasna, ich melde mich, okay?

Na gut, sagte sie, kann aber sein, dass ich demnächst auch mal wegfahre, es ist ja kaum auszuhalten hier.

Wo willst du denn hin?

Vielleicht ja ins Schweigekloster, sagte Jasna. Soll ich dich mitnehmen?

Sie klang etwas beleidigt, wieder hatte ich mich nicht bei ihr gemeldet.

Der Geburtstagskalender in der Küche behauptete noch immer, es sei *April*. Vor allem war aber wieder nicht dieser verdammte *Tag zum GLÜCKLICHSEIN!* Also nahm ich den Kalender von der Wand und blätterte um bis Juli, ohne die folgenden dämlichen Sprüche zu lesen, die Jasnas Mutter dort einmal liebevoll hineingeschrieben hatte. Ganz bestimmt würde ich Jasna nicht zuhause besuchen. In der Schublade mit den Medikamenten fand ich das Kärtchen des Psychoonkologen.

Schon am folgenden Nachmittag saß ich Herrn Calvo gegenüber. Ich berichtete ihm, wie fassungslos ich mit nur wenigen Tagen Abstand darüber sei, wie hochgradig naiv ich mich auf dieses Verhältnis eingelassen habe, wie verschwenderisch ich mit meinem ohnehin geschundenen Körper und dessen letzter Kraft umgegangen sei. Mit meinen fast erschöpften Ressourcen, die ich nun selbst am dringendsten brauchte.

Das ist doch aber nicht verwunderlich, sagte Herr Calvo, dass Sie gerade jetzt nach allem greifen, was Ihnen positive Bestätigung und Ablenkung verspricht. Dagegen ist auch nichts einzuwenden. Alles, was Ihnen jetzt guttut, ist doch erst mal gut. Und im Umkehrschluss müssen Sie alles, was Sie jetzt unnötig belasten könnte, von sich fernhalten, denn Sie haben da ja noch ein wichtiges Ziel vor sich, sagte er, darauf müssen Sie sich jetzt, in aller Ruhe, konzentrieren.

Ich weiß, sagte ich, ich bin total bescheuert.

Nein, sind Sie nicht. Sie dürfen sich auch jederzeit verlieben, das können Sie sich doch auch gar nicht verbieten. Das hat Ihnen für eine kurze Zeit Halt gegeben, den Sie jetzt aber vielleicht nicht mehr benötigen. Ich bin überzeugt, Sie wissen selbst ganz genau, was gut und richtig für Sie ist.

Meinen Sie, ich sollte mir einen Schwerbehindertenausweis zulegen?, wechselte ich das Thema, weil ich mich schämte, mit meinem Liebeskummer zur Krebshilfe gegangen zu sein.

Ich denke nicht, dass Ihr Glück davon abhängt, sagte Herr Calvo. Aber ich gebe Ihnen gerne ein Antragsformular mit.

Er stand auf, und als er sich nach einem der Ordner streckte, konnte ich kurz seine Unterhose sehen, weiß mit grünen Streifen.

Ich wollte mich bereits verabschieden, da fragte Herr Calvo: Wie fühlen Sie sich denn, körperlich?

Erschöpft, sagte ich, aber insgesamt okay.

Er brachte mich zur Tür und verabschiedete mich mit einem kräftigen Händedruck.

Sie müssen da jetzt nicht alleine durch, das wissen Sie.

Zuhause stellte ich mein Zimmer auf den Kopf, durchwühlte die Stapel auf meinem Schreibtisch, auf der Suche nach dem kleinen Papierzettel, den Fernando mir hinterlassen hatte.

Ich muss da nicht alleine durch, dachte ich, natürlich nicht. In Gedanken sah ich mich schon mit dem Auto nach München fahren, wo Fernando auf einen Medizinstudienplatz wartete, ich stellte ihn mir Cappuccino trinkend im Englischen Garten vor. Ich öffnete Schubladen, leerte meinen Rucksack aus, und schließlich fand ich einen Zettel in der Brusttasche meines Jeanshemds. Er war von Adrien.

Nach tagelanger bewusster Abstinenz öffnete ich Facebook, tippte *Fernando* in die Suchleiste und *München* dahinter, scrollte mich durch unzählige Gesichter und gab nach wenigen Minuten auf. Gerade wollte ich die Seite schließen, so wenig wie möglich wollte ich den Eindruck vermitteln, erreichbar zu sein, da entdeckte ich eine Freundschaftsanfrage, sie kam von Luise. Ich ging auf ihr Profil, dort hatte sie bereits Fotos aus Peru gepostet.

Auf dem ersten Bild balancierte sie im Dschungel über einen Baumstamm, der über einen rostroten Bachlauf führte, auf einem weiteren Foto war unscharf das lachende Gesicht des Schamanen zu sehen. Kurz betrachtete ich ihn, dann klickte ich weiter, durch Fotos, die seine Klinik zeigten, zwischen riesigen Palmen führte ein Holzsteg durch den sumpfig-grünen Urwald. Weiter hinten im Bild ragte auf dicken Pfählen das Haupthaus empor, das von einem Balkon umrahmt wurde und aus der Ferne aussah, als wäre sein Dach mit Palmenblättern gedeckt. Es folgten Fotos von Schmetterlingen und noch grünen Bananen, zwischen Ästen und Lianen wuchs eine dicke Ayahuasca-Pflanze. Auf einem weiteren Bild war Don Gustavo in einem weißen Gewand bei einer Zeremonie zu sehen. Um ihn herum drei Assistentinnen, eine davon erkannte ich, Shanti Sophie. Auf der Fläche vor ihnen standen brennende Kerzen, kunstvoll geschnitzte Pfeifen, ein Teller mit rosa Blüten, bunte Rasseln lagen bereit und ein paar Rollen Klopapier. Dann folgte ein Bild von Luise, im Bikini saß sie auf einer Holztreppe, die in ein braungrünes Gewässer hinabführte. Wieder lachte Luise ihr warmes Lachen. So hatte ich sie im Gedächtnis behalten, mit diesem Ausdruck im Gesicht hatte sie sich im Wartebereich der Tagesklinik von mir verabschiedet.

Bin ich hier falsch?, dachte ich. Wäre das der Ort, an dem ich zu Kräften kommen, wieder vollständig gesund werden könnte?

Nur auf dem letzten ihrer Bilder sah Luise erschöpft aus, auf einem Himmelbett liegend, darunter stand ein Nachttopf.

Im Badezimmer traf ich Mama, die gerade ihre Tasche fürs Sportstudio packte. Ich erkannte die weiße Jogginghose, die ich beim Seminar getragen hatte, griff augenblicklich danach, und in der linken Hosentasche fand ich Fernandos Zettel. Mama schaute irritiert, ich legte die Hose zurück und verließ ohne Erklärung den Raum.

Mehrmals begann ich die Mail an Fernando. Berichtete, wie es mir ergangen war, ohne Linus zu erwähnen. Ich schrieb von dem bleibenden Gefühl, der Schamane beobachte mich und sitze als Taube im Baum. Das mit der Taube löschte ich wieder. Den Rest löschte ich auch und begann noch einmal von vorn.

Immer wieder fing ich von vorn an, mehrmals versuchte ich, alles Beschönigende, alles Auflockernde aus meinen Sätzen zu streichen. Pur und aufrichtig wollte ich schreiben, wie es mir ging, bis hierhin ergangen war. Ich war unsicher, wo ich anfangen sollte, wo aufhören. Mehr als acht Wochen war das Seminar schon her. Ich schrieb davon, mich bewusst für die Chemotherapie entschieden zu haben, aber auch von dem Selbstbewusstsein, das ich aus dem Allgäu mitgenommen hatte. Und ich erzählte vom Schweben, von dem für mich unerklärlichen Schwebezustand, den ich dort erlebt hatte, trotz meiner Zweifel. Wie ich beinahe täglich, aber ohne jede Anstrengung, versuche, diesen Zustand zu behalten, ihn heraufzubeschwören, wenn ich auf der Couch döse oder mit dem Hund durch den Wald gehe. Dass mich dann manchmal ein Schauder überkomme, aber ein warmer, den ich verdächtige, mich mit Kraft, mit einer Energie aufzuladen.

Noch einmal las ich das Geschriebene, löschte alles und verschickte schließlich eine Mail mit folgendem Inhalt: *Lieber Fernando, wie geht es dir? Schreib doch mal, ich freu mich. Sebastian*

Pünktlich zum Termin der Ergebnisverkündung bei Dr. Mittag fühlte ich mich wieder mehr lebendig als sterbend. Ich hatte mein Jeanshemd angezogen. Mittlerweile dachte ich bei der Abkürzung *CK* auf den Knöpfen nicht mehr an *City Kids*, sondern an *Chemo Kid* – auf der Hinfahrt versuchte ich, Mama das als

Witz zu erzählen, doch ich glaube, sie hörte nicht richtig zu. Das Wetter hatte sich leicht abgekühlt.

Mama war nervös, aber das war nichts Neues, neu war, dass ich zwar gespannt war, doch nicht wirklich angespannt, so wie sonst. Dass ich nicht um mein Leben bangte. Bestimmt lag unter meiner Stimmung eine Angst, doch offenbar war eine dieser Häute darübergewachsen, die ich mir zum Schutz zurechtgelegt hatte. Eine Kruste, die langsam verheilte und umschloss, was nicht mehr zu gebrauchen war: Bangen und Hoffen. Die Wahrheit fand in meinem Körper statt, ihm wollte ich zuhören – oder wenigstens Dr. Mittag, die meinen Körper zu vertreten hatte, offiziell, seine Sprache für mich in Worte übersetzte.

Wir können eine weitere Größenregredienz beobachten, sagte Dr. Mittag.

Ich reagierte nicht.

Einen Rückgang, sagte sie, Ihre Lymphommanifestationen gehen weiterhin zurück.

Aber das ist doch gut?, hakte ich nach, denn Dr. Mittag wirkte wenig euphorisch.

Ja, wir müssen nur etwas geduldig sein. Wir sind noch nicht da, wo wir hinwollen.

Sind die noch groß, die Manifestationen?

Ihr Tumor an der Nebenniere, der ist gut zurückgegangen.

Und der andere?

Der andere stellt sich noch etwas an.

Und jetzt?

Jetzt machen Sie mal schön Ihre Therapie zu Ende.

Und dann?

Dann schauen wir noch mal nach.

Sie schauen erst nach vier weiteren Zyklen, also in zwei Monaten nach?, fragte ich. Und was, wenn diese Manifestationen jetzt nicht mehr schrumpfen?

Es ist so, sagte Dr. Mittag, wenn wir da viele Krebszellen haben, die sich die ganze Zeit immer weiter teilen, so wie zu Beginn Ihrer Therapie, dann bietet das für die Chemo eine große Angriffsfläche. Wenn da aber schon mehr als die Hälfte des Tumorgewebes weg ist, dann sind die verbliebenen Zellen schwerer zu treffen. Es war zu erwarten, dass es jetzt langsamer vorangeht.

Dr. Mittag hielt ihren Kugelschreiber wie einen Pfeil, den sie nach mir werfen wollte. Ich entschied mich, ihr zu glauben.

Und kriegen wir die noch eingefangen, die übrigen Krebszellen?, fragte ich.

Wenn es in dem Tempo weitergeht, könnten wir bis zum Ende der Chemo gerade so hinkommen. Sie sollten sich aber gedanklich schon mal auf eine anschließende Bestrahlungstherapie einstellen.

Ein halbes Jahr, hatte sie gesagt, mehr nicht. Ich wollte keine chronische Erkrankung und noch ein paar gute Jahre haben. Unser Plan war gewesen, meine Krankheit im Krankenhaus zu lassen, dort, wo sie hingehörte.

Und mein Studium, kann ich das wie geplant im Oktober fortsetzen?, fragte ich, als ginge es mir wirklich darum.

Sie sollten keine Pläne schmieden, sagte Dr. Mittag. Und noch bevor ich reagieren konnte, fragte sie, wie immer zum Schluss: Und sonst, wie geht es Ihnen?

Meine Finger, ich spüre meine Fingerkuppen nicht mehr so gut.

Gut, dass Sie es sagen.

Wieso, ist das wichtig?, fragte ich.

Wollen Sie das Gefühl in Ihren Fingern verlieren, womöglich für immer?

Nein.

Deshalb ist es gut, dass Sie mir so etwas mitteilen, und nächstes Mal gerne sofort, sobald Sie eine Veränderung bemerken.

Aber hat das jetzt irgendwelche Auswirkungen?

Natürlich, sagte Dr. Mittag. Ich reduziere die Dosis des Medikaments, von dem ich glaube, dass es für Ihr Taubheitsgefühl verantwortlich ist. Und zwar um die Hälfte, zum kommenden Zyklus.

Und was ist das für ein Medikament, wofür ist es gut?

Es sorgt dafür, dass Ihre Tumoren schrumpfen.

Aber dann können Sie es doch nicht einfach so reduzieren.

Doch, sagte Dr. Mittag, das kann ich.

Und was, wenn die Tumoren dann noch langsamer zurückgehen?

Und was, fragte Dr. Mittag, will ich mit einem Patienten, der sich sein Hemd nicht mehr zuknöpfen kann?

Es sind Druckknöpfe, dachte ich, aber da waren wir längst auf der Autobahn.

FRIEDEN
ERFINDEN

Papa stand in der Haustür, als Mama und ich aus dem Auto stiegen.

Musst du nicht arbeiten?, fragte sie ihn.

Er sah niedergeschlagen aus, nicht ganz bei sich. Und er fragte auch nicht nach meinen Ergebnissen, sondern berichtete, dass er auf dem Weg zur Arbeit gewesen sei, als plötzlich, auf einer geraden Landstraße und ohne erkennbaren Grund, der Wagen vor ihm von der Fahrbahn abgekommen und aufs Feld gefahren sei, sich noch halb überschlagen habe und, seitlich, auf zwei Rädern, gegen einen Baum gekracht sei.

Papa hatte sofort angehalten, war zu dem Auto gerannt. Er half zwei Menschen aus dem halb zerquetschten Wagen. Die beiden standen unter Schock, schrien oder weinten oder beides oder vielleicht auch erst später. Vielleicht erst, nachdem mein Vater den Menschen entdeckt hatte, der auf der Rückbank gesessen hatte, der kopfüber hing und ihn anschaute, aus dessen Nase und Mund Blut floss. Papa wählte den Notruf, beschrieb die Unfallstelle. Diesen Menschen konnte er da nicht alleine rausholen, bestimmt hatte der innere Verletzungen gehabt, womöglich Brüche, den hätte er schon rausschneiden müssen. Also sprach er ihn an, den noch jungen Mann, doch dessen Augen sahen leer aus, und das Blut hatte aufgehört zu fließen.

Der Rettungswagen kam nach 15 Minuten.

Zu spät, hatte mein Vater zu den Sanitätern gesagt, noch auf die Polizei gewartet, den Hergang beschrieben, dann war er nach Hause gefahren.

Sein Kopf war knallrot, sein Blick ging ins Leere, als er uns davon berichtete.

Später saß Papa nur da, schaute still vor sich hin.

Der war in deinem Alter, vielleicht jünger, sagte er zu mir.

Herr Calvo hätte eigentlich bereits Feierabend gehabt, er hatte sich aber dazu bereit erklärt, mich als Notfall zu behandeln. Mit einem Mal fühlte ich mich aus meiner scheinbaren Gleichgültigkeit gerissen, gegenüber dem Leben oder Überleben. Aus meiner Annahme, es würde schon alles wieder werden, mit der ich es mir bequem gemacht hatte. Was, wenn ich nicht genug mitgeholfen hatte? Was, wenn ich mir meine gesunden Zellen nicht genau genug vorgestellt hatte in letzter Zeit, weil ich so damit beschäftigt gewesen war, den Chemo-Schlaf zu schlafen? Und was, wenn ich jetzt doch wieder die Angst bekam – oder war sie das schon: die Angst, nicht gut genug zu sein? Nicht gesund genug zu werden, um am Leben bleiben zu dürfen? Da war sie, die Panik, doch immerhin, ich fühlte wieder etwas. Es gab mich noch, ich war noch nicht dahin, und nichts war egal.

Herr Calvo, dem ich die Verantwortung für meine sogenannte Seele angetragen hatte, kannte Antworten auf meine neue Unruhe.

Ich kann mich gut an unser erstes Treffen erinnern, sagte er, da hatten Sie sich schon längst entschieden, und zwar dafür, wieder gesund zu werden, da war Ihr Entschluss schon gefasst. Wissen Sie, es liegt nicht mehr in Ihrer Macht, sich kurz vorm Ziel noch die Tour zu vermasseln.

Ich war überrascht, wie deutlich Herr Calvo wurde, aber vermutlich war genau das seine Aufgabe. Weder war er Esoteriker, noch hing seine Bezahlung davon ab, ob ich mich gut von ihm beraten fühlte oder nicht. Und das schon gar nicht nach Feierabend.

Ich sage Ihnen jetzt was, sagte Herr Calvo, stellte dann aber eine Frage: Was denken Sie, wie viele junge Menschen mit Non-Hodgkin-Lymphomen ich schon kennenlernen durfte?

Keine Ahnung, sagte ich. Vermutlich einige?

Viele, ja. Und was denken Sie, wie viele von ihnen noch leben?

Ich zögerte, entschied mich aber intuitiv dafür, optimistisch zu bleiben.

Alle?, fragte ich, korrigierte mich aber gleich: Oder alle bis auf einen?

Alle, sagte Herr Calvo. Alle, auch der eine.

Papa hatte sich den Freitag freigenommen, aber direkt angefangen, im Garten aufzuräumen. Er riss Büsche aus dem Boden, nach welchem Schema er dabei vorging, war mir unklar. Von mir aus hätte alles stehen bleiben dürfen.

Der muss weg, sagte er, den muss ich loswerden.

Mit einer Gartenschere bewaffnet stand er vorm Bambus, der ihn weit überragte.

Aber die Spatzen mögen den doch, sagte ich.

Der macht mir noch alles kaputt, sagte mein Vater, und ich hoffte, er meinte nicht mich.

Den Ahorn, fragte ich, haben wir den damals eigentlich zusammen gepflanzt?

Den Bergahorn? Kann mich nicht dran erinnern.

Und auch meine Erinnerung war eine eher verschwommene, deren Wahrheitsgehalt ich nicht hätte beschwören können: wie ich mit Papa im Garten einen Baum pflanzte.

Oder war es vielleicht der Birnbaum?, fragte ich.

Das könnte ich mir schon eher vorstellen, sagte mein Vater so, als wäre er gedanklich woanders, vielleicht noch beim Bambus.

Der Birnbaum war ein paar Meter kleiner als der Ahorn, die Birnen waren allesamt winzig, hart und schrumpelig, aber der Hund mochte sie gern. Ich stellte mir eine der Gartenliegen darunter, doch mir genügte der Schatten nicht, den die dürren Äste auf mich warfen, also zog ich nach wenigen Minuten unter den Bergahorn um. Lag da und schaute in seine Astgabelungen über mir, die gezackten Blätter, keine Taube war in Sicht. Ich wünschte mir, ihn gepflanzt zu haben, damals, mit Papa. Und wenn ich auch nur danebengestanden hatte, irgendetwas musste an der Geschichte dran sein.

Wie alt wird so ein Ahornbaum?, fragte ich meinen Vater.

Ein Bergahorn? Der kann schon alt werden. So ein paar Hundert Jahre.

Am Wochenende kam Oma vorbei, diesmal hatte sie Dampfnudeln mitgebracht, natürlich selbstgemacht. Wir warfen sie noch einmal kurz in die Pfanne und aßen sie mit Kartoffelsuppe, eingelegten Birnen und Vanillesoße.

Meine Eltern und der Hund waren in den Pfälzer Wald gefahren, sie hatten sich einen Tag Urlaub von mir genommen. Eine ganze Wanderung hätte ich ohnehin nicht überstanden, aber einen Spaziergang mit Oma, das war noch zu schaffen. Mittlerweile konnte sie gut mit der Länge meiner Schritte mithalten. Ich tat, was meine Tumoren tun sollten: Ich schrumpfte. Doch auch abgesehen davon, dass die Medikamente nicht spurlos durch mich hindurchgingen, hatte ich es nicht mehr so eilig wie früher. An manchen Tagen war ich schon rückwärts durch den Wald gelaufen, anfangs, um den Hund nicht aus den Augen zu lassen, wenn er noch langsamer war als ich. Und später auch einfach so. Vorsichtig setzte ich einen Fuß hinter den nächsten, blickte nach vorn und gleichzeitig zurück, als würde ich mich von etwas verabschieden, etwas zurücklassen wollen. An anderen Tagen ging ich in Mäuseschritten.

Als Kind war ich einmal erst knapp eine Stunde nach Unterrichtsschluss aus der Grundschule nach Hause gekommen, meine Mutter hatte mit dem Schlimmsten gerechnet.

Ich bin in Mäuseschritten gegangen, so lautete meine damalige Begründung.

Mäuseschritte waren im Alltag meist unpraktisch, sie boten sich eher in besonderen Situationen an, zum Beispiel beim Balancieren auf einem Seil.

Auf unserem Weg in den Wald erkundigte Oma sich nach dem netten jungen Mann, und ich erklärte ihr, dass das mit Linus nichts Ernstes gewesen sei. Sie erzählte mir, wie fest ich als Kind davon überzeugt gewesen sei, eines Tages Jasna zu heiraten, und ihr in einem Geschäft auch bereits ein Hochzeitskleid ausgesucht habe. Daran konnte ich mich sogar noch erinnern, es hatte sich um ein rosa gestreiftes Sommerkleid gehandelt, passend dazu hatte ich einen Strohhut mit rosa Band im Blick gehabt.

Ist dir nicht kalt?, fragte Oma besorgt, dabei war die Luft drückend.

Im Wald ließ es sich aushalten. Doch kurz bevor wir den Entenweiher erreichten, verdunkelte sich der Himmel.

Komm, lass uns lieber zurückgehen, sagte Oma.

Der Wald war ihr ohnehin nicht ganz geheuer.

Während wir wieder Richtung Landstraße gingen, fing es zu donnern an, bald darauf regnete es dicke Tropfen, die immer dicker und mehr wurden.

Da hab ich ein Mal keinen Schirm dabei, schimpfte Oma.

Und jetzt, fragte sie, was machen wir jetzt?

Wir gehen wieder zurück, entschied ich, wir gehen zurück in den Wald.

Noch einmal drehten wir um, diesmal liefen wir in Richtung Walderholungsstätte, jetzt musste Oma sich doch beeilen, mir hinterherzukommen. Das Waldhaus lag verlassen da, wir stellten uns unter. Unsere Kleidung war allerdings bereits durchnässt, mein T-Shirt klebte kalt an meinem Körper. Oma war völlig aufgelöst, das aufwendig toupierte Haar hing ihr in Strähnen an Stirn und Schläfen. In Gedanken war sie vermutlich schon unterwegs zu meiner Beerdigung, dachte ich, weil ich nun doch bestimmt an einer Lungenentzündung sterben musste.

Was für ein Scheiß, wieder sagte Oma diesen Satz, Mensch, hoffentlich wirst du nicht krank.

Ich bin schon krank, sagte ich, ab jetzt kann ich nur noch gesund werden.

Wir warteten bestimmt zwanzig Minuten, in denen ich damit beschäftigt war, Oma zu beruhigen, bis der Regen nachließ.

Zuhause duschte ich mich heiß ab, zog mir neue Sachen an. Oma hatte ich den alten, weißen Jogginganzug meiner Mutter angeboten, der ihr ein paar Nummern zu groß war. Ich musste lachen, als ich sie darin sah, stellte mir vor, wie sie so im Mercedes nach Hause fahren würde, mit ihrer Gucci-Sonnenbrille auf der Nase. Ihr Goldschmuck passte gut dazu.

Oma hatte die Suppe aufgewärmt, und während wir aßen, beruhigte sie sich endlich, akzeptierte, dass alles nicht so schlimm war, und begann wie sonst auch, von früher zu erzählen. Dabei sprang sie zwischen Jahrzehnten und Geschichten hin und her, erzählte von meinem Opa, der lange krank gewesen und bereits vor Jahren gestorben war, von ihrer Mutter, die sie jahrelang gepflegt hatte, und von ihrem Vater, den sie noch in ihrer Kindheit verloren hatte. Und zum vermutlich ersten Mal erzählte Oma mir, dass sie in einem Flüchtlingsheim zur Welt gekommen sei.

Wieso in einem Flüchtlingsheim?, fragte ich.

Weil die Eltern aus Rumänien rausmussten, sagte sie.

Auf einmal bekam ich eine Ahnung davon, wie wenig ich über sie wusste, wie schlecht ich ihr Leben hätte nacherzählen können. Wie unklar mir die Verhältnisse waren, in denen sie aufgewachsen war, noch im Krieg. Woran ihr Vater eigentlich gestorben war, fragte ich mich, aber nicht sie. Auch nicht, wieso man ihn nicht in den Krieg geschickt hatte. Und auch über das Leben meines Opas wusste ich nicht viel, obwohl ich mich noch gut an ihn erinnern konnte. Die Krankheit, die er gehabt hatte, hätte ich nicht benennen können. Nicht einmal, ob es Krebs gewesen war, hätte ich mit Sicherheit sagen können, und nach all den Jahren, die er bereits verstorben war, traute ich mich nun auch nicht mehr nachzufragen. Ich wusste nicht einmal, ob sein Tod der Grund dafür gewesen war, dass meine Oma Mutterstadt verlassen hatte und nach Neustadt gezogen war. Vielleicht hatte es am Gerede der Leute im Dorf gelegen, das sie nur schwer hatte ertragen können. Kürzlich habe sie einen Anruf einer Cousine meines Opas erhalten, erzählte sie, die ihr allen Ernstes das Beileid zu meinem verfrühten Tod habe aussprechen wollen.

Der hab ich mal die Meinung gegeigt, das kannst du mir aber glauben, sagte Oma. Deinem Opa, dem lagst du am Herzen, ein Glück, dass er das nicht mehr miterleben muss.

Die Tür ging auf, ein klitschnasser Hund stürmte zu uns in die Küche, wollte uns begrüßen, doch Oma und ich sprangen beide auf, schnell schickte ich ihn nach draußen. Auch meine Eltern waren von oben bis unten durchnässt, aber dafür hatten sie rote Backen und lachten und sahen sehr lebendig aus.

Es gibt Suppe!, rief ich.

Wieder kam einer dieser Briefe aus dem Krankenhaus, diesmal las ich nur die *Beurteilung* am Ende, die Vorgeschichte kannte ich gut. *Größenregredienz*, las ich, *Lymphommanifestationen*, so hatte Dr. Mittag es bereits gesagt. Nur hatte sie nicht von einer nur *geringen Größenregredienz der Lymphommanifestationen* gesprochen und auch nicht die für mich fremd klingende Formel benutzt, die den Brief beschloss: *Noch als stable disease zu werten*.

Sofort begann ich zu recherchieren. Ich verstand nicht, was genau sich stabilisiert haben sollte, der Zustand meiner Krankheit oder der Erfolg der Therapie?

Es ging weder bergab noch voran, übersetzte ich es mir aus einem Online-Krebslexikon.

Ich rief bei Dr. Mittag an, um sie zur Rede zu stellen. Beim zweiten Versuch verlangte ich, zu ihr durchgestellt zu werden. Vermutlich wollte sie mich nur wieder loswerden, doch ich nahm sie beim Wort, als sie sagte: Jetzt beruhigen Sie sich mal, das wird schon wieder.

Zu Beginn des fünften Zyklus wollte Jasna mich zur Therapie bringen, und ich konnte sie nicht davon abhalten. Viel zu früh am Morgen stand sie vor der Haustür und hatte Croissants mitgebracht. Ich glaube, Jasnas Geheimplan war es, so überpünktlich vor dem Chemo-Termin auf dem Campus zu sein, dass es sich noch anbieten würde, gemeinsam den Zoo zu besuchen. Mit dem Fiat Punto ihrer Mutter überholten wir auf der Autobahn jedenfalls einige andere Fahrzeuge. Vom Band einer Kassette sang Alanis Morissette darüber, wie ironisch alles Mögliche sei.

Du musst nicht auf mich warten, das dauert ewig!, sagte ich zu Jasna auf dem Weg vom Parkhaus zum Klinikgebäude, doch sie ließ sich nicht beirren und erklärte, zur Not würde sie auch ohne mich durch den Zoo schlendern.

CHEMO, wieso steht das da?, fragte Jasna und deutete auf einen orangefarbenen Behälter für Streugut, der nur ein paar Meter vom Haupteingang entfernt stand.

Vielleicht heißt die Firma so, tippte ich.

Wir waren uns darüber einig, dass es weder ein besonders guter Name für eine Firma noch ein besonders guter Platz für ein Produkt dieser Firma war.

Isn't it ironic?, sang Jasna.

Sie bestand darauf, mich bis zur Tagesklinik zu bringen.

Als ich Stunden später wieder entlassen wurde, saß Jasna im Wartebereich, als wäre sie nie weggewesen.

Die Faultiere hättest du sehen müssen, berichtete sie mir auf dem Weg nach draußen, sooo langsam! Denen hätte ich stundenlang zuschauen können. Hab ich vielleicht sogar. Das war so entspannend! Gegen die läufst du jedenfalls Marathon, behauptete sie.

Am Automaten vorm Parkhaus mussten wir feststellen, dass wir nicht genügend Bargeld hatten, um den Parkschein zu bezahlen. Über solche Dinge hatte ich mir bis dahin nie Gedanken machen müssen.

Fast zehn Euro, das ist ja teurer als der Zoo, beschwerte Jasna sich.

Kaum auszurechnen, was da bereits an Kosten zusammengekommen sein muss seit Beginn der Therapie, dachte ich.

Ein Beutel Chemo kostet ungefähr das Hundertfache, soweit ich weiß, sagte ich, und Jasna: Basti, das bist du mir wert.

Gerade wollte sie auf einen älteren Herrn zugehen, um ihn anzupumpen, da sah ich meine Lieblingsschwester im Raucherbereich vor der Klinik stehen. Ich nahm all meinen Mut zusammen, und schon während ich auf sie zusteuerte, kam ich mir unmöglich vor. Mit einem Lächeln lieh sie mir einen Zehneuroschein, und ich versprach, ihn ihr am nächsten Tag zurückzugeben.

Mit jedem weiteren Behandlungstag wuchs in mir der Ekel vor dem, was mich erhalten sollte: Nahrung, Spritzen, Zytostatika. Er legte sich über mich wie der schale Geschmack eines längst zerkauten Kaugummis. In dünnen, hellgrauen Bahnen schien er alles zu umwickeln und einzutrüben, sogar den wolkenlosen Himmel. Selbst den Gedanken daran, das Haus zu verlassen. Der Kaugummi wurde zum Normalzustand, er klebte zwischen Bücherseiten, umspannte mich und alles, womit ich in Berührung kam. Auch unter meinen Schuhsohlen schien er zu haften, meine Schritte wurden beschwerlicher. Am Gaumen wuchs mir eine dünne, wachsartige Schicht, die mich von dem trennte, was mir zuvor geschmeckt hatte. Sie hielt mich auf Abstand zur gewohnten Welt, zu einem Leben, das einmal *mein* Leben gewesen war. Die Annahme, dass alles gut verlaufen würde, war zur bloßen Hoffnung verblasst. Aber am Ende hatte ich doch glücklich gewesen sein wollen, zumindest hatte ich nicht verschwinden wollen, ohne irgendeinen Eindruck in der Welt hinterlassen zu haben. Aber am Ende. Es ging hier nicht ums Sterben, redete ich mir ein, es handelte sich hierbei um keine Nahtoderfahrung, höchstens um eine Trockenübung. Vielleicht war ich nun in diesem Tal angekommen, von dem Dr. Frech Monate zuvor gesprochen hatte. Es kam mir vor, als wäre seitdem eine halbe Ewigkeit vergangen. Immerhin, den Weg ins Tal hatte ich gefunden. Dort angekommen fühlte ich mich wie hundert, so schnell schien die Zeit nun zu vergehen, ohne dass ich sie bewusst erlebte. Der Hund war in Menschenjahren schon über achtzig, überschlug ich, und ich in Hundejahren noch ein Kind. Er gab es nicht auf, mich zum Spazierengehen animieren zu wollen, doch oft schlief ich ein, bevor ich mich aufraffen konnte. Meistens legte er sich dann neben mich, auf den Teppich vor der Couch, ich glaube, er passte auf mich auf.

Manchmal blieb Jasna den ganzen Tag über da. Wir behielten es bei, dass ich ehrlich sagte, wenn es mir gerade nicht passte oder ich nach einer Weile des Beisammenseins meine Ruhe brauchte. Von allein wäre sie nicht gegangen, ich fragte mich, aber niemals sie, ob sie sich mir verpflichtet fühlte oder ob sie ganz einfach nichts Besseres zu tun hatte.

In einem der vielen Momente, in denen wir nichts mehr zu besprechen hatten, öffnete Jasna mit der gewohnten Selbstverständlichkeit eine der Küchenschubladen und fand die Packung Luftballons, die sie Wochen zuvor im Ein-Euro-Shop gekauft hatte. Und so, als müsste man meinen Geburtstag in diesem Jahr frühzeitig vorbereiten oder sicherheitshalber vorverlegen, begann Jasna, einen Luftballon nach dem anderen aufzupusten. Sie warf mir auch welche hin, doch ich wusste nichts damit anzufangen. Luftballons aufpusten, das hatte ich bis zu diesem Tag noch weniger beherrscht als pfeifen oder die Uhr lesen oder mir anständig die Schuhe binden. Als Erstklässler hatte ich es nicht für nötig gehalten, im Unterricht aufzupassen, als die Uhr drangekommen war, zuhause gab es überall Digitalanzeigen. Am Backofen, an der Mikrowelle, auf dem Funkwecker meiner Eltern, in deren Bett ich noch bis zur dritten Klasse allmorgendlich aufwachte. Meine Schuhe band ich immer so, wie mein Vater es mir gezeigt hatte, nachdem ich an der gängigen Variante mit dem Daumen kläglich gescheitert war: indem ich, viel simpler, zwei Schlaufen miteinander verknotete. Nie hatte ich verstanden, wieso ich es mir unnötig schwer machen sollte.

Dafür musste ich nun gute fünf bis zehn Sekunden auf das Zifferblatt der Küchenuhr starren, die etwas altmodische mit dem Gänsemotiv, um die angenommene Uhrzeit mit der Digitalanzeige am Backofen vergleichen zu können.

Wie man Luftballons aufpustet, ohne dabei ohnmächtig zu werden, das war mir jedenfalls immer ein Rätsel gewesen, bis Jasna es mir innerhalb weniger Minuten beibrachte. Als Nächstes wollte ich lernen, freihändig Fahrrad zu fahren. Oder zu jonglieren. Das Anschneiden einer Wassermelone. Einfach mit dem Messer durch die Mitte? Bald würde ich Bierflaschen mit einem Feuerzeug öffnen können oder mit den Zähnen. Kopfstand. Vielleicht würde ich sogar noch einmal die Welt verändern, dachte ich, aber so ein Kopfstand, das wäre auch etwas. Es gab noch viel herauszufinden.

Wir saßen in der Küche, zwischen zwanzig Luftballons, mehr gab es nicht. Der Hund freute sich und brachte den ersten Ballon zum Platzen. Nur ich war ziemlich erschöpft, es wollte keine Partylaune aufkommen. Da begannen Jasnas Finger bereits, nach der nächsten Aufgabe zu suchen, glitten über Äpfel im Obstkorb und landeten schließlich auf dem *On*-Knopf des Küchenradios. Amy Winehouse sang gerade davon, dass man sie zur *Rehab* schicken wolle, wurde dann aber von einer Eilmeldung unterbrochen: In Oslo sei eine Bombe im Regierungsviertel hochgegangen. Schnell schaltete Jasna das Radio wieder aus, als wäre die schlechte Nachricht damit rückgängig gemacht. Ich erschrak, als ein weiterer Luftballon zerplatzte.

Auch auf einer norwegischen Insel habe es Schüsse gegeben, hieß es am Abend in der *Tagesschau*, in einem Ferienlager der Jugendorganisation der sozialdemokratischen Partei. Es gebe Verletzte und einige Tote. Ein Terrorismusexperte spekulierte über einen islamistischen Anschlag.

Nachts träumte ich vom Haus meiner Eltern, das zur Hälfte in Schutt und Asche lag, als wäre es mittig auseinandergebrochen. Von dort, wo einmal ihr Schlafzimmer gewesen war, blickte ich in den Garten. Draußen stand der Hund, ich rief nach ihm. Die Wände waren weggerissen, von meinen Eltern fehlte jede Spur.

Am nächsten Tag, als Jasna wieder vorbeikam, war bereits bekannt geworden, dass es sich bei dem Attentäter nicht um einen Islamisten, sondern um einen norwegischen Rechtsextremisten handelte. Als Polizist verkleidet hatte er das Vertrauen der Jugendlichen ausgenutzt und das Feuer auf sie eröffnet, die Fliehenden verfolgt, Dutzende von ihnen regelrecht hingerichtet, bis er nach mehr als einer Stunde gestoppt werden konnte.

Ich nahm mir vor, von nun an keine Nachrichten mehr zu verfolgen. Von dieser Welt wollte ich lieber nichts mehr wissen. Wenn etwas wirklich Schlimmes geschah, wusste auch Jasna nicht weiter. Nicht in alles war irgendein Sinn hineinzulesen. Ich war froh, dass sie es gar nicht erst versuchte. Manchmal gab es keinen Trost.

Jasna hätte vom Vortag gelernt haben können, als wir wieder beisammensaßen und bis auf die jüngsten Ereignisse nichts Neues zu besprechen hatten. Doch wieder schaltete sie das Radio ein.

Amy Winehouse ist tot, sprach es, sie wurde siebenundzwanzig Jahre alt, Alkohol, Drogen, dann spielten sie *Back to Black*.

Club 27, sagte Jasna.

Das muss man erst mal hinkriegen, sagte ich.

Den Anschlägen in Norwegen waren 77 Menschen zum Opfer gefallen, und ich begann, kein Teil dieser Welt mehr sein zu wollen. Natürlich wollte ich leben. Aber losgelöst von allem, was außerhalb von mir selbst geschah. Alles kam mir verkommen vor, die Titelseite der Zeitung war eine tägliche Enttäuschung. Mein eigenes Leben war zur Enttäuschung geworden und mein Körper kurz davor, zu kapitulieren.

Wenn es stimmte, dass die Menschen mehr trennte als verband, wollte ich lieber nichts mit ihnen zu tun haben. Der Hund und meine Billionen Blutkörperchen brauchten ohnehin all meine Aufmerksamkeit.

Ich musste an Luise denken, die nicht einmal im Amazonas-Regenwald abgeschnitten war von der Außenwelt, sondern Bilder ihrer Reise auf Facebook teilte. Vielleicht brauchte sie diese Rückversicherung, dass es die Welt, die sie kannte, noch gab und sie dieser Welt mitteilen konnte, dass es sie selbst auch noch gab.

Nur noch selten schaute ich in mein E-Mail-Postfach, die Nachricht von Fernando war jedenfalls bereits ein paar Tage alt, als ich sie entdeckte.

Er entschuldigte sich dafür, erst jetzt zu schreiben, und fragte, wie es mir zwischenzeitlich ergangen sei. Berichtete, dass er sich selbst eher geschwächt gefühlt habe nach dem Seminar im Allgäu. Er empfahl einen Film und ein Buch zum Thema Selbstheilung und einen Hersteller für Nahrungsergänzungsmittel und schrieb, dass er hoffe, wir würden uns mal wiedersehen. Von Herzen wünschte er mir alles Gute.

Anstatt Fernando gleich zu antworten, loggte ich mich doch noch einmal bei Facebook ein. Diesmal fand ich sein Profil und schickte ihm eine Freundschaftsanfrage. Auf seinem Profilbild saß Fernando lächelnd unter einem Sonnenschirm, mit Sonnenbrille und Strohhut, das Jeanshemd weit aufgeknöpft. Ich klickte mich durch die Fotos, auf jedem sah Fernando anders aus. Mal reifer, als ich ihn in Erinnerung hatte, mal ganz jung im Schneidersitz am Rande eines hohen Aussichtspunkts. Ich war überrascht, als ich entdeckte, dass wir eine gemeinsame Freundin hatten: Su.

Su und ich trafen uns vor der Webcam. Ich saß in meinem Kinderzimmer, sie bei ihrer Tante in Seoul. Sie nahm mich mit auf den Balkon und zeigte mir den Ausblick über die Stadt. Sus Haare waren mittlerweile platinblond.

Was meinst du, soll ich sie abschneiden?, fragte sie.

Das fragst du mich, dein Ernst?

Ich zog meine Mütze vom kahlen Kopf.

Also – woher kennst du Fernando?, fragte ich.

Fernando, ach, den hab ich mal auf einem Rave in München kennengelernt, das war so schön. Am Ende sind wir noch nackig in die Isar gesprungen.

Hattet ihr was? Also miteinander?

Na ja, könnte sein, dass wir kurz geknutscht haben, gab Su zu und musste grinsen. Und woher kennst du den?

Ich erzählte ihr die Geschichte vom Schamanen, und Su war völlig fassungslos. So etwas hätte ich doch vorher mit ihr absprechen müssen, beschwerte sie sich, was da alles hätte passieren können. Notfalls hätte sie mich auch dorthin begleitet, wenn sie mich schon nicht hätte abhalten können, wenn sie doch nur wenigstens davon gewusst hätte. Da hatte ich längst bereut, ihr überhaupt davon erzählt zu haben.

Das hatte Jasna mir auch angeboten, sagte ich, mich zu begleiten. Ich wollte das aber alleine durchziehen.

Wer ist denn eigentlich diese Jasna, dass die so einen Einfluss auf dich hat?, fragte Su.

Jasna ist meine beste Freundin, sagte ich, ohne darüber nachzudenken. Von früher, schob ich schnell nach.

Du hast es ja überlebt, sagte Su, Glückwunsch, und verzog den Mund. Aber was für ein Zufall, das mit Fernando, sagte sie und lächelte im nächsten Moment wieder. Sag ihm mal liebe Grüße!

Zufall, das hätte Jasna nicht gelten lassen. Ich wünschte mir, dass Su recht behielt und alles nur Zufall gewesen war, bis dahin. Und nahm mir vor, nichts mehr dem Zufall zu überlassen, sobald die Haare wieder wachsen würden.

Und Linus, fragte Su mich vom anderen Ende der Welt, was ist mit dem?

Das mit Linus, liebe Su, erzähl ich dir ein andermal.

Ich komm zu deiner Party, versprach sie noch, das wird toll!

Mal schauen, ob es überhaupt eine Party wird, sagte ich und stellte mir Su und Jasna nebeneinander vor, mit Partyhütchen, zwischen meinen Eltern, Oma und dem Hund.

Bevor ich den Laptop zuklappte, klickte ich mich noch mehrmals durch Fernandos, dann noch durch Linus' Fotos. Ich habe keine Zeit mehr für dieses Internet, dachte ich, es stand für alles, was ich zu diesem Zeitpunkt nicht haben durfte. Es lockte mich, nährte, was ich hinter mir zu lassen versuchte: den Wunsch, doch ein Teil von etwas zu sein. Mein Hoffen und mein Bangen.

Am nächsten Tag war das Internet tot. Papa startete den Router mehrmals neu, wollte beim Anbieter anrufen, bemerkte dann aber, dass auch das Telefon tot war.

Es gebe eine Störung, sagten sie ihm, als er übers Handy anrief, wie lange sie anhalte, sei schwer vorauszusagen.

Zufall, Schicksal, mir egal, dachte ich. Die Taube im Baum war zurück, zuerst blinzelte ich ihr verschwörerisch zu, dann versuchte ich, sie zu ignorieren.

Meint ihr, das ist die Taube, die ich früher immer gefüttert habe?, fragte ich meine Eltern beim Abendessen.

Als Kind hatte ich regelmäßig eine Taube mit Maiskörnern versorgt, bis sie Vertrauen gefasst und mir aus der Hand gepickt hatte. Mittlerweile müsste sie uralt sein, dachte ich, aber Tauben waren doch bestimmt widerstandsfähig.

Nein, sagte Papa, die war irgendwann so fett, die hat der Habicht geholt.

Auch die Kois, die Jahre zuvor noch zahlreich im Gartenteich geschwommen waren, hatten mir aus der Hand gefressen. Ich mochte das Gefühl ihrer glitschigen Fischmäuler, wenn sie meine Fingerkuppen erwischten. Mein Lieblingskoi war einer, der wie ein Gespenst aussah, *Ghost*. Er wurde vom Reiher geholt, eines Tages, die anderen gingen erst drauf, als der gesamte Teich umkippte.

Das muss alles neu gemacht werden, sagte Papa im Garten. Diesmal hatte er ein größeres Schneidewerkzeug zur Hand.

Du musst zuerst dran glauben, mein Freund, sprach er, so hoffte ich, zum Bambus und gab immer wieder Schnalzlaute von sich, als würde er in Geheimsprache kommunizieren.

Ich war gar nicht sicher, ob Papa bemerkt hatte, dass ich nur ein paar Meter entfernt von ihm im Schatten lag, aber es war auch nicht ungewöhnlich, dass er kommentierte, was er tat oder zu tun vorhatte.

Taube und Hund wussten genau, wo ich war. Der Hund legte mir eine angenagte Birne auf den Bauch. Als er mich voller Erwartung anschaute, wurde mir klar, dass auch sein Schicksal besiegelt war: Er hatte mir schon immer aus der Hand gefressen.

Aus der Nähe sahen meine Eltern verändert aus. Ihre Haut wirkte weicher als früher, die Hände und Gesichter waren faltiger geworden. Ich bemerkte es mit einer Verwunderung, als wäre mir bis dahin nicht bewusst gewesen, dass die beiden mit den Jahren nicht jünger wurden. Als hätte ich nicht registriert, dass mein Vater seit einiger Zeit eine Brille trug, einen Bauch ansetzte, trotz seiner grundsätzlich schmalen Statur, den schlanken Beinen, dass auch sein Haar weniger wurde und weiß. Meine Mutter war dazu übergegangen, ihres einmal monatlich nachzufärben. Statt einer Brille trug sie Kontaktlinsen, was ich nicht gewusst hatte, bis ich sie vorm Badezimmerspiegel damit hantieren sah. Sie hatte sich gut gehalten, das konnte man zu Recht sagen.

Schön, dass es meine Eltern noch gibt, zu zweit, dachte ich. Wenn sie schlafen gingen, blieb ich meistens noch wach, und wenn sie aufstanden, blieb ich noch liegen. Wir verpassten uns den halben Tag, trafen uns vielleicht mal im Vorbeigehen, das Haus war groß genug dafür.

Als hätten sie mit meiner Wiederkehr gerechnet, hatten sie in meinem Zimmer nichts verändert, nicht einmal die Kinder- und Jugendbücher verschenkt. Nur das Märchenbuch war verschwunden. Ein richtiges altes Märchenbuch, noch aus der Kindheit meines Vaters, er hatte mir daraus vorgelesen.

Abends saßen sie da, die Eltern, oder lagen, sahen fern, lösten Sudokus, Papa spielte Golf auf seinem neuen Smartphone. Mama fragte, ob er ihr den Nacken massieren könne. Meistens redeten sie nicht viel, aber ich war auch nicht sicher, ob es etwas zu sagen gab, was sie für sich behielten.

Langsam, aber sicher verlor ich meinen Geschmackssinn und mit ihm den letzten Rest meines Appetits. Von da an schmeckte alles nach Pappe, mich verlangte nach nichts. Was mir angeboten wurde, lehnte ich immer konsequenter ab.

Ein bisschen was essen musst du aber!, sagte meine Mutter und kochte mir Suppe, weil ich bei Suppe noch am wenigsten das Gefühl hatte, etwas zu essen.

Suppe im Sommer, im Hochsommer, schon August. Von hier aus war das Ende der Therapie abzusehen, eigentlich, doch mit jedem Abstreichen eines Tages im Kalender schien sich der nächste nur zu verlängern. Oft schaute ich grundlos auf die Uhr, als hätte ich noch irgendetwas vorgehabt. Nur um sicherzugehen: Ja, doch, die Zeit lief und verging noch. Das Leben ging weiter.

Während der Infusionen hatte ich schon lange nichts mehr hinunterbekommen. Ein halbes Glas Wasser, höchstens, aber niemals das aus dem Krankenhaus, Mama nahm für mich eine eigene Flasche mit. Sobald ich eine bestimmte Mineralwassermarke bei der Chemo dabeigehabt hatte, wurde sie aussortiert. Als wäre die Klinik mit ihrer desinfizierten, trockenen Luft nicht nur in die mitgebrachte Flasche, sondern gleich in alle weiteren, noch verschlossenen Flaschen des Herstellers hineingekrochen, brachte ich es nicht mehr über mich, auch nur noch einen Schluck daraus zu trinken. Es schüttelte mich allein beim Gedanken daran, mehrmals musste ich ausspucken. Ich verbuchte das als rein körperliche Reaktion.

Kotzen musste ich nicht. Fast wartete ich darauf. Kotzen und Glatze, so hatte ich mir eine Chemotherapie vorgestellt. Das bisschen, was ich noch zu mir nahm, behielt ich bei mir. Der Ekel, mein Kloß im Hals, hob sich aufwärts, zwischen Speiseröhre und Gaumenzäpfchen blieb er hängen und begleitete mich.

Ich behielt es für mich, dass mein Geschmackssinn schwand. Dr. Mittag sollte nichts davon erfahren. Nicht, dass sie wieder an den Zytostatika schraubte, eine weitere Dosis verringerte und am Ende noch meinen Erfolg verhinderte.

Was nützt mir ein Patient, der nicht mehr isst?, hatte ich sie schon sagen hören, allerdings nur in meinem Kopf.

Den sechsten Zyklus ertrug ich wie alle vorherigen. Längst war ich abgestumpft, verpasste es, den Mann hinter der Informationstheke im Eingangsbereich zu grüßen, wenigstens flüchtig. Es war mir egal, ob meine Lieblingsschwester den Port anstach oder irgendeine. Den Einstich spürte ich kaum noch.

Dankbarkeit. Sollen sie doch einfach ihren Job machen, dachte ich. Mein Job war es, diese Situation, meinen Zustand auszuhalten, zu nichts anderem war ich mehr fähig. Demut. Sie mussten sich nicht an mich erinnern, diese Schwestern oder Pflegerinnen, sie sollten nur nichts durcheinanderbringen, nicht vergessen, mir meine Beutel anzuhängen, und zwar die richtigen, in der richtigen Reihenfolge. Ich konnte sie auswendig. Hatten wir beim letzten Mal nicht mit der gelben Flüssigkeit begonnen? Beinahe wäre ich misstrauisch geworden. Doch da hatte ich mich längst schon in mich selbst zurückgezogen.

Mein Belohnungssystem klingelte immer seltener, und wenn, dann leiser als früher. Am ehesten gelang es mir noch, mich zu freuen, wenn etwas Unerwartetes passierte, alles Eingeübte war bereits abgeschrieben. Also versuchte ich, mir beizubringen, mich bereits über das Gefühl der Überraschung an sich zu freuen, unabhängig davon, ob der Anlass etwas meinem Empfinden nach Erfreuliches oder Unerfreuliches war. Ich freute mich einfach, dass etwas passierte, wenn es auch nur ein bisschen was war – und auch nur ein bisschen Freude. Nicht bei jeder von meiner Mutter erfundenen Suppe, nicht bei allem, was mir der Hund brachte, wollte es gelingen.

Die Gleichgültigkeit hatte sich blickdicht über mich gestülpt, doch manchmal war ich fähig, ihr einen kleinen Riss zuzufügen, der ein unerwartetes Lachen sein konnte, ein Erstaunen darüber, dass eines Abends anstatt dieser aufdringlichen Taube eine

Eule im Baum saß. Und ein Vergnügen daran, wie mein Vater versuchte, in improvisierter Eulensprache mit ihr zu kommunizieren. Ich nannte meinen Vater einen Kauz. Die Eule gab ihm Antwort.

Meine kindliche Angst fiel mir ein, meine Angst vor dem unwahrscheinlichen Ereignis, sich in ein anderes Wesen zu verwandeln, die eigene Existenz zu verlieren.

Papa, was würdet ihr machen, wenn ich ein Hund wäre?, hatte ich meinen Vater einmal gefragt, ich weiß nicht, ob ich da bereits zur Schule ging. Und ich ließ nicht locker: Aber was, wenn ich dann im Garten stehen würde und nicht sprechen könnte? Wenn ich aber versuchen würde, dir als Hund zu zeigen, dass ich dein Kind bin? Dass ich eigentlich gar kein Hund bin? Dass ich *ich* bin, nur eben als Hund?

Wir würden uns gut um dich kümmern, hatte Papa gesagt.

Ja, aber was, wenn ich als Kind dann nicht mehr da wäre? Wenn da plötzlich der Hund wäre und ich als Kind weg, aber der Hund da, und ich würde immer so gucken, als ob ich euch was sagen wollte?

Wir würden dich erkennen.

Und dann war da noch die Fledermaus. Als erbärmliches Häufchen Elend hatte sie eines Morgens auf der Terrasse gelegen, vor den Füßen meines Vaters, der sie sich schnappte, bevor es der Hund tat. Und ich freute mich. Nicht weil unklar war, ob sie den Tag überleben würde, sondern darüber, dass sie da war und noch atmete. Ich freute mich, dass Papa sie nicht mit voller Wucht gegen die Hauswand geworfen hatte, um sie vor unnötigem Leid zu bewahren. Er setzte sie in den Bambus, an dem sie sich festkrallte, kopfüber hing sie da, das schien noch zu funktionieren.

Komm schnell her, schrieb ich Jasna, *es gibt hier ein neues Tier und evtl. nur kurz!*

Keine halbe Stunde später hockten wir zu zweit vorm Bambus und beobachteten, wie Tutulla sich von Zeit zu Zeit putzte, an ihren Flügeln nagte und sie beeindruckend weit aufspannte.

Auf jeden Fall ist das eine Tutulla!, war Jasna sich sicher.

Zum Glück war dieser Bambus so schnell nicht auszurotten.

An Tag eins nach Zyklus sechs von acht kam das Fieber zurück. Mir war heiß, ich fühlte mich niedergeschlagen, wollte nur noch schlafen, doch bereits bei erhöhter Temperatur sollte ich umgehend das Krankenhaus verständigen.

Zuvor wollte ich aber ganz sicher gehen, nachdem Mama meinen Fieber-Verdacht zuerst mit der Hand, dann mit ihrer Stirn an meiner bestätigt hatte. Doch auch die geteilte Ahnung sollte überprüft werden, mit dem Fieberthermometer erst in der Achselhöhle, dann unter der Zunge, und da ich es ganz genau wissen wollte und die Hoffnung nicht aufgab, steckte ich es mir zuletzt in den Po. Mit jeder Messung steigerte sich das Ergebnis und lag schließlich bei 38,5. Kein Grund zur Panik, dachte ich, doch Mama sagte: Rufst du an oder soll ich?

Ich rief an, in Dr. Mittags Sekretariat, und gab der Assistentin meine Körpertemperatur durch. Sie bat mich, direkt in die Notaufnahme zu kommen.

Muss das sein?, fragte ich. Wir wären fast eine Stunde unterwegs. Wäre es nicht besser, ich würde mich ausruhen?

Wenn Ihre Temperatur sich in einer halben Stunde bis Stunde nicht normalisiert hat, kommen Sie bitte sofort her.

Nach einer Stunde waren es 38,8, diesmal hatte ich gleich im Po nachgemessen.

Mama hatte mich bereits an den drei vorherigen Tagen nach Heidelberg gefahren, erneut stiegen wir ins Auto.

Während der Wartezeit in der Notambulanz versuchte ich mir beizubringen, mit nur wenigen Sekunden Verzögerung die Zeit der analogen Uhr abzulesen, doch die Zeiger verschwammen vor meinen Augen. Uns gegenüber saß eine Großfamilie, zehn, zwölf Menschen, zwischendurch schienen sie sich gegenseitig abzulösen. Eine ältere Frau blieb und weinte, ein Mädchen nahm sie in den Arm, um wen es eigentlich ging, konnte ich nicht herauslesen.

Irgendwann wurde ich aufgerufen und in ein Behandlungszimmer gebracht. Eine junge Assistenzärztin untersuchte mich und verschrieb mir ein Antibiotikum.

Ist das wirklich nötig?, fragte ich.

Ja, sagte sie, zumindest wenn Sie Ihre Therapie planmäßig beenden wollen.

Als wir am frühen Abend wiederkamen, war Papa schon zuhause.

Was macht Tutulla, fragte ich ihn, geht's ihr gut?

Ich hab sie zu einer Auffangstation gebracht, sagte er, die kennen sich da besser aus.

Meinst du, sie schafft es?

Ich bin mir nicht sicher, sagte Papa.

Und ich war nicht sicher, ob er die Geschichte nur erfunden und Tutulla längst im Restmüll entsorgt hatte.

In den folgenden Tagen nahm ich brav mein Antibiotikum,

drei volle Tage verpasste ich, ich verschlief sie auf der Couch, in eine Wolldecke gewickelt im August. In Gedanken hing ich kopfüber im Bambus, ich betete für eine Fledermaus.

Glücklicherweise war ich wieder unter den Lebenden, als Linus anrief. Ohne zu zögern, ging ich ran.

Hey, wie geht's dir?, fragte er. Tut mir leid, dass ich einfach so anrufe, aber ich wollte mal wissen, ob du alles gut schaffst.

Ich weiß nicht, sagte ich. Also – ich lebe noch.

Und bist du noch mutig?, fragte Linus. Hast du noch Lust aufs Leben?

Ja und nein, sagte ich. Beides. Ich bin so mutig, wie ich kann. Und ich hab keine Lust mehr auf das Leben, das ich jetzt gerade führe. Aber schon auf eins, das ich führen könnte, wenn alles überstanden ist.

Okay, du bist noch der Alte, sagte Linus und lachte.

Nein, bin ich nicht. Wie geht's dir?

Gut. Es geht mir gut. Er räusperte sich, sagte: Sebastian, ich hab jemanden kennengelernt.

Dazu fiel mir nichts ein.

Ich wollte dir das einfach kurz mitteilen, teilte Linus mir einfach kurz mit, damit du das von mir erfährst und nicht von Su oder deiner Mitbewohnerin oder Facebook oder –

Aha, sagte ich, herzlichen Glückwunsch.

Danke, sagte Linus. Und ich will mich auch dafür bedanken, dass du mir kurz gezeigt hast, wer du bist. Das hat mir viel bedeutet, das wollte ich dir noch sagen.

Ich würde jetzt lieber auflegen, sagte ich.

Und legte auf.

Etwas kaputtmachen wollte ich, etwas Kostbares zerstören. Wenigstens das Papageien-Bild von der Wand reißen und durchs Treppenhaus hinabwerfen in den Keller. Oder gleich die Modelleisenbahn-Landschaft plattmachen. Wenigstens die grüne Unterhose in Fetzen reißen, die Linus liegen gelassen hatte, sie im Entenweiher ertränken. Mein Buch wollte ich zurückhaben, auf der Stelle, *Orlando*. Ich wischte mir das Augenwasser weg, das sind keine Tränen, dachte ich, ich war nicht traurig, wollte es wenigstens nicht sein. Also nahm ich all meine Wut zusammen und den Hund an die Leine, gemeinsam gingen wir in den Wald. Nie wieder würde ich jemanden kennenlernen wollen, da war ich mir sicher.

Im Wald sang ich ein Lied, das Hänsel und Gretel in einer uralten *Hänsel-und-Gretel*-Verfilmung sangen, die ich als Kind gemeinsam mit Jasna angeschaut hatte. Ich konnte mich an kaum mehr als an die folgende Zeile erinnern: *Ich – ich – ich – ich – habe keine Angst.*

Für einen Moment hatte ich wieder vergessen, dass das Universum keine Verneinung verstand.

Ich will nie wieder jemanden kennenlernen und erklären müssen, wer ich bin. Oder wer ich einmal war, früher, bevor das Gift kam und mich zerstörte oder erneuerte, ab- und wieder aufbaute. Jedenfalls will ich mich niemals rechtfertigen müssen für meine Launen oder Ängste oder meinen Musikgeschmack.

So etwas muss ich gedacht oder gesagt haben zum Hund im Wald oder zu Jasna im Garten oder zu Su am Telefon oder zu mir selbst im Spiegel oder überall und zu allen nacheinander.

Welchen Musikgeschmack meinst du?, fragte Su am Telefon. Hattest du jemals einen?

Sie war wieder aus Südkorea zurück.

Aber wenn ich diesen Jungen hier erwische, mit seinem neuen Boy, dann breche ich beiden die Beine, okay?

Gut, sagte ich, das ist lieb. Du kannst dann aber ruhig auch den Rettungswagen rufen, wenn sie schlimm wimmern.

Sollten sie das tun, sagte Su, dann trete ich einfach noch mal kräftig nach.

Sie versprach erneut, zu meiner Geburtstagsfeier zu kommen. Ich zählte die Tage, es waren noch 22. Mein Geburtstag war am ersten September, dem letzten Tag meiner Therapie.

Jasna hielt es für meine nächste große Aufgabe, Linus zu verzeihen. Auch daran würde ich wachsen, war sie sich sicher. Doch keine ihrer Vergebungsübungen konnte mich aus meiner Krise heben, die hauptsächlich darin bestand, dass ich nur daliegen und Löcher in den Himmel starren wollte und irgendwann nur noch in die Holzdecke meines Zimmers, das ich zum neuen Zentrum meiner Lethargie erklärt hatte.

Nur einmal blätterte ich im Gedichtband von Ingeborg Bachmann, *du lachst und weinst und gehst an dir zugrund, was soll dir noch geschehen – Erklär mir, Liebe! ... Erklär mir, Liebe, was ich nicht erklären kann –*

Da stand mein Vater in der Tür. Er trug einen alten Kittel und in der einen Hand den Henkel eines Farbeimers, Alpina. In der anderen Hand diverse Pinsel.

Alte Zeitschriften zum Auslegen gibt's hier ja genug, oder?, fragte Papa, und ich verstand.

Gemeinsam würden wir die hellblaue Wand anstreichen und dabei gleich das seit meiner Kindheit herrschende Zettelwirtschaftssystem stürzen, das ich in meinen Jugendjahren selbst eingeführt und in dem ich es mir nun erneut gemütlich gemacht hatte. Auf einmal bekam ich die Chance, Teil einer Revolution gegen mich selbst zu werden. Allein aus diesem Grund musste ich endlich einmal aufstehen. Ich zog Mamas weiße Jogginghose an, die war alt genug, meine Adidas-Jacke und die Schlumpfmütze.

Mit einem Spachtel kratzte ich das Himmelblau samt Tapete von der Wand, bis auf die nackte Grundmauer. Weiß strichen wir sie an, Papa und ich, in mehreren Schichten. So sauber und genau ich konnte, malte ich um abgeklebte Bodenleisten und Steckdosen. Alles sollte perfekt werden.

Den Großteil der Stapel alter Zeitschriften hatten wir in Wäschekörbe gepackt und an die Treppe gestellt. Für mich waren sie zu schwer, und Papa, schätzte ich, würde sie bestimmt auf direktem Weg zum Altpapier tragen. Ich selbst hätte das nie übers Herz gebracht, wollte mich angesichts dieser einmaligen Gelegenheit aber auch nicht querstellen. Würde ich am Ende doch draufgehen, dachte ich, brächten meine Eltern es bestimmt nicht mehr übers Herz, meinen ganzen alten Scheiß wegzuschmeißen.

Abends ließ ich mich erschöpft auf die Couch fallen, dort verbrachte ich die Nacht. Doch der Geruch der frischen Wandfarbe zog sich durchs ganze Haus. Tief atmete ich ihn ein.

Am Morgen weckten mich Papas Schritte auf der Treppe, sieben nach sechs, zum siebten Zyklus. Ich hatte völlig vergessen gehabt, mir den Wecker zu stellen. Gerade war ich wieder zum Menschen geworden.

Zu Behandlungstag zwei von drei in Zyklus sieben von acht brachte mich Jasna. Diesmal waren wir tatsächlich so früh dran, dass ich mich überreden ließ, sie noch vor meiner ersten Infusion wenn auch nicht in den Zoo, so doch zumindest in den Botanischen Garten zu begleiten, der gleich neben der Klinik lag. Wir setzten uns auf eine Parkbank, auf der ich schon einmal mit Mama gesessen hatte, an meinem ersten Tag an diesem Ort. Zwischen beschilderten Büschen, mächtigen Bäumen, viel Farn und dem Plätschern eines Wasserlaufs erzählte Jasna mir davon, dass wir, sobald es mir wieder gut gehe, gemeinsam verreisen würden. Nicht irgendwohin, nein, nach Peru, zu Don Gustavo in den Dschungel. Sie habe bereits alles recherchiert, all inclusive sei sogar mehr oder weniger bezahlbar, zumindest wenn man gegenrechne, dass wir den aktuellen Sommer zuhause verbrachten.

Aber was soll ich beim Schamanen?, fragte ich. Ich dachte, ich bin schon gesund.

Ja, natürlich, sagte Jasna, und wenn du eine Reha an der Ostsee vorziehst, ist das auch okay. Da kannst du dann mit den Rentnerinnen auf den Trimm-dich-Pfad, das wird sicher nett.

Hippuris vulgaris, las ich laut von einem Schild ab, das vor dem Ufer des Tümpels in der Erde steckte, *Gewöhnlicher Tannenwedel*.

Ich bin auch schon alleine auf den Machu Picchu geklettert, sagte Jasna, und ich spring auch gerne ohne dich in den Titicacasee.

Froschlöffel, las ich vor, und Jasna sagte: Guck mal, da oben.

Da oben im Baum saß ein Vogel, der wie ein Papagei aussah. Leuchtend gelb und saftig grün, gebogener Schnabel in kräftigem Rot.

Das ist ein Papagei, sagte Jasna.

Es gibt hier aber keine Papageie, sagte ich.

Jetzt erklär das mal dem Papagei.

Ich pfiff ihm zu, dabei konnte ich doch eigentlich gar nicht pfeifen. Weder Jasna noch der Papagei wirkten irritiert oder sonderlich beeindruckt, weshalb ich die Sache nicht weiter thematisierte. Wir mussten ohnehin los, zum ersten Mal würde ich nicht pünktlich zum Therapiebeginn dastehen. Also ließ ich den Papagei einen Papagei sein und *Helleborus foetidus* eine *Stinkende Nieswurz* aus der *Familie der Hahnenfußgewächse*. Hundsrosen hatte ich keine entdeckt.

Auf dem Weg zur Tagesklinik hielt ich wieder Ausschau nach Dr. Mittag. Wie gerne hätte ich sie einmal außerhalb ihres Sprechzimmers getroffen, in einer weniger angespannten Situation. Wenigstens einmal im Vorbeigehen, doch vermutlich kam sie nie aus ihrem Zimmerchen heraus, Tag und Nacht saß sie dort und rettete Leben, nickte, wenn überhaupt, nur zwischendurch mal ein. Sie wachte über mich, während ich vor mich hin vegetierte, am Tropf hing.

An diesem Tag war mein Fensterplatz belegt, von einer Frau im Alter meiner Mutter. Ich überließ ihr den Platz gerne, bestieg eine andere Liege, schloss meine Augen und tagträumte vom Papagei, stellte mir vor, wie er auf meiner Schulter landete und sitzen blieb, bis ich die letzte Angst verlieren würde. Deutlich konnte ich seine Krallen auf meinem Schlüsselbein spüren. Immer bewusster träumte ich mich an den Wasserlauf im Botanischen Garten zurück oder gleich in den Amazonas-Regenwald, bis mein Bewusstsein zum Traum verschwamm, zwischen Wasserlinsen und Sumpfdotterblumen, Froschlöffel- und Hahnenfußartigen.

Während der Inhalt des letzten Infusionsbeutels am letzten Behandlungstag des vorletzten Zyklus in meinen Port floss, rief Su an, mehrmals.

Auf der Rückfahrt, mit Mama im Auto, rief ich zurück, und Su sang *Happy Birthday*.

Schön, sagte ich, aber wer hat Geburtstag?

Du, oder?, fragte Su. Oder nicht? Hattest du schon?

Ich hab in zwei Wochen, sagte ich. Am ersten September.

Fuck! Nein! Da sitze ich im Flieger nach Istanbul.

Schade, sagte ich, mehr fiel mir nicht ein.

Ich komm dich am Wochenende besuchen, okay?, schlug sie vor.

Am Wochenende muss ich mich ausruhen. Komm doch nächste Woche vorbei, bevor du fliegst.

Su entschuldigte sich und fluchte, bis ich ihr versicherte, ihr bereits verziehen zu haben.

Nur ein einziges Mal und obwohl ich To-do-Listen ablehnte, schrieb ich eine To-do-Liste, aber nur weil ich mich meinen Feinden stellen wollte. Ich überschrieb sie mit *Zu-tun-Liste*. Darunter notierte ich einige Punkte, Dinge, die ich noch vorzuhaben glaubte.

In Ruhe las ich meine Vorhaben durch, dann strich ich sie nacheinander aus. Ich legte die Liste unter einen Stapel von Kritzeleien aus meiner Grundschulzeit, die in der Schublade meines Schreibtischs darauf warteten, von mir wiedergefunden und mit einem Gefühl der Freude oder Sentimentalität verbunden zu werden, um auch diesen Zettel irgendwann einmal wiederfinden und gerührt sein zu können. Dann stellte ich mir meine Mutter vor, wie sie die Liste finden würde, nach meinem verfrühten Ableben. Schließlich kramte ich den Zettel wieder aus der Schublade und riss ihn in so kleine Stücke, dass ich nicht einmal meiner Mutter die Geduld zutraute, die Papierschnipsel wieder komplett zusammenzusetzen.

Um ganz sicherzugehen, brachte ich den Papierkorb zur Mülltonne hinters Haus und drapierte ein paar Werbeprospekte so, dass man die Schnipsel darunter nicht erkennen konnte. Ich fühlte mich zwar leicht paranoid, aber auch erleichtert und überlegte, was als Nächstes zu tun war.

Den restlichen Tag über hing ich auf dem Sofa und döste vor mich hin, wie meistens. Der Fernseher lief, aber nur noch ohne Ton. Ich schaute nicht einmal mehr die Bilder an. Selbst über *Die Simpsons* konnte ich seit einiger Zeit nicht mehr lachen. Fast alles war mir zu viel geworden.

Meine Eltern riefen nach mir, spät am Abend. Als ich das Badezimmer betrat, war es stockdunkel. Vorsichtig tastete ich mich zum Fenster. Da standen sie und schauten nach Sternschnuppen. Schwarz hing der Himmel über dem Garten, über benachbarten Wohnhäusern, Feld und Wald.

Mein Vater verkündete, er habe bereits vier Stück gezählt. Im Dunkeln suchte er nach seinem Schlafanzug. Ich wartete, glotzte wie blöde in den Himmel, doch nichts geschah. Irgendwann sahen wir eine, die mickrig war und so schnell verglüht, dass man Sekunden später nicht mehr sicher sein konnte, ob es wirklich eine gewesen war. Mama, euphorisch wie ein Kind, verpasste es, sich etwas zu wünschen. Ich lachte sie aus, bemerkte dann aber, dass ich mir selbst nichts gewünscht hatte, ärgerte mich und wartete auf die nächste. Minuten vergingen, ich stand da und starrte, meine Eltern sagten Gute Nacht.

ACHT UND
ENDLICH

Für jede Wimper, die mir ausging, erfand ich einen Wunsch.
Meistens banale Wünsche. Banale Wünsche wie: Eine Banane
bitte. Und schon lag eine im Obstkorb. Bananen, das einzige
Obst, das ich noch aß. Oder: Bitte einmal Regen, nur einmal, wenigstens. Die Sonne kannte kein Erbarmen. Ich vermied ernst-
hafte Wünsche. Stattdessen wünschte ich, Oma möge im Lotto
gewinnen, den Jackpot knacken. Wir alle sehnten uns nach guten Neuigkeiten. Außer der Hund, dem war der Wald Freude
genug. Auch ich hatte gelernt, die Schönheit des Entenweihers
erkennen zu können.

Einmal war der Hund ganz aus dem Häuschen, als das Stöckchen, das ich ihm geworfen hatte, auf der Insel in der Mitte des
Weihers gelandet war. Nicht einmal er hatte mir einen solchen
Wurf noch zugetraut. Aufgeregt sprang er mal in die eine, mal in
die andere Richtung ums Wasser herum, dann hinein, aber weder kam er auf die Idee, zur Insel zu schwimmen, noch konnte er
einen guten Ersatz finden.

Also kletterte ich über das kleine Türchen, schlängelte mich
unter dem querliegenden Ast und zwischen dem Gestrüpp hindurch, überquerte langsam die schmale Brücke, stellte mir bei
jedem Schritt vor, genau in dem Moment einzubrechen, mor-
sches, moosbewachsenes Holz, feucht, glitschig, Achtung, rut-
schig. Doch die Bretter brachen nicht.

Vom Ufer aus verfolgte der Hund jeden meiner Schritte auf der Insel. Er glotzte, als wäre ich der Besuch aus einer fremden Galaxie, also so, wie ich mich jeden Morgen im Spiegel ansah. Natürlich wusste ich nicht, welcher Stock der Stock war, den ich zuvor zu weit geworfen hatte. Aber es gab so viele, diesmal warf ich dem Hund gleich zwei.

Es sollte immer mehr als eine Möglichkeit geben, dachte ich, mehr als eine Chance und Wahrheit, auch für den Hund.

Auf dem Heimweg sagte ich zu ihm: Du bist eine Hündin und hast einen Namen, ich nenne dich aber Hund. Schon immer.

Und für ihn oder sie war es völlig okay.

Meine Eltern nannten mich Schlumpf, auch das ging in Ordnung. Dabei war meine Mütze grau und nicht weiß. Und mein Gesicht gelb und nicht blau. Dabei war ich ein Mensch und hatte einen Namen. Doch wer dich einmal getauft hat, schreckt nicht davor zurück, es immer wieder zu tun: Spatz. Liebling. Kind. Großer. Schlumpf.

Sie waren die tapfersten Eltern. Mama weinte nicht mehr so oft, und wenn, dann aus Erleichterung, das redete ich mir zumindest ein. Papa weinte nicht – oder so, dass es keiner bemerkte. Manchmal bekam er einen knallroten Kopf, meistens ging er damit vor die Tür. Nie habe ich ihn erwischt, weder beim Schreien noch beim Weinen im Wald.

Früher hatte Papa dort mit der Steinschleuder auf Spatzen gezielt. Und Mama war als Kind einmal einem freundlichen Herrn begegnet, der sich als Käfersammler ausgegeben hatte. Sie hatte ihm gerade noch entkommen können. Ich stellte mir meine Eltern vor als Kinder an diesem Ort.

Spatz, immer noch besser als Spast. So wie früher in der Schule: Basti-Spasti.

Ich wehrte mich nicht mehr dagegen, wenn Jasna mich Basti nannte.

Es gibt immer mehr als eine Möglichkeit und niemals nur eine Wahrheit, und jede Entscheidung ist die richtige.

Für einen Moment hatte das Sinn ergeben, in meinem Chemo-Schädel, kurz bevor das alte Tastentelefon auf der Holzmaserung des Wohnzimmertischs zu scheppern begann.

Noch so ein Wort von dort, wo ich herkomme: scheppern. Oder: rappeln.

Jasna rief an, wie immer. Täglich rappelte es oder dudelte, wenn sie es übers Festnetz versuchte. Manchmal überließ ich ihre Anrufe dem AB.

Rappeln, um 12 Uhr 48. Obwohl mir beide Ziffern der Minutenanzeige nahelegten, es nicht zu tun, nahm ich ab.

Abgenommen hatte ich. Die Digitalanzeige der Waage im Badezimmer versicherte mir eine glatte 55.

Ein paar Tage zuvor waren es noch 55,5 gewesen. 55,5 – darin hatte ich den Anfangsbuchstaben meines Vornamens gelesen und leise durch die Zähne gezischt: Ss-s.

55, das war ich in Kilogramm.

Nackt und haarlos stand ich auf der quadratischen Glasoberfläche der Waage. Welche weitere Wahrheit sollte darauf noch Platz haben?

Die verschwundenen 500 Gramm waren bestimmt ein wahrhaftiges Pfund Tumormasse gewesen.

Ich begann zu verwesen. Meine Daumennägel waren kurz davor, aufzugeben. Abzublättern. Rauszurutschen. Krümelten. Das Nagelbett roch säuerlich. Von den Zehennägeln mal ganz abgesehen. Ich zerbröselte. Schuppte.

Eine Wimper, ein Wunsch: Bis zum Geburtstag sollen sie halten, die Nägel. Bitte. Nicht noch die Nägel. Nur die Daumennägel noch, wenigstens, nur bis zu meiner Feier.

In meinem Bett roch es säuerlich in der Nacht und am Morgen. Jede Nacht zehn Stunden Schlaf, weit in den Tag hinein. Aufwachen, starren. Frische Luft, noch so ein Wunsch, das Fenster weit aufreißen. Ich blieb aber liegen. Regte mich nicht.

Bei mir regte sich nichts mehr. Meine morgendliche Erektion war die Sensation des Tages. Ich wartete, bis die Schwellung abgeklungen war, und schlich Richtung Klo.

Keine feuchten Fieberträume mehr. Keine Träume, kein Fieber mehr, kein Antibiotikum. Nur noch nichts, mehr verlangte ich nicht. Anstatt zu schreiten, taumelte ich. Stellte mir mein Schweben vor, tief im Bauch ein Anflug von Euphorie, ein kurzer Kitzel, klitzeklein. Verflogen. Ich blieb am Boden, ich schrumpfte, schlumpfte, ich hatte begonnen, mich aufzulösen. Wann würde ich damit aufhören?

Ich legte den Krebs-Wälzer weg, den Jasna mir mitgebracht hatte, und behauptete, andernfalls mit jeder gelesenen Seite ein bisschen mehr Gefahr zu laufen, mich eigenhändig mit dem Buch zu erschlagen. Es war allerdings so dick und schwer, ich hätte nicht einmal die nötige Kraft aufbringen können. Ich gab es Jasna zurück und sagte: Lies du doch erst mal, und falls da auch was Lustiges drinsteht, lies es mir gerne vor.

Jasna stiegen in den unpassendsten Momenten die Tränen in die Augen, und sie versuchte, sie unbemerkt hinunterzuschlucken. Doch dafür kannten wir uns zu lange. Diesmal bewarf ich sie mit einer Packung Taschentücher und traf sie an der Stirn. Sie schnäuzte sich nur und sagte: Danke. Ist gar nicht schlimm, ist gut, wenn's rauskommt.

Wir saßen im Garten, im Schatten, was für ein Sommer, und ich sortierte eine weitere Mineralwassermarke aus. Meine Mutter stellte uns eine Schüssel Stachelbeeren hin, frisch gepflückt, Papa und sie waren zu leidenschaftlichen Beerensammlern geworden. Jetzt waren es also Stachelbeeren, die mich retten sollten, so weit waren wir schon, bestimmt konnten die es mit den restlichen Krebszellen aufnehmen. Doch ich konnte nicht mehr. Ein Ekel überkam mich allein beim Gedanken an alles Frische, Gesunde. Bei mir hilft, dachte ich desillusioniert, nur noch Schulmedizin.

Ab jetzt will ich nur noch Pommes, hatte ich einmal zu Mama gesagt. Frittiert mir einfach alles, dann krieg ich es schon runter. Frittiert einfach gleich mich, dachte ich, im heißen Fett mach ich euch den Toten Mann.

Jasna hatte nach vielleicht fünf Minuten, von denen wir mindestens dreieinhalb geschwiegen hatten, weil längst alles gesagt war, alle Stachelbeeren aufgegessen.

Du wolltest eh keine, oder?, fragte sie.

Ich tat kurz so, als käme es mir hoch, als müsste ich in hohem Bogen auf den Rasen kotzen. Für einen Moment fiel Jasna drauf rein. Lachend ließ ich meinen Kopf nach hinten fallen, wandte mich von ihr ab und dem Himmel zu. Über uns die Äste des Ahorns, auf einem saß der Schamane als Taube. Er schaute vorwurfsvoll, bildete ich mir ein, und es wäre kein Wunder gewesen, hätte er mir für meinen zuletzt gedachten und von ihm gelesenen Gedanken geradewegs ins Gesicht geschissen: Bei mir hilft nur noch Schulmedizin.

Er behielt mich auch weiterhin im Auge, was mir nicht unrecht war.

Was für eine Scheiße!, schimpfte Su, als sie wieder anrief, einen Tag vor ihrem angekündigten Besuch. Jetzt hab ich eine Bindehautentzündung.

Vielleicht noch vom langen Flug aus Korea, vermutete sie, seitdem sei jedenfalls ihr Auge gerötet und höre nun nicht mehr auf zu tränen. Ob das denn schlimm sei, fragte sie, die angehende Medizinerin, mich.

Direkt beim ersten Versuch wurde ich zu Dr. Mittag durchgestellt, die sofort ranging. Ich war so überrascht, dass ich zu ihr sagte: Hallo, ich habe bald Geburtstag!

Und soll ich Ihnen jetzt schon gratulieren?, fragte sie.

Also, ich rufe an, weil ein Gast meiner vorgezogenen Geburtstagsfeier eventuell eine Bindehautentzündung hat, aber das ist doch bestimmt nicht schlimm, oder?

Eine Bindehautentzündung ist eine Bindehautentzündung, sagte Dr. Mittag.

Aha, sagte ich. Was meinen Sie damit?

Dass diese Person sich von Ihnen fernhalten sollte.

Also Abstand halten, meinen Sie?, hakte ich nach.

Die soll zuhause bleiben, sagte Dr. Mittag. Soll ich stattdessen kommen?

Äh, also –

Das war ein Witz. Schöne Feier trotzdem!

Ich stellte sie mir vor, Dr. Mittag am Kaffeetisch im Garten, wie immer im weißen Kittel. Bestimmt hätte der Hund seinen alten Kopf in ihren Schoß gelegt.

Su, du kannst nicht kommen, sagte ich durchs Telefon.

Hab's mir gedacht, sagte Su. Ist okay, besser so. Wir müssen nichts riskieren. Ich schick dir ein Paket.

Ich wünsch mir nichts, sagte ich, ich hab doch alles.

Nur das Märchenbuch war verschwunden. Im Keller suchte ich danach, durchwühlte Kisten meiner Kindheit.

Ich erinnerte mich an dieses eine Märchen mit der Stiefmutter, die dem Sohn der Familie den Kopf abschlägt, die Sache der Tochter in die Schuhe schiebt, den Sohn in mundgerechte Stücke zerteilt, gut zubereitet und zum Abendessen serviert. Der Vater weiß nichts davon und schmatzt und beteuert, er habe in seinem ganzen Leben nichts Besseres gegessen. Unter dem Tisch sitzt die Tochter und sammelt die Knochen ein, und die vergräbt sie im Garten, da wächst ein Baum, und eines Tages sitzt auf dem Baum ein Vogel und guckt und singt *Kywitt!* und davon, was für ein schöner Vogel er doch sei. Am Ende bringt er einen Mühlstein und wirft ihn über der Stiefmutter ab. So oder so ähnlich. Kräftige Vögel müssen das gewesen sein, damals.

Ein richtiges altes Märchenbuch war das, in dunkelrotem Einband. Mit Filzstiften haben wir darin gemalt, Jasna und ich, Seiten herausgerissen. Ich war noch zu jung gewesen für dieses Schauermärchen, und dann träumte ich von meiner Mutter mit einer Axt in der Hand und fragte mich, wer meine Knochen eingesammelt hätte.

Im Hobby-, Party-, Gäste-, vor allem aber Gerümpel-Raum hatte ich alles auf den Kopf und nichts wieder an seinen Platz gestellt, konnte das Buch aber nicht finden. Dafür fand ich meine alte Lieblingstasse wieder, darauf Alf, der Außerirdische.

Im Keller war es so angenehm kühl, dass ich dort bleiben wollte. Auf der alten, zerschlissenen Couch schlief ich ein und wachte erst Stunden später fröstelnd wieder auf. Durch das Kellerfenster fiel kaum Licht, es sah aus, als wäre es bereits dunkel.

Vielleicht liegen meine Eltern schon im Bett, dachte ich, oder vielleicht suchen sie nach mir und haben die Polizei verständigt. Suchen das Dorf, den ganzen Wald nach mir ab. Bestimmt haben sie den Hund mitgenommen, damit er meine Spur aufnahm in der Dunkelheit.

Ich griff nach der Alf-Tasse, erst im Treppenhaus bemerkte ich, dass doch noch heller Tag war. Ich hörte die Stimmen meiner Eltern, die Terrassentür stand offen, und es lief Salsa-Musik. Im Wohnzimmer blieb ich stehen. Ich schaute zum Hund, der draußen auf den Steinfliesen lag und der Musik zum Trotz schlief und so träumte, dass er mit allen vier Pfoten zuckte und leise bellte. Meine Mutter lachte.

Morgen melde ich uns für den Anfängerkurs an, hörte ich sie zu meinem Vater sagen. Ich wollte schon immer mit dir Salsa tanzen.

Es war nach Mitternacht, meine Eltern schliefen, nur ich lag noch wach, unter der Dachschräge meines Zimmers, Kinderzimmers. Ich starrte in die Dunkelheit, die nur unterbrochen war vom orangenen Schein der Straßenlaterne, durch Rollladenschlitze geworfen. Im Faserverlauf der Holzdecke erkannte ich die alten Gestalten. Selbst der Fuchs hatte ein Auge auf mich, noch immer. Ich war hellwach. Wieder versuchte ich, die Augen geschlossen zu halten, zu schlafen, zu träumen, doch nichts fiel mir ein. Nichts – oder nur: dass meine Daumennägel sich ablösen würden, in den kommenden Tagen, vermutlich. Sie würden keine Rücksicht nehmen auf mein Jubiläum. Der Wecker würde klingeln, in ein paar Stunden, das wusste ich und drehte mich auf die andere Seite. Strampelte die Decke vom Körper. Setzte mich auf. Schaltete die Nachttischlampe an, überflog noch einmal die Postkarte, die auf dem Bücherstapel lag, von Su, noch aus Seoul. Ich stand auf, setzte mich an den zu niedrigen

Schreibtisch, klappte den Laptop auf, wartete gut fünf Minuten, bis er summend hochgefahren war. Durch die Wand konnte ich das Schnarchen meines Vaters hören. Ich wollte ein neues Dokument öffnen, heute Nacht schreibe ich alles auf, dachte ich. *00:25*. Nun war ich 25 Jahre alt.

Ich schrieb nur einen Satz. *Alles Gute zum Geburtstag.*

Im Wartebereich der Tagesklinik blätterte ich aus Überdruss in einer dieser Zeitungen, die ich zwar niemals kaufen, aber bestimmt einmal aus Versehen abonnieren würde, probeweise, um dann zu vergessen, sie rechtzeitig wieder zu kündigen. Wie schön es wäre, das noch erleben zu dürfen.

In meinem nicht mehr fristgerechten Kündigungsschreiben würde ich meine Krebserkrankung als Entschuldigung benutzen, woraufhin man mein Abonnement rückgängig machen und mir die Kosten für die zu viel erhaltenen Ausgaben großzügig erlassen würde. Aber so weit war es noch nicht.

Noch saß ich im Wartebereich und blätterte in einer dieser Zeitungen und las unter der Überschrift *Drecksloch in den Anden*, dass pro Sekunde 150 Liter Abwasser, darunter Giftstoffe aus umliegenden Minen, in den Titicacasee flössen. Das musste ich Jasna erzählen, ich wollte schon fast den Artikel herausreißen, da wurde ich aufgerufen, um die letzte Dosis Giftstoffe in mich hineinfließen zu lassen. Doch ich tat so, als wäre ich schwerhörig geworden, und las einfach weiter.

Als die Schwester vor mir stand, um mich persönlich abzuholen, konnte ich sie nicht länger ignorieren, dabei war sie nicht einmal meine Lieblingsschwester. Meine Lieblingsschwester, dachte ich, was, wenn ich mich nicht von ihr verabschieden könnte? Es war der letzte Tag im letzten Zyklus, ich war am Ende.

Ich hab heute Geburtstag, hätte ich beinahe zu meiner letzten Schwester gesagt. Stattdessen versuchte ich ein Lächeln, *rien ne va plus*, nichts ging mehr.

Mama musste mich unterhaken, nachdem die letzte Infusion in mir versickert war. Langsam schritten wir durch den gläsernen Gang, der von der Tagesklinik ins Hauptgebäude führte, dann durch die Eingangshalle, ich, wie betäubt, wollte auf dem schnellsten Weg nach draußen. Es ging aber nicht schneller, ich ging nur noch in Mäuseschritten. Diesmal war ich so voll bis obenhin, bei jedem Schritt befürchtete ich, mich zu verschütten. Zum Abschied den Fußabtreter in der Eingangshalle vollkotzen, das wäre was gewesen.

Draußen wartete Papa mit dem Hund. Die beiden waren gerade von einem Spaziergang am Neckar zurück. Jetzt hatte sogar der Hund den Weg hierher gefunden. Für ihn war die Umgebung neu, er wurde von einigen Spatzen abgelenkt, doch als er mich sah, wedelte er wie verrückt und drehte sich trotz Leine mehrmals um die eigene Achse. Ich ging in die Hocke, um ihn zu begrüßen, er schleckte mir mit der stinkenden Zunge über mein schon gelbliches Gesicht, da kippte ich nach hinten um. Einen Moment lang blieb ich auf meinem Hintern sitzen, stützte mich auf dem Asphalt ab. Kurz war mir schwarz vor Augen geworden, alles schien sich zu drehen.

Heute ist der beste Tag meines Lebens, brabbelte ich vor mich hin, doch Papa widersprach: Das hoffen wir mal lieber nicht.

Meine Eltern zogen mich, jeweils an einem Arm, wieder nach oben, mit so viel Schwung, dass ich es kurz für möglich hielt, doch noch davonzufliegen.

Ich hatte darauf bestanden, meinen 25. Geburtstag um eine Woche zu verschieben. Mama wiederum bestand darauf, trotzdem mit einem Glas Sekt anzustoßen, und wenn nicht auf meinen Geburtstag, dann wenigstens auf das Ende der Therapie.

Das könnt ihr schön ohne mich machen, sagte ich zu Mama, doch da hatte sie bereits die Sektflasche aus dem Kühlschrank geholt, Papa stand mit Gläsern parat.

Der Korken knallte gegen die Küchendecke und kam nur knapp neben dem Hund auf, der immer in der Nähe war, wenn die Kühlschranktür geöffnet wurde. Mama schenkte uns ein.

Auf viele weitere Geburtstage und bessere Tage, sprach Papa und erhob sein Glas, und Mama fing mit heller Stimme zu singen an: Zum Geburtstag viel Glück.

Papa stimmte zuerst leise, dann kräftiger mit ein.

Ich wollte nur einen einzigen Schluck aus meinem Sektglas nehmen, doch schon das Kitzeln der Kohlensäure an meiner Nase hielt mich davon ab. Schnell stellte ich das Glas weg und applaudierte meinen Eltern für ihr Ständchen. Beide wollten mich umarmen, mit ihren Gläsern in den Händen, und bekamen je eine Hälfte von mir zu greifen – oder ein Viertel, mehr als eine halbe Portion war ich nicht mehr.

Jetzt reicht's, sagte ich, löste mich aus der Umarmung und ging auf direktem Weg zur Toilette, fand keine Zeit mehr, um hinter mir abzuschließen, öffnete den Deckel samt Brille und würgte einen Schwall Kotze ins Klo.

Ich spuckte noch etwas Speichel aus, hustete.

Mama stand in der halb geöffneten Tür, fragte: Alles gut?

Ja, sagte ich, alles bestens.

In den folgenden Tagen versuchte ich, mich bestmöglich auf mein Geburtstagsfest vorzubereiten. Ich lag hinter heruntergelassenen Rollläden. Noch nie zuvor war mir so egal gewesen, was außerhalb meines Chemo-Schlafs passierte, wer und was um mich herum existierte. Was sich sonst noch in der Welt ereignete, außer mir selbst. Ich wachte nicht mehr auf, wenn der Hund morgens bellte, sobald mein Vater aufstand und der Kaffeevollautomat die Bohnen mahlte. Ich war wie weg. Wackelig war ich geworden, kraftlos. War ich mal wach, stieß ich gegen Türrahmen, blieb am Treppengeländer hängen, rutschte an der Tischkante ab, wenn ich mich abstützen wollte. In meinem Körper wurde aufgeräumt, die Zytostatika machten alles platt, was ihnen in den Weg kommen wollte, so stellte ich mir das jedenfalls vor. Und mein Immunsystem, das offensichtlich die Kontrolle verloren und nun eine Pause gehabt hatte, machte sich bestimmt schon bereit, bestenfalls gestärkt aus allem hervorzugehen. Aus dieser Geschichte. Auf die ich lieber verzichtet hätte. Ich wehrte mich gegen die Erzählung, dass doch alles seinen Sinn habe. Mit rotem Filzstift strich ich ganze Seiten durch in dem esoterischen Ratgeber von Jasnas Mutter.

Und mit jedem Tag wurde ich wieder ein bisschen lebendiger. Aufnahmefähiger, interessierter an meiner Umwelt. Sicherer. Auf den Beinen und im Kopf. Ich war noch lange nicht fit, aber zumindest wieder wach.

Mama, rief ich eines Morgens aus meinem Zimmer, ich glaube, ich wünsch mir doch was.

Ich wünschte mir den Schokoladenkuchen von früher, der wie ein Schiff aussah. Als Kind hatte ich mir diesen Kuchen zu jedem Geburtstag gewünscht. Diesmal hatte Mama versucht, noch eine 25 aus grünem Zuckerguss darauf unterzubringen, doch zwischen Smarties, Gummibärchen und einem Segel war es etwas eng geworden. Zuerst hatte ich anstatt der 25 eine 55 gelesen, mein Gewicht, wie es mir von der Waage angezeigt wurde, dann erst verstand ich.

Oma hatte einen Käsekuchen mitgebracht, den sie als den besten Käsekuchen der Welt anpries, und obwohl mir mein Appetit längst abhandengekommen war, probierte ich ein Stück. Dass ich überhaupt nur noch abgeschwächt schmeckte, behielt ich weiterhin für mich. Immerhin war es nicht schlimmer geworden, ich glaubte sogar, dass sich mein Geschmackssinn seit der Dosissenkung ein wenig erholt hatte, war mir aber unsicher, ob das eine mit dem anderen etwas zu tun haben konnte.

Es klingelte an der Haustür, der Hund bellte einmal laut auf und begleitete mich. Jasna stand mit einem riesigen Paket da, es passte nur hochkant durch den Türrahmen. Sie verlangte, dass ich es direkt auspackte, was ich gerne tat. Es war in Zeitungspapier eingewickelt, ich riss es runter. Ein weiteres Paket kam zum Vorschein, eingepackt in buntes Papier, und da konnte ich mir schon denken, wie das Spiel weitergehen würde. Es waren bestimmt fünf Pakete, und das kleinste war so handlich, dass ich mir nicht vorstellen konnte, was für ein Geschenk sich überhaupt darin befinden sollte. Ich riss es seitlich auf, fand ein Papierknäuel, wickelte es auf. Es war nicht mehr als ein alter Prospekt, ich suchte nach Hinweisen, fand aber keine.

Jasna grinste mich an: Basti, du hast so oft gesagt, dass du dir nichts wünschst, das hast du jetzt davon.

Meine Irritation war mir anscheinend anzusehen. Jasna nahm mich fest in den Arm und sagte: Ich dachte, es könnte vielleicht lustig sein.

Meine Eltern schenkten mir ein Smartphone. Ich freute mich darüber, ließ es aber erst mal in der Verpackung.

Jetzt kannst du uns jeden Tag ein Foto von dir schicken, sagte Mama, wenn deine Haare wieder wachsen und du uns vermisst.

Oma schenkte mir einen Rollkoffer und einen Umschlag mit Geld, viel mehr als sonst, dabei war ihre Rente überschaubar. Sie sagte, ich solle doch eine Reise unternehmen und sie am besten gleich mitnehmen, vielleicht passe sie ja noch in den Koffer.

Später im Garten, als ich es nicht mehr erwartet hatte, überreichte Jasna mir doch noch etwas, ein rotes Kuvert. Sofort dachte ich an weiteres Reiseguthaben, womöglich Tickets nach Peru. Vermutete zumindest einen Gutschein für eine Probestunde bei ihrer Feldenkrais-Lehrerin. Zuzutrauen war Jasna alles.

Im Umschlag waren Fotos, die sahen seltsam aus. Auf dem ersten Bild saß ich mit nur zur Hälfte rasiertem Schädel im Badezimmer, doch direkt hinter mir stand ich noch einmal, als Prinzessin verkleidet beim Kinderfasching. Auf einer weiteren Aufnahme war meine Mutter zu sehen, in einem lachsfarbenen Pullover, lachend und mit Dauerwelle, rechts von ihr der Eiffelturm, links von ihr Su, in die Kamera winkend. Dann meine Glatze von oben, von einem Geburtstagskuchen-Schiff befahren, samt Smarties und Gummibärchen. Um meinen Schädel saßen Jasna und ich am Kindergeburtstagstisch und weitere Zwerge, die längst erwachsen waren, zu denen ich jeden Kontakt verloren hatte. Ich bestaunte jedes dieser leicht verwaschenen Doppelbilder, und eine Gänsehaut zog sich über meinen Rücken. Es war, als empfinge ich Nachrichten aus verschiedenen Vergangenheiten, verspätete Grüße. Mittlerweile schauten mir meine Eltern und Oma über die Schulter.

Komische Bilder, fand Oma, auch Mama war irritiert, Papa sagte: Die sind doppelt belichtet. Der Film wurde zweimal in die Kamera eingelegt.

Und wenn ich ihn nicht heimlich mitgenommen und zum Entwickeln gebracht hätte, sagte Jasna, wäre er vielleicht auch noch ein drittes Mal benutzt worden.

Ich wollte weiterblättern, da räusperte Jasna sich und sagte schnell: Den Rest schaust du besser allein an ...

Soso!, sagte Papa.

Alle nahmen ihre Plätze am gedeckten Kaffeetisch ein, nur ich schaute heimlich weiter. Das vorletzte Bild zeigte Linus, wie er nackt in den Entenweiher stieg, das Wasser reichte ihm gerade mal bis zu den Knöcheln. Der alte Hund war ihm dicht auf den Fersen, und mitten im Weiher stand Oma, bestimmt zwanzig Jahre jünger, zurechtgemacht und groß wie die Trauerweide. Auf dem letzten Bild posierten Jasna und ich in bunten Regencapes im Zoo, Victory-Zeichen zeigend vorm Kamelgehege. Aus dem Himmel herab und quer über das Kamel ragte Linus' erigierter Penis, daneben der Wulst meines Ports, Jasnas grinsendes Kindergesicht hinter Linus' Beschneidungsnarbe.

Jasna!, rief ich und packte die Bilder weg.

Was denn?, fragte Mama. Zeig doch mal.

Schon gut, sagte ich.

Jasna grinste, ich nahm einen Schluck Kaffee und musste aufpassen, ihn nicht auszuspucken. Zuerst versuchte ich, es zu unterdrücken, doch dann war es Jasna, die losprustete. Eltern und Oma mussten sich sonst was denken, Mama fragte Papa: Weißt du, was los ist?

Ich hielt eine Hand vor den Mund, konnte aber nicht mehr aufhören, bis mir fast die Luft wegblieb. Jasna quietschte wie ein Meerschweinchen. Ich glaube, Oma wurde es etwas zu viel, doch Jasna und ich wussten uns nicht zu helfen. Der Hund, zuerst irritiert, schaute schon gar nicht mehr.

Mag noch jemand Kaffee?, fragte Papa.

Mein Körper wollte nicht aufhören zu beben, meine verbliebene Bauchmuskulatur schmerzte. Ich war so erschöpft, ich tat nur noch so, als lachte ich, weinte längst, die Hände vorm Gesicht.

Hätte ich nicht gewusst, dass Geister in Spiegeln unsichtbar bleiben, wäre ich sicher gewesen, einem begegnet zu sein. Einem gelblichen Geist, nicht ganz transparent. An meine Augenbrauen erinnerte ein hellgrauer Schatten. Die letzte Wimper segelte ins Waschbecken. Den letzten Wunsch sparte ich mir.

In die Kloschüssel schiss ich die Reste meiner Darmschleimhaut. So wurde ich mich selbst los und mit mir meine Medizin. Mit ihr war ich geschrumpft, mein Schattenwurf war weniger geworden, doch ich war noch da. Meine Rippen konnte ich mit bloßem Auge abzählen, sie waren vollständig. Unter den brüchigen Daumen- und Zehennägeln wuchs eine neue Schicht, verdrängte die alten, toten Zellen, die sich nach und nach abrieben.

Auf meine Kopfhaut legte sich ein feiner, weicher Flaum. Ich wurde wieder Baby. Anfangs war ich nicht ganz sicher gewesen, ob es wirklich eine Veränderung zum Guten gab, denn die Fingerspitzen blieben so taub, wie sie es nun eben waren. Eine Sache, an die ich mich gewöhnt hatte.

Vorm Spiegel war der Flaum kaum zu erkennen, doch meine Mutter begann, mir mehrmals täglich über den Kopf zu streicheln und mich ihr Küken zu nennen. Ich nannte sie eine Glucke, woraufhin mein Vater versuchte, wie ein Hahn zu krähen.

Es wird Zeit, dass ich ausziehe, sagte ich, und schon im nächsten Moment tat es mir leid.

Wir haben es fast geschafft, sagte Dr. Mittag.

Mama und ich müssen sie voller Sorge angestarrt haben, denn Dr. Mittag sprach diesmal mit so sanfter Stimme zu uns, als befürchtete sie, wir könnten jeden Moment die Fassung verlieren und womöglich in ihre Schreibtischplatte beißen.

Es ist nicht alles weg, das sage ich Ihnen gleich, aber davon sind wir ja bereits ausgegangen.

Mit dem Kugelschreiber deutete Dr. Mittag auf die Oberfläche des Computerbildschirms, darauf die neuesten Bilder aus dem CT und daneben zum Vergleich die Aufnahmen von vor Beginn der Therapie, vorher/nachher. Tatsächlich, es war fast nichts mehr zu sehen, aber immerhin noch etwas. Krümel.

Und ist das jetzt noch Krebs?, fragte ich.

Hoffentlich nicht, sagte Dr. Mittag.

Was soll das heißen?, fragte Mama.

In ihrer Stimme schwang die Verzweiflung der letzten Monate, die nun mehr nach Entrüstung klang.

Wir wissen es nicht, sagte Dr. Mittag.

Was heißt das, Sie wissen es nicht?, fragte Mama.

Können Sie das nicht einfach rausschneiden?, fragte ich, fast bat ich darum.

Nein, das steht jetzt gar nicht zur Debatte, sagte Dr. Mittag, nun wieder im gewohnten Ton.

Sie bemerkte Mamas Kopfschütteln und unternahm einen Versuch, unsere Blicke wieder einzufangen, kurz winkte sie mit dem Kugelschreiber. Auch mein Blick war Richtung Boden verrutscht, ich spürte, wie ich zusammensank.

Wir können jetzt zwei Dinge tun, sagte Dr. Mittag. Wir können abwarten. Dann sollte sich in absehbarer Zeit herausstellen, ob dieser Rest nur Narbengewebe ist, was wir hoffen, oder ob es Krebszellen sind, die überlebt haben. Ich schlage Ihnen aber Folgendes vor: Wir machen eine Strahlentherapie, mit dem Ziel, dass danach nichts mehr übrig ist. Die Studien zeigen, dass die Rückfallquoten nach einer Bestrahlung der betroffenen Stellen weitaus geringer sind.

Wieder sprach sie im *Wir*, als blieben wir auch weiterhin miteinander verheiratet. Das halbe Jahr, von dem Dr. Mittag am Tag unseres Kennenlernens gesprochen hatte, war noch nicht vorbei.

Wie lange dauert das?, fragte ich. Wie läuft das ab? Was muss ich wissen?

Am letzten Freitag im Oktober setzte ich mich in einer grünen Unterhose auf die Liege des Bestrahlungsgeräts.

Auch hier hatte ich eine Schwester, sogar eine Lieblingsschwester, mit zum Dutt gesteckten dunklen Haaren, breitem Kreuz und kräftiger Stimme. Mit nur einer Hand reichte sie mir eine Schatulle, als wäre diese aus leichtem Plastik. Dabei war sie so schwer, dass ich beide Hände brauchte, um sie entgegenzunehmen. Eine Art bleierne Muschel, bestehend aus zwei sich gleichenden Teilen. Den oberen hob ich wie einen Deckel ab, wofür ich erneut beide Hände brauchte. Meine Schwester entfernte sich ein paar Schritte.

Schnell streifte ich die Unterhose zur Seite und legte meinen Hodensack so in die kalte Schale hinein, dass ich mir nichts einquetschte, sobald ich sie verschloss, was manchmal aber trotzdem passierte. Mit jedem Behandlungstag war ich etwas geschickter geworden. Sobald mein Hodensack eingesargt im Blei lag, legte ich auch den restlichen Körper langsam ab. Nur eine kleine Öffnung verband mich noch mit meinem potenziellen Erbgut, ein dünnes Band aus weicher Hodensackhaut. Es würde sowieso alles hin sein an natürlicher Fortpflanzungsmöglichkeit, vermutete ich, doch trotzdem ging Sicherheit vor.

Mit tiefer, aber freundlicher Stimme gab meine große Schwester mir Kommandos. Unter ihrer Anleitung, mithilfe einer Kamera und anhand winzig kleiner Punkte auf meinem Oberkörper, navigierten wir mich gemeinsam in die perfekte Position. Die Orientierungspunkte waren mir vor Beginn der Therapie eintätowiert worden, ohne dass man es für nötig gehalten hatte, mich vor dem Termin darüber aufzuklären. Unterhalb des Brustbeins, knapp über dem Nabel, und links und rechts seitlich am Rippenbogen schimmerten dunkelblaue Tintenflecken unter meiner Haut. Sie waren die Koordinaten meiner Bestrahlung, damit auch nichts danebenging.

Etwas Sonnenbrand hatte ich bekommen, auf dem Bauch, auch meine Speiseröhre hatte sich leicht entzündet, im Hals brannte und kratzte es.

Meine Verabschiedung im Wartebereich fiel krächzend aus, kaum hörbar, doch der wartende Mensch, dem sie galt, nickte mir gutmütig zu. Ein Mensch oder Außerirdischer, ein Patient. Hervorstehende Augen, als wollten sie aus ihren tiefen Höhlen fallen. Ausgemergelt, spitze Wangenknochen. Einzelne Haarbüschel, dünne Lippen, die lächelten, leicht, immerhin.

Es war am Tag meines Auszugs oder Umzugs zurück nach Gießen, da spürte ich am Morgen einen Druck in der linken Seite und bekam sofort Panik. Dabei hatte ich in der Nacht vermutlich einfach schief im Bett gelegen. So schnell hätte es dadrinnen gar nicht wachsen können, redete ich mir ein und versuchte, ruhig zu atmen. Vorsichtig tastete ich mich ab. Den kleinen Knubbel am Bauch kannte ich bereits, eine Fettgeschwulst, hatten sie im Krankenhaus gesagt, bei der letzten Ultraschalluntersuchung. Ein gutartiger Tumor, zwei mal vier Zentimeter groß. Ich hatte mich über das Wort *Tumor* gewundert, dabei wusste ich doch, dass Tumor noch lange nichts zu heißen hatte.

Auch Dr. Seidel hatte ihn zuvor schon entdeckt und sich keine Sorgen gemacht, den Tumor ein Lipom genannt und auf meine Nachfrage hin ergänzt: Ein gutartiger Tumor der Fettgewebszellen.

Selbst der Hund hatte so eine Fettgeschwulst, auf der linken Seite über dem Rippenbogen, wie ein kleines Ei, es störte ihn kein bisschen.

Ich packte meine Sachen, doch manches ließ ich im Haus meiner Eltern zurück: die Schlumpfmütze, Ingeborg Bachmanns Gedichte, die Postkarten von Su aus Seoul und Istanbul. Ein weiteres Mal fand ich den Zettel von Adrien aus Paris, diesmal entsorgte ich ihn. Das Foto von meiner Glatze und Jasna und mir beim Kindergeburtstag stand eingerahmt auf dem Nachttisch. Mein Jeanshemd war in der Wäsche, auch das war in Ordnung. Ich würde ohnehin bald wiederkommen. Neu anfangen müssen. Was hatte ich schon in Gießen verloren?

Wir wollen Sie hier erst im Dezember wiedersehen, hatte Dr. Mittag bei unserem vorerst letzten Termin gesagt.

Wir, hatte sie gesagt und diesmal nur sich gemeint, nicht uns, nicht mich. Vielleicht hat sie die ganze Zeit über nur von sich selbst als Wir gesprochen, dachte ich, von sich und Prof. Li, von der ich nur die Unterschrift kannte und ihr Gesicht von einem Gruppenfoto, das im Gang hing vor Dr. Mittags Büro. Sie sah freundlich aus.

Ob ich parallel zur Bestrahlungstherapie mein Studium wieder aufnehmen könne, hatte ich Dr. Mittag gefragt, oder ob sich noch eine Reha anschließen würde. Da schaute sie mich nur an und sagte: Wissen Sie, was? Machen Sie doch einfach, was Sie wollen.

REGENSCHIRM

Der Flieger landete im asiatischen Teil Istanbuls, ein überfüllter Reisebus brachte Jasna und mich auf europäischen Boden zurück. Durch die verregneten Fensterscheiben konnten wir die Dinge mehr erahnen als erkennen: Autobahnauffahrt, ein paar alte Villen, die Brücke über den Bosporus, Hochhäuser, Baustellen.

Su holte uns am Taksim-Platz ab, sie stand schon bereit, als wir aus dem Bus stiegen. Strahlend kam sie auf uns zu, drückte mich an sich und hielt mich lange umarmt.

So schön, dass du da bist!, rief sie.

Vor über einem halben Jahr hatten wir uns zuletzt gesehen.

Das ist Jasna, sagte ich, jetzt lernt ihr euch endlich mal kennen.

Zeitgleich setzten die beiden zu einer Umarmung an, lachten und versicherten sich gegenseitig, wie toll sie es fänden, einander persönlich zu begegnen.

Jasna und ich waren nur mit Handgepäck verreist, den neuen Koffer hatte ich in Gießen gelassen. Su führte uns an, vorbei am Gezi-Park, hinein in eine belebte Einkaufsstraße, die İstiklal, in Richtung unseres Hostels. Ich blieb stehen, als ich am Ende einer Häuserschlucht das Meer sehen konnte. In kräftigem Blau lag es da. Die Sonne kam hinter den Wolken hervor und ließ das Wasser funkeln. Ich griff nach meiner Kamera.

Auf dem Weg erzählte Su noch einmal, was sie mir vorab bereits erklärt hatte: dass sie uns total gerne bei sich einquartiert hätte, ihr Zimmer aber winzig sei und ihr Mitbewohner so was von gestört, dass wir froh sein sollten, im Hostel übernachten zu können.

Habt ihr eigentlich Hunger?, erkundigte sie sich.

Wir bogen in eine schmale Seitenstraße ein und betraten ein von außen unscheinbar aussehendes Restaurant. Drinnen waren die Wände mit Kacheln geschmückt, bunt gemustert, türkis und blau, Blumenmotive mit rosa Blüten. Gleich neben dem Eingang, auf einem Teppich zwischen dicken Kissen, saß eine alte Frau im Schneidersitz, die uns freundlich begrüßte, das Kopftuch hatte sie über der Stirn zusammengeknotet. Vor ihr stand ein runder Holztisch, auf dem sie Teig zu handgroßen Kugeln formte, daneben eine sich nach oben wölbende, ebenfalls runde Heizplatte. Es duftete nach frischem Brot und Petersilie.

Gözleme sind so lecker, sagte Su, die müsst ihr unbedingt probieren.

Ein Mann in weißem Hemd wies uns freundlich einen Platz zu. Su bestellte auf Türkisch Tee und Gözleme, für mich mit Kartoffel- und Spinatfüllung. Sie sprach relativ flüssig und musste nur wenige Worte von der Karte ablesen, was Jasna und mich beeindruckte. Von unserem Tisch aus konnten wir zusehen, wie der zu Kugeln geknetete Teig mithilfe eines Holzstabs dünn ausgerollt und nach unseren Wünschen gefüllt wurde.

Mit Schafskäse müsst ihr auch probieren!, sagte Su und bestellte eine weitere Portion.

Während wir aufs Essen warteten, brachte Su uns ein paar Vokabeln bei: *Merhaba* heißt Hallo, *Teşekkürler* heißt Danke, *Güle güle* auf Wiedersehen.

Bir, *iki*, *üç* und alle weiteren Zahlen bis *on*, zehn.

Der Kellner brachte uns das Essen, und Jasna sagte: Tesche-küleer.

Hört sich schon ganz gut an, behauptete Su.

Bevor ich die Gözleme kostete, machte ich ein Foto von Jasna und Su, diesmal hatte ich einen neuen Film eingelegt.

Ich nahm meine Wollmütze ab, und Su rief: Na endlich!

Sie streichelte mir über das kurze, weiche Haar.

Wie ein Baby!, sagte sie. Darf ich dich adoptieren?

Das müsst ihr unter euch ausmachen, das mit dem Sorge-recht, sagte ich und biss ins noch heiße Fladenbrot.

Unser Backpacker-Hostel lag in einer weiteren von der İstiklal abzweigenden, abschüssigen Seitenstraße. Su brachte uns bis zur Eingangstür, die vollgeklebt war mit Antifa- und Anti-Atom-kraft-Stickern, dazwischen Teletubbies.

I love Partyboat!, las Su von einem der Aufkleber ab.

Sie versprach, uns am Abend wieder abzuholen.

Die Möbel und Wandmalereien des Hostels, von der Rezep-tion bis in unser Zweibettzimmer, wirkten, als hätten wir einen LSD-Trip gebucht. Oder zumindest eine Reise *zurück in die Zu-kunft*.

Gemütlich, sagte Jasna.

Vom Fenster aus schauten wir auf die gegenüberliegenden grauen Häuser, eng an eng gebaut, darüber verdunkelte sich der Himmel.

Ich muss mich eine Runde ausruhen, sagte ich.

Die Reise hatte mich ziemlich angestrengt, eine enorme Auf-regung fiel von mir ab.

Ich mag Su, hörte ich Jasna noch sagen, und dann, leiser: Ach so, du schläfst schon.

Am Abend wollte Su den Rave nachholen, den wir in Paris nur als Zaungäste erlebt hatten. In unseren Daunenjacken bestiegen wir das Boot, und als wir auf dem obersten Deck standen, legte es ab. Die Techno-Beats schallten uns so laut um die Ohren, dass ich immer wieder meine Mütze nach unten zog, doch es half nichts. Natürlich tranken wir Gin Tonic, und Su stellte uns ein paar Leute vor. Ein hübscher Erol zwinkerte mir bei der Begrüßung zu, bei Jasna machte er das aber auch. Schon nach dem ersten Drink war Jasna nach eigener Aussage besoffen, weil sie sonst nie trank.

Sie ist sicher nur seekrank, diagnostizierte Su.

Eine Weile hing Jasna allein an der Reling herum, ich brachte ihr eine Cola und leistete ihr Gesellschaft. Die Luft roch nach Salz und Benzin.

Wer hätte das gedacht?, sagte ich, während wir auf das schwarze Wasser unter uns schauten.

Das Boot schlug weiße Wellen hinein.

Ich hab mir das gedacht, sagte Jasna, weißt du, ich hab das alles genau so für uns programmiert.

Sie grinste mich an, ihre großen Augen sahen tatsächlich etwas besoffen oder seekrank aus.

Das ist nicht der Titicacasee, Jasna.

Ich legte einen Arm um sie, da fiel ihr Kopf nach vorn, und Jasna kotzte in den Bosporus. An beiden Schultern hielt ich sie, als fürchtete ich, sie könnte über die Reling stürzen.

Ist schon besser, sagte Jasna, wieder aufgerichtet, und nahm einen Schluck von der Cola.

Verschwommen hinter Nebelschwaden funkelten die Lichter dieser riesigen Stadt. Wir steuerten aufs offene Meer zu.

Su tanzte unter Neonlichtern, die übers Deck gespannt waren, die Farbe wechselte von Blau zu Grün. Am Himmel die ersten Feuerwerkskörper, es begann zu nieseln.

Als es so weit war, zählten wir gemeinsam von zehn runter, *on*, wurden dabei immer lauter, *dokuz*, bis wir schrien, *sekiz*, wir hielten uns fest, *yedi* hatte ich mir noch merken können, *altı* und meine Erinnerung ließ nach, bei *sıfır* fielen wir uns erschöpft in die Arme. Über uns leuchtete der Nachthimmel in allen Farben.

Grau hingen die Wolken über dem neuen Jahr. Wir hätten zur Hagia Sophia und zur Blauen Moschee fahren können, doch Su wollte die Prinzeninseln mit uns erkunden, mindestens eine davon.

Das soll so schön sein!, schrieb sie mir gegen Mittag.

Jasna war vor mir wach gewesen und wollte gerade raus, um Frühstück zu besorgen.

Schon wieder Bootfahren, sagte sie, allerdings erst, als wir bereits abgelegt hatten.

Die Fahrt über blieben wir unter Deck, zehn oder zwanzig Kilometer weit führte unser Weg übers Marmarameer. Su hatte zuvor an einem Straßenstand Granatapfelsaft in Plastikbechern für uns gekauft, Jasna überließ mir ihren. Wieder wurde ihr übel. Vom Vortag hatte ich heftigen Muskelkater in den Beinen, ein gutes Zeichen, dachte ich, ich musste wieder aufbauen. Mit dem Handy machte Su Fotos von uns, wie ich an Jasnas Schulter lehnte. Gegen die Fensterscheibe prasselten dicke Regentropfen.

An der ersten Station stiegen wir aus und spazierten über eine völlig verlassene Insel, die im Sommer angeblich ein beliebtes Ausflugsziel war. Nur wenige Menschen schienen dort zu leben. Wie eine Geisterstadt lag sie vor uns, eine Filmkulisse, die niemals abgebaut worden war. Ein paar bunte Häuser standen zwischen Ruinen, schiefe Holzhütten neben baufälligen, einst prachtvollen Villen, die Fenster ohne Scheiben, alte Vorhänge in Fetzen. Rostige Eisentore, von denen die Lackierung abblätterte, dunkelrot und türkis, dahinter ragten Palmen in den Himmel. Am Ende der Straße stand ein großer Hund, er schaute zu uns, ein Schäferhund vielleicht oder ein Wolf oder Hybrid. Ich fotografierte ihn, er lief davon. Wir kamen an einem Garten vorbei, darin saß eine in Plastikfolie eingewickelte Skulptur einer Meerjungfrau. Hinter einer Mauer schaute der steinerne Kopf eines Mannes hervor. Eine Babypuppe mit blondem Plastikhaar und heraushängender Zunge lag in einem durchnässten Pappkarton. In einer Hofeinfahrt saß eine getigerte Katze, die uns fortan verfolgte. Sie bemerkte die Taube nicht, die schlafend oder tot in einem Blumenkasten lag. Dicke alte Bäume. Dünne Bäumchen mit Mandarinen. Dunkelrote Beeren auf dem Asphalt, aufgeplatzt.

Alles versuchte ich festzuhalten, mit der alten Olympus-Kamera. Ich sah mich um, nach Jasna und Su, beide waren noch da, einige Meter entfernt. Die Katze war dicht hinter mir, nur ihre Farbe hatte sie gewechselt, ihr Fell war weiß geworden. Ich hätte schwören können: Für einen Moment war ich alleine auf dieser Insel gewesen oder auf der Welt oder selbst nicht mehr da. Die Möwen fingen zu kreischen an. Regen rann die Straßen hinab.

Erst auf der Rückfahrt übers Wasser, vorbei am Leanderturm, nicht weit vor der Stadt, zeigte sich die Sonne, um kurz darauf unterzugehen.

Abends wollten Su und Jasna ins Hamam, noch eine Sache, die wir laut Su unbedingt erleben mussten. Ich selbst war nicht sicher, fühlte mich erschöpft und hatte Angst, mich zu erkälten. Eine lästige Sorge, die sich aber nicht ganz abschütteln ließ.

Ich begleitete die beiden bis zum Hamam, das Su empfohlen hatte, es lag nicht weit von unserem Hostel entfernt. In der Eingangshalle hingen Bilder vom Badehaus, ein helles Marmorgewölbe, Springbrunnen. Es wurde mit Namen von Filmstars wie Sophia Loren geworben, die angeblich auch schon einmal dort gewesen war, bestimmt waren die Preise deshalb entsprechend hoch.

Egal, sagte Jasna, da freue ich mich schon den ganzen Tag drauf.

Wir verabschiedeten uns, dann waren die beiden hinter dem Kassenhäuschen verschwunden.

Ich ging zurück Richtung Hostel und wäre schon fast am Ziel gewesen. Da las ich an einem unauffällig aussehenden Eckhaus in Neonschrift: *Hamam*. Ich ging ein paar Schritte darauf zu, doch es gab weder Fotos noch Namen von Filmstars. Vorsichtig öffnete ich die Tür, eine enge Treppe führte steil hinab. Zuerst wollte ich umdrehen, doch meine Neugierde überwog. Den strengen Geruch von Seife hatte ich schon in der Nase. Ich stieg die Stufen hinunter.

Unten wurde ich von einem kleinen, alten Mann mit weißem Schnauzbart empfangen. Der Eingangsbereich war sehr schmal, doch die Decken waren hoch, eine Holztreppe führte hinauf, ein enger Balkon bildete eine zweite Ebene. Ich wollte den Mann nach dem Eintrittspreis fragen, doch er verstand mich nicht, ich ihn nicht, schließlich streckte er mir ein rot und weiß kariertes Tuch hin und scheuchte mich ums Eck, wo ich zwischen Spinden stand. Also zog ich mich aus und befestigte das Tuch um meine Hüften. Der alte Mann hatte auf mich gewartet, nun schob er mich in Richtung Badehaus.

Im Halbdunkel duschte ich mich eiskalt ab. Dann betrat ich einen größeren Raum, unter dessen Gewölbe eine Fläche aus Marmor das Zentrum bildete. Dort lag ein weiterer älterer Herr, er schien zu schlafen, ein junger Mann saß seitlich an einem der Wasserbecken. Eine Hand hatte ich leicht an mein Schlüsselbein gelegt, um den Port zu verdecken. Ich setzte mich dem Jüngeren gegenüber und sah zu, wie er eine Schale mit Wasser füllte und es sich über die Schultern goss. Schon begann ich zu schwitzen.

Nach einer Weile betrat ein großer Mann mit ernsthaftem Blick den Raum und kam direkt auf mich zu. Er wies mich an, mit ihm zu kommen. Mit immer schneller klopfendem Herzen folgte ich ihm in einen weiteren Raum, in den gerade mal eine steinerne Liegefläche passte, dort sollte ich mich hinlegen. Mit dem größten Schwamm, den ich bis dahin gesehen hatte, seifte er mich ein, von Kopf bis Fuß, und rieb mich so fest damit ab, als ginge es darum, alle neu gewachsenen Haare und Hautzellen direkt wieder loszuwerden. Ich biss auf die Zähne, konnte aber nicht anders, als laut aufzustöhnen, wofür ich mich auf der Stelle schämte. Schmerzhaft spürte ich meinen Muskelkater, jeden einzelnen Knochen, und der Mann machte ohne Erbarmen weiter. Irgendwann hing mir die Seife in Augen und Ohren, ich verlor die Orientierung oder kurz das Bewusstsein. Einmal mehr bekam ich das Gefühl, zu schweben, diesmal auf einer Wolke aus Schaum. Als er mit mir fertig war, fühlte ich mich zerstört und gleichzeitig so lebendig wie lange nicht.

Zwischenzeitlich waren weitere Besucher im Badehaus eingetroffen. Unter dem kuppelartigen Gewölbe stand ein athletisch gebauter Mann mit kurzen blonden Locken und ölte sich intensiv ein, zwei tuschelnde Männer beobachteten ihn. Sie näherten sich ihm immer mehr, da wies er sie zurecht: *No touching!*

Die beiden nahmen wieder Abstand, doch nun kamen sie auf mich zu. Ich legte meine Hand über die Schulter, wieder, um den Port zu verdecken. Auf Türkisch sprach mich einer der beiden an, und ich erklärte auf Englisch, dass ich kein Türkisch spreche. Wieder tuschelten sie, der eine, der dem anderen immer wieder ins Ohr flüsterte, grinste mich breit an. Sein Freund sagte zu mir: *My friend here likes you.*

Oh, thank you, sagte ich.

He wants to ask if you would have oral sex with him.

That's very polite of your friend, sagte ich, *but no, sorry, I'm not interested.*

Wieder begannen die beiden zu tuscheln.

So, then my friend wants to ask, if you maybe would like to have anal sex with him.

Diesmal musste ich lachen.

No, thanks again, but I'm really not interested.

Sie tuschelten, nickten mir freundlich zu und setzten sich in meine Nähe. Der interessierte Freund hörte nicht auf, mich anzugrinsen. Um sie bestmöglich zu ignorieren, schloss ich die Augen, und als ich sie nach einiger Zeit wieder öffnete, befriedigte der eine Mann den anderen mit dem Mund. Der eingeölte Athlet schaute zu. Ich ging zu dem alten Mann in der Eingangshalle und buchte eine zusätzliche Ganzkörpermassage.

Als ich meinen Spind aufschloss, hatte ich viele verpasste Anrufe von Jasna und Su.

Wo bist du?, hatte Su geschrieben, und Jasna: *Wir rufen gleich die Polizei!!!*

Es war schon nach Mitternacht. Ich schrieb den beiden, dass ich gleich im Hostel sein würde, doch die Nachricht ging nicht raus. So schnell ich konnte, zog ich mich an, bezahlte mit einem Zwanzigeuroschein, mehr wollte der alte Mann nicht von mir, und rannte die Treppe hinauf in die Nacht.

Jasna lag auf ihrem Bett, Su saß im Sessel.

Wo warst du die ganze Zeit?

Wir haben uns Sorgen gemacht!

Solche Sachen riefen sie durcheinander.

Okay, danke, es reicht, sagte ich. Ich lebe, und es geht mir gut.

Dann berichtete ich den beiden ausführlich vom Männer-Hamam, das ich *Gay Hamam* nannte, da es sich als reinste *Cruising Area* entpuppt hatte. Lobend erwähnte ich die höflich nach Sex fragenden Männer und endete mit dem Hinweis, wie froh wir doch sein konnten, dass ich in der Dusche nur beinahe auf einem benutzten Kondom ausgerutscht war und mir weder Hals noch Beine gebrochen hatte.

Jasna und Su erzählten von ihrem ruhigen und erholsamen Abend, von alten Frauen mit schweren Brüsten, die sich mit ihrem ganzen Gewicht auf sie gestemmt hatten.

Ich bin so was von erledigt, sagte Su.

Bleib die Nacht doch bei uns, schlug Jasna vor.

Wir schoben die Betten zusammen. Ich überließ Su mein Schlafshirt aus Paris, *Jesus loves you*.

Die Nacht über lag ich zwischen den beiden, mal mehr, mal weniger eingeklemmt. Mal grunzte Su, mal seufzte Jasna. Über den Dächern lag ein Leuchten.

EINER,
DER AUSZOG

Im Garten meiner Eltern, unterm Ahorn. Der Hund lag nur noch da, beim Fressen fielen ihm die Brocken aus dem Maul. Immer wieder wollte er sie aufheben, irgendwann klappte es. Ein paar Happen Fleisch fraß er aus dem Napf, das Trockenfutter ließ er liegen. Den restlichen Tag über schlief der Hund. Er wollte nicht mehr trinken, nicht aus der Gießkanne, nicht aus der Dusche, deren Duschkopf meine Eltern für ihn abmontiert hatten. Nicht aus dem Gartenteich, vielleicht aus dem Weiher im Wald. Aus seinem Trinknapf hatte der Hund noch nie trinken wollen, das war nichts Neues.

Die Hundedame mit dem Riesengeschwür, linke Seite. Eine Fettgeschwulst, ein Tumor, ziemlich genau so groß wie die essreife Mango, die im Obstkorb lag.

Meine Eltern waren in Urlaub gefahren, in ihrem Garten waren es mehr als zwanzig Grad, Mitte September. Ich hütete Haus und Hund, hatte mich wieder hier einquartiert, kurz zumindest. Erholte mich von meiner Operation, nur ein kleiner Eingriff, der sich zwei Tage später nach Muskelkater anfühlte. In Heidelberg hatte ich den Port entfernen lassen, auf eigenen Wunsch. Vom Brustmuskel wurde er mir gekratzt, wobei ich nach Aussage des Operateurs erstaunlich viel Blut verloren hatte.

Wer hat Ihnen den denn eingesetzt?, hatte er gefragt, noch während er an mir zugange war.

Sie waren das, sagte ich. Ich kann mich gut an Sie erinnern.

Wegschneiden war beim Hund nicht mehr drin, aus einer Vollnarkose wäre er nicht wieder aufgewacht. Auf dem Rasen drehte er sich zur linken Seite, der Tumor gab nach, wurde nach oben verschoben, unter dem Fell wanderte er dorthin, wo genug Platz für ihn war.

Später kam Oma zum Essen vorbei. Es gab Brokkoli und Kartoffeln, ich briet uns vegane Schnitzel. Oma lobte mich mehrfach, nach anfänglicher Skepsis gegenüber sowohl den Schnitzeln als auch meinen Kochkünsten. Besorgt fragte Oma nach, was ich denn nun vorhabe, nachdem ich auch mein Germanistikstudium abgebrochen hatte.

Mal schauen, sagte ich. Erst mal raus aus Gießen.

Su plante bereits ihren Umzug nach Berlin, um dort ihr Studium abzuschließen.

Lehramt in Landau, schlug Oma vor, da wärst du nicht so weit weg. Oder wieso eigentlich nicht Medizin?, fragte sie.

Nach Berlin, dachte ich, wieso nicht?

Am Nachmittag wollte Jasna vorbeischauen, verschob ihren Besuch aber per SMS immer weiter nach hinten, weil sie sich ständig übergeben musste. Sie war schwanger. Außer mir hatte sie es noch keinem verraten, weil es noch so früh war und es keinen Vater gab, jedenfalls keinen, den sie als Vater ausgesucht hätte. Sie freue sich auch nicht, behauptete sie, sie finde es buchstäblich zum Kotzen und würde erst erleichtert sein, wenn sie ein gesundes Kind in Armen hielte. Der Geburtstermin sei der 20. April, hatte sie mir am Telefon verraten, das war ihr eigener Geburtstag.

Und der Tag meiner Erstdiagnose, hatte ich gesagt, und Jasna: Ja, und der Geburtstag von Hitler.

Im Ernst?, fragte ich.

Wusstest du das nicht?

Jasna war sich jedenfalls sicher: Die Sache stand unter keinem guten Stern. So kannte ich sie nicht. Diesmal war ich es, der ihr gut zuredete und einen Wunsch ans Universum schickte.

Meine Mutter schickte Grüße von einer Hütte in den Bergen, ein Selfie mit Papa, rote, lachende Gesichter. Beim letzten Mal hatten sie den Hund noch in den Urlaub mitgenommen.

Am späten Nachmittag schaffte er es nicht einmal mehr bis zum Weiher, nach zehn Minuten mussten wir umdrehen, Jasna, der Hund und ich. Und, wie Jasna ihn nannte, der 1,2-Zentimeter-Zellhaufen, der erst einen richtigen Namen bekommen sollte, sobald sie sich mit dem Gedanken, Mutter zu werden, angefreundet hatte.

Seit sie von der Schwangerschaft wusste, begegnete ihr überall die Zahlenkombination *666*, was sie als teuflische Ankündigung interpretierte. In der Telefonnummer ihrer Gynäkologin, auf Autokennzeichen, an der Kasse im Drogeriemarkt waren es genau *6,66* Euro. In Entfernungsangaben ihres Handy-Navigationssystems: *In 666 Metern haben Sie Ihr Ziel erreicht.*

Jasna, du siehst Gespenster, sagte ich und wusste genau, wovon ich sprach.

Casper!, rief Jasna. So nenne ich es, egal, was es wird! Erinnerst du dich, Casper, dieses animierte Gespenst? Casper, der freundliche Geist!

Oder Adolf, sagte ich, entschuldigte mich aber direkt dafür. Jasna, du musst das Kind nicht bekommen, das weißt du, oder?

Natürlich bekomme ich Casper! Basti, du wirst Onkel!

Der Hund hatte auch einmal einen Namen bekommen, fast 13 Jahre war das her. Er war eine Hündin, also rief ich sie bei ihrem Mädchennamen, seit Neuestem, so, wie es sich gehörte.

Bora, rief ich, komm her!

Doch sie hörte nicht mehr so gut, was unpraktisch war, da sie durch die milchig gewordenen Augen kaum noch etwas sehen konnte. Ich hatte Angst, sie könne sterben, bevor meine Eltern wieder zurück sein würden. Oma hatte beim Mittagessen erzählt, sie habe geträumt, der Hund habe tot im Garten gelegen.

Abends pinkelte Bora auf den Wohnzimmerteppich, weil sie es nicht mehr so gut halten konnte. Sie störte sich nicht an dem Igel, der in ihrem Futternapf saß, an ihrer Stelle das Trockenfutter auffraß. Wie gern wäre ich mit ihr in den Wald spaziert bis in alle Ewigkeit. Und als ich es am wenigsten erwartete, spätabends, vorm Fernseher auf der Couch, stupste sie mich von der Seite an, steckte ihre Schnauze unter meinem Arm hindurch und schloss die Augen. Ich kraulte ihr den alten Hundekopf.

Als Bora starb, schrieb ich ihr ein Gedicht.

Wir standen in einem Waldstück, nicht weit vom Weiher, Mama, Papa und ich, im Dämmerlicht, um nicht erwischt zu werden. Ich traute mich nicht, das Gedicht vorzulesen, es kam mir kitschig vor und hätte alles nur noch schlimmer gemacht. Wir standen da und heulten alle drei.

Bora lag in einem Erdloch, Papa schippte Erde auf ihren leblosen Körper, mit jeder Schaufelladung war sie ein wenig weniger da. Nach einer Weile schaute nur noch eine einzelne Pfote hervor, und schon war Bora, nur knapp einen Meter unter unseren Füßen, von der Erdoberfläche verschwunden.

Sie würde Waldboden werden, mit der Zeit.

DIE ANGST
ÜBERLISTEN

Um 8 Uhr 45 hatte ich den Termin bei Dr. Reimann, meiner neuen Hausärztin. Im Wartebereich frühstückte ich einen Apfel. Erst einige Zeit später saß ich ihr im Sprechzimmer gegenüber. Ich war bereits zum dritten Mal bei ihr, und das innerhalb weniger Wochen. Dr. Reimann, die bestimmt schon Anfang, wenn nicht Mitte siebzig war, tippte sehr langsam auf einer beigefarbenen Tastatur herum, die wie ein Urzeitknochen auf dem ebenso altmodischen Schreibtisch lag.

Die Blutwerte, sagte Dr. Reimann nach einiger Zeit, sind doch tippitoppi. Nicht einer aus der Reihe, merkte sie an, Sie sind ein gesunder junger Mann.

Gut, dachte ich, sehr gut, dann ist ja alles *tippitoppi*. Gedanklich war ich schon auf dem Weg nach draußen gewesen, doch dann sagte ich folgenden Satz: Heute Morgen war wieder ein bisschen Blut im – wie sagt man? Auswurf.

Dr. Reimann schaute mich ernst, fast finster an.

Das gefällt mir gar nicht, murmelte sie und wendete sich wieder dem Computerbildschirm zu.

In aller Seelenruhe füllte sie ein Formular aus, das sie, als sie endlich so weit war, ausdruckte und unterschrieb. Es handelte sich um einen Überweisungsschein.

Fahren Sie zur pulmologischen Praxis, sagte Dr. Reimann, Sie müssen sich sputen, die wollen auch ins Wochenende.

Sie schrieb noch ein *A* auf das Formular. Auf einmal schien sie es eilig zu haben.

Sie gehen jetzt gleich dorthin, damit die Sie heute noch drannehmen. Am Goetheplatz ist das, Sie wissen, wo das ist?

Dr. Reimann stand auf, brachte mich zur Tür, sie schien es ernst zu meinen. Eigentlich war ich nur bei ihr gewesen, um zu hören, dass alles in Ordnung sei. Dass die Stimmung so unerwartet umschlagen würde, damit hatte ich nicht gerechnet.

Da stach es zu, linke Seite, als ich die Treppe hinabstieg, an der Apotheke vorbei ins Freie ging. Ich holte tief Luft, streckte mich aus, musste unvermittelt gähnen, nahm mein Fahrrad, stieg auf, fuhr los, zur Ampel, sie wechselte auf Grün. Das sind nur Phantomschmerzen, dachte ich.

Die Frau an der Anmeldung der pulmologischen Praxis verwies mich direkt an die Notaufnahme.

Wir können hier nichts für Sie tun, sagte sie. Bei Ihrer Vorgeschichte, da wird eine Bronchoskopie gemacht, das können wir hier gar nicht leisten, ambulant.

Eine Bronchoskopie, sagte ich mehr, als dass ich fragte.

Eine Lungenspiegelung, erklärte sie.

Sie beschriftete ein Post-it und klebte es auf den Überweisungsschein.

Hier, da gehen Sie hin, zur Rettungsstelle. Die haben da auch eine Lungenklinik. Kennen Sie den Weg?

Unten im Innenhof suchte ich die Nummer von Dr. Mittag aus dem Handy-Telefonbuch.

Frau Doktor Mittag ist jetzt schon im Wochenende, sagte eine Stimme, die ich lange nicht gehört hatte, durchs Telefon, und ich bekam kurz weiche Knie.

Sie ist also gar nicht mehr zu erreichen?, hakte ich sicherheitshalber noch einmal nach.

Nein, wie gesagt, sie ist schon außer Haus. Am Montag dann wieder.

Na gut, sagte ich, vielen Dank. Tschüssi.

Das hatte ich mir angewöhnt, in den zwei Jahren, die ich bereits in Sachsen lebte: Tschüssi.

Ich gab die Adresse des Krankenhauses ins Handy ein, ich musste immer nur geradeaus. Den Berg hoch, vorbei an Gründerzeitbauten, einer verwinkelten Stadtvilla, nur wenige Meter weiter ein Plattenbau, ein verlassener Blumenladen, *Florida Flowers*, fast ging mir die Puste aus. Dann bergab, ich ließ rollen. Ein Krankenwagen kam mir entgegen, raste an mir vorbei, das Martinshorn wummerte in meinen Ohren. Mein T-Shirt klebte am Rücken, als ich die Klinik erreichte, es waren über zwanzig Grad.

Ich folgte den Schildern zur Notaufnahme. Keine Minute später stand ich davor, betätigte die Klingel. Die Tür wurde elektrisch geöffnet, dahinter wartete eine Stationsschwester im blauen Zweiteiler. Sie fing mich direkt ab: Was fehlt Ihnen denn?

Ich berichtete, dass ich von Dr. Reimann zur pulmologischen Praxis geschickt und von dort wiederum hierher verwiesen worden sei, in die Notaufnahme. Absichtlich erwähnte ich meine Vorerkrankung nicht, die aber fett auf dem Überweisungsschein stand, den ich aus meiner Hosentasche hervorkramte, er war leicht zerknickt. Dort stand es in der zweiten Zeile, gleich nach dem blutigen Auswurf: *Morb. Hodgkin.*

Dabei war es ein Non-Hodgkin-Lymphom, eben genau kein Hodgkin, dachte ich, sagte aber nichts, weil meine Vorerkrankung ohnehin nichts mit diesem Besuch in der Klinik zu tun haben sollte, wäre es nach mir gegangen.

Die Schwester betrachtete den Schein und sagte, ohne mich dabei anzuschauen: Ich sag es Ihnen gleich, es kann sein, dass wir Sie hierbehalten werden.

Aber ich kann doch jederzeit gehen.

Ja, natürlich, ich sag es ja nur.

Also wenn Sie mich fragen, sagte ich, obwohl mich niemand gefragt hatte, ich gehe von einer Allergie aus.

Ich würde Sie trotzdem bitten, einen Mundschutz zu tragen.

Sie reichte mir einen, ich befolgte ihre Anweisung.

Kurz musste ich warten, dann brachte mich ein Pfleger in ein eigenes Zimmer. Auch ihm erklärte ich die Situation: Wissen Sie, ich war auch schon beim HNO-Arzt, der hat mir Allergietabletten aufgeschrieben, die nehme ich seit knapp einer Woche, ich hab sie aber auch schon zweimal vergessen, na ja, und jetzt huste ich eben wieder und spucke manchmal Schleim.

Die kleinen Blutpünktchen erwähnte ich nicht, doch auch er hatte den Überweisungsschein gelesen.

Würden Sie sich mal bitte bis auf die Unterhose ausziehen?, bat er mich.

Ich glaube, ich bin hier im falschen Film, sagte ich, wahrscheinlich hab ich einfach eine Allergie und fertig.

Unter dem Mundschutz wurde es durchs Sprechen immer wärmer.

Kann ich den abnehmen?, fragte ich.

Zu Ihrer eigenen Sicherheit bitte nicht.

Ruhig erklärte der Pfleger mir, dass es sich um eine reine Routinemaßnahme handle. Dass alle Patienten der Notaufnahme so ein Krankenhauskleidchen anziehen, sich in ein Bettchen legen, ein EKG machen, Blut abnehmen lassen müssten, dass gleich ein Arzt komme und sich um mich kümmere.

Und wenn Sie wollen, sagte er noch, lassen Sie Ihre Hose eben an.

Mein Cappy musste ich absetzen, ich trug es, weil ich meine Haare am Morgen nicht gewaschen hatte. Ich versuchte, sie kurz in Form zu bringen. Die Kappe kam mit meinem T-Shirt in einen Beutel, der zusammen mit den Schuhen in ein Fach unterhalb der Matratze gelegt wurde, sodass ich alles bei mir hatte, wenn man mich samt Bettgestell verschieben würde.

Ich schlüpfte ins Krankenhauskleid, das ich von früher kannte, mit der Öffnung nach hinten. Lehnte mich zurück, sie legten mir eine Nadel, nahmen Blut ab, die Kanüle ließen sie stecken.

Vielleicht brauchen wir die noch, sagte der Pfleger.

In meinem linken Ohr maß er meine Temperatur, 37,7, leicht erhöht, schon wieder, dachte ich, wie in der Woche zuvor. Eine Schwester klebte mir die Elektroden fürs EKG auf die Brust und legte ein Blutdruckmessgerät um meinen Oberarm, das sich so stark aufpumpte, dass ich ein Taubheitsgefühl in der linken Hand bekam. Über den Flur konnte ich ins gegenüberliegende Zimmer schauen, wo eine alte Frau vor sich hin schnarchte.

Ich kramte in meiner Hosentasche nach meinem Handy, kontrollierte mithilfe der Kamera meine Frisur, flach klebten meine Haare am Kopf. Die Hälfte meines Gesichts war vom Mundschutz verdeckt. Das immer gleiche Muster des Klinikhemdes. Zwei Kabel verschwanden darunter. Ich machte ein Selfie, der Blitz war aktiviert, beleuchtete den Raum. Schnell packte ich das Handy wieder weg. Ich schaute an die Decke, wurde ungeduldig. Aus dem Augenwinkel konnte ich den Monitor sehen, der mich überwachte, aufzeichnete.

Auf dem Gang plante das überwiegend junge Arzt- und Pflegepersonal in ausgelassener Stimmung gemeinsame Zeltausflüge zu irgendeiner Talsperre. Für einen Moment fühlte ich mich in eine dieser Krankenhausserien versetzt. Bis zur Höhe des Türrahmens waren die Wände in hellem Türkis gefliest, über der Tür prangte ein stilisiertes Elektrokardiogramm, eine Herzschrift, die gut als Logo der Serie hätte herhalten können. *Die jungen Ärzte aus dem Erzgebirge.* So klangen die meisten Stimmen, die vom Flur in mein Zimmer drangen, kein starker Dialekt, aber ein unüberhörbarer Einschlag.

Auch dem Assistenzarzt, der auf einmal in der Zimmertür stand, war anzuhören, dass er aus der Gegend kam. Er sah jung aus, beinahe kindlich. Schmal gebaut, ganz bestimmt war er jünger als ich. Er klang, als wäre er gerade erst aus dem Stimmbruch heraus. Ich stellte mir vor, dass er eins dieser Wunderkinder gewesen war, in der Schule alle Klassen übersprungen hatte und bereits frühzeitig im Krankenhaus hatte anfangen können, noch mitten in der Pubertät. Den leichten Flaum hatte er sich aus dem Gesicht rasiert, ein Feuermal lag wie ein rosa Kragen über seinem Hals.

Also, setzte er an, Ihre Blutwerte sind okay. Das EKG sieht aus wie gemalt. Der Oberarzt will Sie jetzt aber zur Sicherheit noch mal zum Röntgen schicken.

Wie ist es da mit der Strahlenbelastung?, fragte ich.

Gut, dass Sie dran denken, sagte er, Sie haben ja bestimmt schon einiges abbekommen. Aber beim Röntgen ist die Belastung minimal, wenn Sie einmal nach Mallorca fliegen, sind Sie quasi gleich dreimal geröntgt. Sie werden gleich abgeholt. Und wenn dann nichts ist, dürfen Sie auch wieder nach Hause, aber das sehen wir dann.

Okay, dachte ich, das mach ich noch mit, und dann gehe ich. Mittlerweile hatte ich mich ein wenig beruhigt.

Nach einer Weile wurde ich von einer Pflegerin zum Röntgen abgeholt, sie hantierte am Bettgestell.

Ich kann aber auch selbst gehen, sagte ich zu ihr.

Sie lachte: Nö, ich darf Sie gar nicht aufstehen lassen, Sie bleiben schön liegen.

Also schob sie mich aus dem Zimmer, den Gang hinunter, betätigte den Türöffner, draußen kamen uns weitere Betten entgegen, fast hätten wir einen Mann überfahren, der unerwartet auf den Gang trat. Egal, ob uns Ärzte, Pflegepersonal oder Besucher entgegenkamen, unweigerlich wurde geglotzt, und ich versuchte, nicht zurückzuschauen. Gleich werde ich wieder auf mein Fahrrad steigen und nach Hause fahren, dachte ich. Ich spiele hier nur noch kurz mit, in dieser Krankenhausserie, zu mehr als einem Gastauftritt war ich nicht bereit.

In der Röntgenabteilung stellte die Pflegerin mich ab, ich sagte: Entschuldigung, ich müsste einmal kurz auf Toilette.

Ich darf Sie nicht aufstehen lassen, wiederholte die Pflegerin sich.

Im Untersuchungsraum versuchte ich es noch mal, fragte die Röntgen-Assistentin: Dürfte ich bitte einmal pinkeln? Es ist schon etwas dringend.

Ich kann Ihnen höchstens eine Ente geben, sagte sie.

Aus einem Schrank holte sie einen Plastikbehälter, hielt ihn mir hin. Mit etwas Fantasie konnte ich zumindest den Hals einer Ente darin erkennen.

Kann ich nicht einfach kurz aufstehen und aufs Klo?

Das kann ich nicht verantworten, ich weiß ja gar nicht, was Sie haben.

Nichts!, sagte ich etwas zu energisch.

Wenn Sie garantieren können, dass Sie nicht umkippen –

aber lassen Sie uns bitte erst die Untersuchung machen. Übrigens: Sie haben Ihren Mundschutz falschrum an.

Die Röntgen-Assistentin reichte mir einen neuen, vor ihr war es niemandem aufgefallen.

Sie können also aufstehen?, fragte sie mich.

Wie zum Beweis stand ich auf, war aber überraschend wackelig auf den Beinen. Mit der Brust lehnte ich mich gegen das Röntgengerät.

Erst nach meiner Rückkehr auf die Notstation durfte ich selbstständig eine Toilette aufsuchen.

Der Kinder-Arzt, wie ich ihn im Kopf nannte – ich war nicht sicher, ob er sich mir überhaupt vorgestellt hatte –, schrie im Zimmer gegenüber eine alte Dame an. Es war eine andere alte Dame als zuvor. Ihr Mund sah aus, als wäre kein Gebiss darin, wie ausgeleiert legten sich die Lippen nach innen.

An meiner Zimmertür prangte eine große, dunkelblaue *1*, die Frau lag gegenüber in der *6. Eins* ist gut, dachte ich, und als Erster würde ich diese Station wieder verlassen.

Der Arzt schrie noch immer: Wir müssen jetzt nachschauen, was es mit Ihrer Hirnblutung auf sich hat – und dafür brauche ich Ihre Unterschrift! Können Sie bitte hier unterschreiben?

Kurz darauf stand er wieder an meinem Bett und sagte mit ruhiger Stimme: So, auf den Röntgenaufnahmen können wir keine Lungenentzündung erkennen.

Gut, dachte ich, dann gehe ich gleich nach Hause.

Das heißt, sprach er weiter, wir müssen eine Bronchoskopie durchführen. Wir untersuchen vorher noch Ihr Sputum und bereiten Sie mit Inhalation auf den Eingriff am Montag vor.

Wir, sagte er, doch diesmal fühlte ich mich nicht gemeint.

Sie bleiben also erst mal hier, sagte er noch.

Moment, sagte ich, das würde ich mir gerne in Ruhe überlegen.

Wie Sie meinen.

Er ließ mich allein. Auf einmal war mir heiß geworden. Kein Wunder, dass meine Temperatur bei all der Panik leicht erhöht war. Durch Papierstreifen-Jalousien schaute ich aus dem Fenster. Wenn ich Dr. Mittag doch noch irgendwie erreichen könnte, dachte ich, holte mein Handy hervor und wählte erneut die Nummer ihres Sekretariats. Diesmal ging der AB ran: Sie rufen außerhalb unserer Sprechzeiten an.

Was, wenn ich mich nur getäuscht hatte? Was, wenn das gar kein Blut gewesen war in dem schleimigen Klumpen, den ich nach dem Zähneputzen ins Waschbecken gespuckt hatte? Mein Fluchtreflex, den ich in den zurückliegenden Stunden erfolgreich unterdrückt hatte, war nun voll da.

Ich versuchte, aufsteigende Panik durch logische Überlegungen abzuschwächen: Nach Hause müsste ich sowieso noch einmal, übers Wochenende bräuchte ich den Laptop, das Ladekabel fürs Handy, ein Buch. In Ruhe duschen würde ich, mir die ganze Sache noch einmal gründlich durch den Kopf gehen lassen. Ich war doch kein Kind mehr, dem man einfach vorschreiben konnte, wann, wie und wo es seine Wochenenden zu verbringen hatte. Ich werde nicht hierbleiben, dachte ich, ausgeschlossen.

Im Krankenhauskleid, den Rücken frei, trat ich auf den Gang. Die Digitaluhr am Ende des Flurs zeigte eine 16 und zwei Nullen. Meine Schuhe hatte ich schon angezogen, gerade wollte ich mein Patientenkostüm loswerden. Noch einmal setzte ich mich aufs Bett, als ich den Kinder-Arzt auf mein Zimmer zusteuern sah.

Ich sagte zu ihm: Ich würde gerne mein Sputum untersuchen lassen. Aber danach will ich nach Hause.

Nee, so läuft das nicht, sagte er, dann müssen Sie das über Ihre Hausärztin machen. Sie müssten sich gegen ärztlichen Rat selbst entlassen. Das heißt, ich bin dann nicht mehr verantwortlich, wenn Ihnen was passiert.

Aber was könnte denn passieren, fragte ich, also was wäre das Worst-case-Szenario?

Wollen Sie's wirklich wissen?

Ja.

Ihr Tumor platzt und Sie sind tot.

Ich schaute ihn an.

Welcher Tumor?, fragte ich.

Und er, lauter: Das wissen wir ja nicht!

Aber halten Sie das denn für wahrscheinlich?

Ich halte das für unwahrscheinlich, sagte er, ich hab auch Blut gespuckt bei der letzten Influenza. Aber ich hab auch nicht Ihre Vorgeschichte!

Er drehte richtig auf, was mich irritierte und was dazu führte, dass ich selbst immer ruhiger wurde, innerlich.

Wenn ich wirklich noch mal Blut spucke, dann kann ich ja einfach wiederkommen, sagte ich, beinahe so, als wollte ich mich entschuldigen.

Sie können auch innerhalb von zwanzig Minuten verbluten!, legte er nach. Wenn da ein Tumor sitzt und ein Gefäß platzt, dann hilft Ihnen auch kein Krankenwagen mehr weiter, versuchen Sie dann erst mal, einen zu rufen.

Ich hörte seine Worte, doch sie berührten mich kaum. Langsam und deutlich sagte ich: Ich würde gerne Rücksprache mit meiner Ärztin in Heidelberg halten.

Wie Sie wollen.

Ich unterschrieb, dass ich die Station auf eigenen Wunsch und auf eigene Verantwortung verlassen würde.

Eine Schwester entfernte die Kanüle, etwas Blut lief aus dem kleinen Loch in meiner Haut meinen Arm hinunter.

Wir können Sie verstehen, sagte sie leise zu mir, Sie hätten hier am Wochenende nur die Zeit abgesessen.

Sie übergab mir den vorläufigen ärztlichen Bericht.

Alles Gute, sagte sie.

Ich betätigte den Türöffner, drehte mich noch einmal um. Durch eine Glasscheibe konnte ich den Kinder-Arzt sehen, der mit angestrengtem Blick hinter einem Computer saß.

Tschüssi, rief ich, dann verließ ich die Station.

Draußen wollte ich mein Fahrrad aufschließen, da fuhr ein weißer Transportwagen so dicht hinter mir vorbei, dass er mich fast erwischte. Er hielt gleich vorm Haupteingang, ein älterer, dicker Mann stieg aus.

Das war ganz schön knapp!, rief ich ihm zu.

Keine Angst, rief er zurück und trottete Richtung Eingang, ich fahr nur die Migranten um!

Du dummes Arschloch!, schrie ich ihm hinterher, so laut ich konnte, doch er zeigte keine Reaktion und verschwand im Gebäude.

Medikamenten-Transport stand in roter Schrift neben dem Nummernschild, ich ging ein paar Schritte auf das Auto zu und trat mit voller Wucht dagegen.

Auf halbem Nachhauseweg hielt ich am Einkaufszentrum und kaufte ein Brot fürs Wochenende. Am Kiosk bemerkte ich das Schild mit dem aktuellen Eurojackpot: *10 Millionen.*

Ich betrat den Laden und griff mir einen Spielschein. Für einen Moment überlegte ich, ob ich nur ungerade Zahlen ankreuzen sollte, kreuzte dann aber einfach wahllos irgendwelche Zahlen an. Heute Abend ist die Ziehung, dachte ich, dann weiß ich gleich Bescheid.

Draußen hatten zwei Gruppen Jugendlicher angefangen, aufeinander loszugehen, einer schrie: Dann ruf doch die Polizei, dann ruf doch Angela Merkel, du Opfer!

Schafft euch weg jetzt!, rief die Bäckereiverkäuferin mit schriller Stimme aus ihrem Laden heraus.

Ich wartete kurz, steckte die Lotto-Quittung ein, ging nach draußen, fuhr los, über die Kreuzung, durch den Park.

Im Krankenhaus hatte ich kaum gehustet, im Freien hustete ich alle paar Minuten. Das war sicher nur die Allergie, der HNO-Arzt würde recht behalten. Ich zog den Schleim hoch, behielt ihn im Mund. Hielt an einer Parkbank an, holte ein Taschentuch aus der Hosentasche, breitete es aus, spuckte hinein. Ein gelblicher Schleimbrocken und, wie zur Krönung, mittig ein kleiner roter Fleck, mehr Punkt als Streifen. Ich starrte ins Taschentuch, der Fleck verschwamm vor meinen Augen. Wenn ich noch einmal Blut husten würde, so hatte ich es mir geschworen, würde ich direkt zurück in die Notaufnahme fahren. Ein Taxi rufen oder einen Notarztwagen. Stattdessen knüllte ich das Taschentuch zusammen und entsorgte es im Mülleimer, fuhr die restlichen Meter am Schlossteich entlang, vorbei am Tretbootverleih mit seinen überdimensionalen Schwänen und dem einen Flamingo.

In meiner Wohnung riss ich das Küchenfenster auf, griff nach der Espressokanne und machte das, was ich bereits am Morgen hatte machen wollen, bevor ich zu Dr. Reimann aufgebrochen war: Kaffee kochen.

Vielleicht sollte ich Su anrufen, dachte ich, meine Mutter lieber nicht, die würde sich nur unnötig aufregen, Jasna schon gar nicht. Ich stellte mir Su vor, als Assistenzärztin im Krankenhaus, die mich vorsichtshalber dabehalten wollte. Bestimmt hätte sie mir das Gleiche geraten wie der Kinder-Kollege, vermutlich weniger vehement.

Es ist dein Leben, hätte Su gesagt, mit ruhiger Stimme.

Und ich wäre geblieben. Hätte alles mit mir machen lassen. Ich rief sie nicht an. Stattdessen setzte ich mich an den Esstisch, klappte meinen Laptop auf. Als der Kaffee zu blubbern begann, nahm ich ihn vom Herd, griff nach einer Tasse, meiner Lieblingstasse. Darauf war Alf abgebildet, der Außerirdische, und über ihm eine Sprechblase: *Null Problemo*.

Erst mal chillen, dachte ich, vielleicht wäre das auch Sus Rat.

Patient, las ich bei Wikipedia, kommt von lateinisch *patiens*: *leidend, aushaltend, erduldend*. Doch ich duldete es nicht länger, ein Leidender zu sein. Ein Fall, eine Akte, ein Plastikbändchen um den Arm. Ich hielt es nicht mehr aus, dass andere über meinen Körper entschieden, über meinen Terminkalender, meine Wochenendplanung. Meine Narbe juckte, unterm Schlüsselbein. Wartet mal ab, dachte ich, euer Talsperren-Zeltausflug wird schon noch ins Wasser fallen.

Ich tippte in die Suchleiste: *Non-Hodgkin-Lymphom*. Zum ersten Mal überflog ich den Wikipedia-Artikel und las, dass der Krebs mir nicht vererbt worden sei. Dass ein Non-Hodgkin-Lymphom unter anderem sowohl durch Strahlen- als auch durch Chemotherapie hervorgerufen werden könne, ausgerechnet. Vom Zusammenhang mit dem *Epstein-Barr-Virus* las ich, der das *Pfeiffersche Drüsenfieber* auslöste, das mich mit 14 wochenlang lahmgelegt hatte. Von Pestiziden, von *Glyphosat*, von der Zunahme von Lymphomen und weiteren Krebsarten nach der Reaktorkatastrophe von Tschernobyl. Ich schloss den Artikel. Trank meinen Kaffee aus, er schmeckte bitter.

Ich musste an die Felder denken, an den größten Gemüsegarten der Welt, der gleich hinterm Haus meiner Eltern begann. An die Kinder aus der Schule mit Heuschnupfen und Neurodermitis, an ihre Eltern, die *Aniliner* waren bei der BASF. Das Kernkraftwerk Philippsburg war nicht weit, die Kühltürme waren aus einiger Entfernung zu sehen. Noch immer war es am Netz. Ich dachte an den Jungen aus der Nachbarschaft, nur eine Straße weiter, der seinen Hodenkrebs überlebt hatte, einem anderen Jungen, zwei Straßen weiter, war nicht mehr zu helfen gewesen. Von zwei weiteren Lymphom-Fällen aus dem Ort wusste ich mittlerweile, beide waren wie ich Jahrgang 1986.

Bei unserem letzten Termin hatte ich Dr. Mittag davon berichtet. Sie hatte zugehört, genickt und gesagt: Ich weiß, was Sie denken, aber das alles beschreibt noch keine Häufung.

Im letzten Jahr hatte sie mich aus ihrer ärztlichen Kontrolle in die Freiheit entlassen, vier Jahre nach der Behandlung.

Bleiben Sie gesund, hatte sie zum Abschied gesagt, ich will Sie nur ungern wiedersehen.

Am Montagmorgen würde ich sie anrufen. Mich so kurz wie möglich fassen. Vielleicht würde ich das Telefonat vorher einmal üben. Womöglich würde sie vorschlagen, dass wir uns doch wiedersehen sollten. Ein bisschen freute ich mich darauf, ihre Stimme zu hören.

Auf Facebook wurde ich an den Geburtstag von Luise erinnert, die bereits verstorben war. Eher zufällig hatte ich davon erfahren, knapp ein Jahr nach ihrem Tod, als ich ihr gerade schreiben, mich nach ihr erkundigen wollte. Auf ihrem Profil hatte ihr Sohn einen Eintrag hinterlassen, nach langer Krankheit sei sie friedlich eingeschlafen.

Ich schloss alle Fenster. Öffnete ein neues Textdokument. Obwohl ich diesen Tag am liebsten vergessen wollte, schrieb ich ihn auf, alles, woran ich mich erinnern konnte. Ich versuchte, eine Ordnung hineinzubringen, begann bei Dr. Reimann um 8 Uhr 45. Der Apfel in ihrem Wartezimmer war meine einzige Mahlzeit geblieben.

Es war nach Mitternacht, und ich war noch immer am Leben, tippte *Eurojackpot* in die Suchleiste, erst da bemerkte ich das Datum des gerade vergangenen Freitags, des 13. Mai. Ich ging jede Zahl einzeln durch. Dann noch mal. Ich hatte zwei Richtige. Und nichts gewonnen.

DEN HUND
ÜBERLEBEN

Um 5 Uhr 55 war ich aufgewacht, wie früher, dabei hatte ich weder den Wecker gestellt noch irgendeinen Termin. Ich wusste, ich würde nicht mehr einschlafen können, mit einem Mal war ich hellwach. Die Sonne hielt sich hinter grauen Wolken versteckt. Ich stand auf. Kochte Kaffee.

Dann packte ich meine Sachen. Die Reisetasche sollte reichen, dachte ich, den Koffer ließ ich stehen.

Um 7 Uhr 30 stieg ich in den Zug.

Zehn Stunden später sitze ich im Garten meiner Eltern. Sie haben sich gar nicht sonderlich gewundert über meinen Überraschungsbesuch, als wäre es ganz normal, dass ich auch hier bin, als gehörte ich hierher. Es geht ein kühler Wind.

Der Hund wälzt sich auf dem Rasen. Er setzt sich, kratzt sich zuerst hinter dem einen, dann hinter dem anderen Ohr. Vielleicht, um seine leuchtend rote Hundeerektion zu überspielen. Gerade sind wir aus dem Wald zurückgekommen, wo alles wie immer war.

Zuvor hatte ich Oma auf den Anrufbeantworter gesprochen, und eigentlich hatte ich ihr nur kurz mitteilen wollen, dass ich spontan da sei. Das Handy hatte ich zwischen Schulter und Ohr geklemmt, während ich mir die alten, zertretenen Sportschuhe schnürte, was aber länger dauerte als meine kurze Nachricht, weshalb ich immer weiterredete, da ich keine Hand frei hatte, um aufzulegen. Also erzählte ich noch von meinem Drittstudium, Psychologie, von der endlich bestandenen Statistikprüfung, davon, dass ich Chemnitz mittlerweile zu schätzen wüsste, im Vergleich zu Gießen sei es sogar eine Weltstadt, behauptete ich und fragte, ob und, wenn ja, wann sie mich dort einmal besuchen kommen würde, ob sie überhaupt jemals in Ostdeutschland gewesen sei. Diese seltsame Annahme, dass Omas nichts Besseres zu tun haben, als sich über Anrufbeantworternachrichten ihrer Enkel zu freuen.

Im Wald war der Hund die letzten Meter zum Weiher gerannt und hineingesprungen. Wie alle Hunde, wenn sie aus dem Wasser kommen, schüttelte auch dieser Hund sich erst dann aus, als er direkt neben mir stand. Er brachte mir einen Stock, den ich warf, woraufhin er ihn holte, und wäre ich nicht irgendwann zurückgegangen in Richtung Dorf, würden wir jetzt noch und morgen auch noch am Weiher stehen und Stöckchen werfen und wiederbringen und werfen und so weiter bis in alle Ewigkeit. Nun war also auch der neue Hund süchtig geworden nach diesem Spiel, das kein Ende kennt. Mein Vater hatte mich ausdrücklich darum gebeten, niemals damit anzufangen. Doch diesem Hundeblick war nicht zu widerstehen.

Der Hund legt sich zu mir, unter den Tisch im Garten, an dem ich sitze. Ein paar Meter weiter, auf einer Gartenliege, schläft Mama, in eine Decke gewickelt, im Mai. Papa liegt drinnen vorm Fernseher, Fußball.

Ich schreibe Jasna und frage, wann sie vorbeikommen wolle mit dem Kind. Es wurde nicht am 20. April geboren und nicht nach einem animierten Gespenst benannt. Letzten Monat ist Julian drei Jahre alt geworden. Er sagt *Onko* zu mir.

Hufgetrappel. Hinterm Gartenzaun fahren zwei Planwagen vorbei, von jeweils zwei Haflingern gezogen und mit je circa zwanzig gröhlenden Menschen bestückt: *Über sieben Brücken musst du gehen, sieben Jacky-Cola überstehen.*

Mama wacht auf, steht auf, guckt, schüttelt den Kopf.

Das wird laut heute Nacht, sagt sie und setzt sich zu mir.

Ein Auto parkt vorm Gartenzaun, eine blondierte Frau steigt aus, sie hat sich zurechtgemacht. Im ersten Moment halte ich sie für Melanie aus meiner Grundschulklasse, der ich auf dem Klassenfoto Hasenohren mache. In der Nachbarschaft findet ein Fest statt, die Haflinger waren erst der Anfang.

Die Bärbel wird sechzig, sagt Mama. Das geht bestimmt wieder die ganze Nacht.

Ich schreibe gerade, sage ich.

Störe ich?, fragt sie.

Nein, ich kann mich nur nicht so gut unterhalten.

Sie fragt nicht, woran ich schreibe, und ich bin unsicher, was ich ihr gesagt hätte.

Magst du auch einen Kaffee?, fragt Mama und geht nach drinnen, bevor ich ihr geantwortet habe.

Der Hund läuft ihr hinterher. Mein Magen knurrt. Der Geruch von Grillkohle steigt mir in die Nase. Der Wind rauscht durch die Äste des Ahorns, unter dem ich noch immer am liebsten sitze. Von dem ich immer noch glauben will, dass ich ihn gemeinsam mit Papa gepflanzt habe, ob er sich daran erinnern kann oder nicht. Die Blätter knistern. Dann wird die Musik aufgedreht, gegenüber, auf Bärbels Party.

Ich versuche, mich zu konzentrieren, weiß nicht, wo ich anfangen soll. Muss an den vorläufigen Bericht aus dem Klinikum denken, der in meiner Reisetasche liegt. Meinen Eltern habe ich ihn vorenthalten. Der Arzt mit dem Kindergesicht hat sich darin einen Satz für mich ausgedacht, den ich, obwohl ich ihn nur ein paarmal gelesen habe, auswendig kann: *Der Patient wurde ausführlich über die möglichen Folgen einer zu spät erkannten Grunderkrankung und die damit verbundene verschlechterte Prognose bis hin zum vorzeitigen Tod aufgeklärt.*

If only for today – I am unafraid, schallt es zu mir herüber, und ich weiß nicht, wie weit übers Feld hinaus. *Take my breath away.*

Mein Handy vibriert, diesmal ist es nicht Jasna, sondern Su.

Schau, was ich gefunden hab!, schreibt sie und schickt Fotos, die so alt sind, dass die Handy-Kamera noch nicht einmal das Rot aus meinen Augen retuschiert hat.

Fünf Jahre ist das her. Auf jedem der Bilder trage ich ein anderes Jeanshemd, in einem Secondhandshop im Marais.

INHALT

Papagei 9

Einer, der einzog 30

Das Fürchten verlernen 66

Flüche verjagen 98

Schweben lernen 129

Früchte tragen 162

Frieden erfinden 198

Acht und endlich 230

Regenschirm 251

Einer, der auszog 261

Die Angst überlisten 265

Den Hund überleben 280

DANKE

Zuerst danke ich meiner Familie, für all ihre Unterstützung.

Von Herzen danke ich Dominik, Julia und Su-Zeong.

Großer Dank gilt Martin Kordić, Meike Herrmann und der Agentur Graf & Graf, Julia Eichhorn, Ulrike Draesner, Josef Haslinger, Martin Hielscher, Jörn Dege, Friederike Emmerling und Anna Jung.

Außerdem bedanke ich mich bei Jan, Annina, Babette, Bene, Laura, Phil, Sören, Jakob, Michel, Daniel, Lucan, Natan, Maurizio, David, Charlotte, Linn, Juno, Dede, Marc, Lukas, Selina, Timo, Simone, Paula, Uta, Susi, Sophie, Felix, Caro, Mine und bei allen weiteren Menschen (und Hunden), die mich auf ihre jeweils eigene Art bestärkt, begleitet, begeistert haben.

Weiterer Dank gilt folgenden Einrichtungen, die mir mit ihren Förderungen die Freiheit verschafften, an diesem Buch arbeiten zu können: der Kunststiftung Baden-Württemberg, dem Künstlerhaus Edenkoben der Stiftung Rheinland-Pfalz für Kultur und der Burg Beeskow, Kultur- und Sportamt des Landkreises Oder-Spree.